DuMont's Kriminal-Bibliothek

W0282253

Josephine Tey (1897–1952) wurde in Inverness, Schottland, geboren. Nach dem Besuch der Royal Academy in Inverness und dem Anstey Physical Training College in Birmingham arbeitete sie als Sportlehrerin. Josephine Tey, die in London lebte, verfaßte zahlreiche Romane, Bühnenstücke und Hörspiele. In ihren psychologisch aufgebauten Kriminalromanen kommt Alan Grant, Inspektor von Scotland Yard, einfühlsam und intelligent dem Verbrechen auf die Spur.

Herausgegeben von Volker Neuhaus

Josephine Tey

DER SINGENDE SAND

DuMont Buchverlag Köln

Dem Wunsch der verstorbenen Josephine Tey entsprechend, geht der Erlös aus den Rechten an diesem Buch an den National Trust for Places of Historic Interest or Natural Beauty.

CIP-Titelaufnahme der Deutschen Bibliothek

Tey, Josephine:

Der singende Sand / Josephine Tey.
[Aus d. Engl. von Manfred Allié].
– Köln: DuMont, 1988
(DuMont's Kriminal-Bibliothek; Bd. 1013)
Einheitssacht.: The singing sands ‹dt.›
ISBN 3-7701-1908-8

NE: GT

Umschlagmotiv von Pellegrino Ritter
Aus dem Englischen von Manfred Allié

© 1952 Nachlaß Josephine Tey
Alle Rechte vorbehalten
© 1988 der deutschsprachigen Ausgabe by DuMont Buchverlag, Köln
Alle deutschsprachigen Rechte vorbehalten
Die Originalausgabe erschien 1952 unter dem Titel »The Singing Sands« bei Peter Davies Ltd (1977 bei Penguin Books Ltd, Harmondsworth, Middlesex, Großbritannien; 2. u. 3. Auflage 1985)
Satz: Froitzheim Satzbetriebe, Bonn
Druck: Rasch, Bramsche
Buchbinderische Verarbeitung: Bramscher Buchbinder Betriebe

Printed in Germany ISBN 3-7701-1908-8

Tiere, die reden,
Ströme im Stand,
Steine, die wandeln,
Der singende Sand . . .

Kapitel 1

Es war ein Märzmorgen, sechs Uhr früh, und es war noch dunkel. Behäbig rollte der lange Zug in den spärlich beleuchteten Bahnhof, glitt schlängelnd mit einem sanften Klicken über die Weichen. In den Lichtkegel des Stellwerks und wieder ins Dunkel. Vorbei an den Signalmasten, an dem einsamen Smaragd unter funkelnden Rubinen. Weiter zur leeren grauen Öde des Bahnsteigs, der im Licht der Bogenlampen harrte.

Der Postzug aus London am Ziel seiner Reise.

Fünfhundert Schienenmeilen lagen im Dunkel zwischen ihm und Euston und dem vorigen Abend. Fünfhundert Meilen, das hieß mondbeglänzte Felder und schlummernde Dörfer; rußgeschwärzte Städte und rastlose Hochöfen; Regen, Nebel und Frost; Sturzbäche und Schneegestöber; Tunnel und Viadukt. Nun waren rechts und links die Umrisse der Berge aufgetaucht, es war sechs Uhr früh an einem trostlosen Märzmorgen, und nach all der Eile begab sich der Zug schweigsam, so, als sei nichts gewesen, zur Ruhe. Und nur einer unter all den Menschen, die sich in ihm drängten, seufzte nicht vor Erleichterung.

Von denen, die aufseufzten, seufzten zumindest zwei mit einer Erleichterung, die etwas geradezu Inbrünstiges hatte. Der eine war ein Reisender, der andere ein Bahnbediensteter. Der Reisende war Alan Grant, der Bahnbedienstete Murdo Gallacher.

Murdo Gallacher war Schlafwagenschaffner, und unter allen lebenden Wesen zwischen Thurso und Torquay war er das meistgehaßte. Zwanzig Jahre lang hatte Murdo sich mit seiner tyrannischen Art das reisende Volk gefügig gemacht und ihm Tribut abgepreßt. Das heißt, finanziellen Tribut. Der verbale kam unaufgefordert. Den Reisenden der ersten Klasse war er landauf, landab unter dem Namen Joghurt bekannt. (»Gütiger Gott, der alte Joghurt!« pflegten sie zu sagen, wenn sie im düsteren, verqualmten Euston sein saures Gesicht erblickten.) Die Reisenden der dritten Klasse hatten eine ganze Reihe von Namen für ihn parat, bildhaft und nicht gerade zimperlich. Wie seine Kollegen ihn nannten, geht niemanden etwas an. Nur drei Leute hatten bei Murdo jemals das letzte Wort behalten: ein Viehtreiber aus Texas, ein Obergefreiter der Queen's Own Cameron Highlanders und eine stämmige Cockney-Frau – der Name ist nicht überliefert –, die ihm angedroht hatte, sie werde ihm mit ihrer Limonadenflasche eins über den kahlen Schädel geben. Weder Rang noch Fähigkeiten konnten Murdo beeindrucken: Er haßte das eine und verachtete das andere; vor körperlichem Schmerz allerdings hatte er eine panische Angst.

Zwanzig Jahre lang hatte Murdo Gallacher nie mehr als das absolut Notwendige getan. Die Arbeit war ihm langweilig geworden, bevor er auch nur eine Woche im Dienst war, aber er hatte erkannt, daß sie eine Goldgrube war, und er war dabeigeblieben, um sie auszubeuten. Wenn man von Murdo den Morgentee serviert bekam, dann bekam man dünnen Tee, aufgeweichte Kekse, schmutzigen Zucker, ein verkleckertes Tablett und keinen Löffel; aber kam Murdo dann später das Geschirr holen, dann blieben einem die tadelnden Worte, die man schon einstudiert hatte, im Halse stecken. Hin und wieder mochte vielleicht ein Flottenadmiral oder jemand von vergleichbarem Kaliber die Bemerkung riskieren, es sei verflucht schlechter Tee, aber die Mehrheit der Fahrgäste lächelte und zahlte. Zwanzig Jahre lang hatten sie gezahlt, kleinlaute Opfer von Tyrannei und Erpressung. Und Murdo hatte kassiert. Mittlerweile gehörten ihm eine Villa in Dunoon und eine Fischbudenkette in Glasgow, und sein Bankkonto konnte sich ebenfalls sehen lassen. Er hätte sich schon vor Jahren zur Ruhe setzen können, aber er konnte sich nicht damit abfinden, daß er dann einen Teil seines Pensionsanspruches verlieren würde; also ertrug er die Langeweile noch ein kleines bißchen länger und hielt sich dafür schadlos, indem er sich um den Morgentee überhaupt nur kümmerte, wenn die Reisenden von sich aus mit einem solchen Ansinnen an ihn herantraten; und manchmal, wenn er sehr schläfrig war, vergaß er die Bestellungen auch dann. Das Ende einer jeden Fahrt begrüßte er mit der Erleichterung eines Mannes, der eine Strafe abzusitzen hat und seiner baldigen Entlassung entgegensieht.

Alan Grant betrachtete die Lichter des Bahngeländes, die an seinem beschlagenen Fenster vorbeizogen, und lauschte dem sanften Geräusch der Räder, die über die Weichen klickten. Er war erleichtert, denn das Ende der Reise bedeutete für ihn zugleich das Ende seiner nächtlichen Qualen. Grant hatte die Nacht damit zugebracht, die Tür zum Gang nicht zu öffnen. Hellwach hatte er auf seiner teuren Pritsche gelegen und Stunde um Stunde abgeschwitzt. Der Schweiß war ihm nicht etwa ausgebrochen, weil es zu heiß im Abteil gewesen wäre – die Belüftung vollbrachte wahre Wunder – sondern (welch Elend! Welche Schande! Welche Demütigung!), weil es sich bei dem Abteil um einen KLEINEN ABGESCHLOSSENEN RAUM handelte. Für das ungeübte Auge war es nichts weiter als ein schmuckes kleines Zimmer mit Bett, Waschbecken, Spiegel, verschiedenen Gepäckablagen, Regalbrettern, die man nach Belieben hervorholen oder wieder verschwinden lassen konnte, einer hübschen kleinen Schublade für die Wertsachen, sofern man welche hatte, und einem Haken für die Uhr, sofern sie nicht gerade beim Pfandleiher war. Der Eingeweihte hingegen, der beklagenswerte, gejagte Eingeweihte erkannte es als KLEINEN ABGESCHLOSSENEN RAUM.

Der Arzt hatte von Überarbeitung gesprochen.

»Legen Sie die Hände in den Schoß, und gehen Sie die Sache locker an«, hatte er in seiner Praxis in der Wimpole Street gesagt, ein elegant gekleidetes Bein über das andere geschlagen und sich an der Erlesenheit des Tuches ergötzt.

Grant konnte sich nicht vorstellen, daß er die Hände in den Schoß legen sollte; und ›locker angehen‹ schien ihm als Formulierung abscheulich und als Lebensweise verachtenswert. Locker angehen. Fett ansetzen und dann zu Tisch. Eine geistlose Befriedigung niederer Instinkte. Locker angehen! Der Klang des Wortes selbst war ja schon eine Beleidigung. Hörte sich wie ein Schnarchen an.

»Haben Sie irgendwelche Hobbies?« hatte der Doktor gefragt, während sein bewundernder Blick sich seinen Schuhen zuwandte.

»Nein«, hatte Grant kurz angebunden erwidert.

»Was machen Sie denn im Urlaub?«

»Ich angle.«

»Sie angeln?« fragte der Seelenkundler, für einen Augenblick aus seinen narzißtischen Betrachtungen gerissen. »Und das ist für Sie kein Hobby?«

»Ganz und gar nicht.«

»Wie würden Sie es denn sonst nennen?«

»Eine Mischung aus Sport und Religion.«

Und da hatte der Mann aus der Wimpole Street gelächelt und plötzlich geradezu menschlich ausgesehen; seine Gesundung, hatte er ihm versichert, sei nur eine Frage der Zeit. Der Zeit und der Entspannung.

Nun, zumindest hatte er es geschafft, die Nacht über die Tür nicht zu öffnen. Aber es war ein schwer erkämpfter Triumph. Er fühlte sich leer und ausgelaugt; ein Nichts auf zwei Beinen. »Wehren Sie sich nicht dagegen«, hatte der Doktor gesagt. »Wenn Sie meinen, Sie müssen ins Freie, dann gehen Sie ins Freie.«

Aber wenn er in der vergangenen Nacht diese Tür geöffnet hätte, wäre das für ihn eine so vernichtende Niederlage gewesen, daß er sich nie wieder davon erholt hätte, davon war er überzeugt. Eine bedingungslose Kapitulation vor den Mächten des Irrationalen. Also hatte er auf seiner Pritsche gelegen und vor sich hin geschwitzt. Und die Tür war verschlossen geblieben.

Aber nun, in der unerbittlichen Dunkelheit des frühen Morgens, im freud- und gesichtslosen Dunkel, da kam er sich so wenig heldenhaft vor, als habe er eine Niederlage erlitten. »So muß Frauen nach einer schweren Geburt zumute sein«, dachte er, mit jener Distanz zu sich selbst, die Wimpole Street anerkennend vermerkt hatte. »Aber die haben wenigstens hinterher das Balg zum Vorzeigen. Und was habe ich?«

Seinen Stolz wahrscheinlich. Stolz darauf, daß er eine Tür nicht geöffnet hatte, die zu öffnen es nicht den geringsten Grund gegeben hatte. Soweit war es also gekommen!

Nun aber öffnete er sie. Er öffnete sie widerwillig, und die Ironie dieses Widerwillens blieb ihm nicht verborgen. Es war ihm zuwider, sich dem Morgen, dem Leben zu stellen. Er wünschte, er könne sich von neuem auf das zerwühlte Lager werfen und schlafen, schlafen, schlafen.

Joghurt hatte ihm keine Hoffnungen gemacht, er werde sich um seine zwei Koffer kümmern, also nahm er sie selbst, stopfte das Bündel ungelesener Zeitschriften unter den Arm und ging hinaus auf den Gang. Im engen Vorraum stapelten sich die Gepäckstücke der spendableren Reisenden bis fast an die Decke, so daß die Tür kaum noch zu sehen war; Grant ging den Gang hinunter zum zweiten Wagen der ersten Klasse. Auch da verstellten die hüfthoch gestapelten Besitztümer der Privilegierten den vorderen Ausgang, und er folgte dem Gang zum gegenüberliegenden Ende. Währenddessen kam Joghurt höchstpersönlich aus seinem Kabuff weiter hinten hervor, um Nummer B Sieben davon in Kenntnis zu setzen, daß der Zug sich dem Zielbahnhof näherte. Nummer B Sieben hatte, wie überhaupt jede Nummer, das verbriefte Recht, den Zeitpunkt, zu dem er den Zug verließ, nach Belieben selbst zu bestimmen; aber Joghurt hatte natürlich nicht die geringste Absicht, sich hier die Beine in den Bauch zu stehen, während jemand anderes sich ausschlief. Also pochte er heftig an die Tür von B Sieben und betrat dann das Abteil.

Als Grant sich zur offenen Tür vorgearbeitet hatte, war Joghurt gerade dabei, B Sieben, der voll bekleidet auf seinem Bett lag, am Jackenärmel zu schütteln. »Kommen Sie, Sir, kommen Sie!« drängte er ihn, den Ärger in seiner Stimme nur mühsam unterdrückend. »Wir sind so gut wie da.«

Er blickte auf, als Grants Schatten die Tür verdunkelte. »Voll wie 'ne Haubitze!« kommentierte er angewidert.

Es war Grant nicht verborgen geblieben, daß über dem Abteil ein Whiskydunst von einer Dichte lag, daß ein Spazierstock darin steckengeblieben wäre. Geistesabwesend hob er eine Zeitung auf, die durch Joghurts Schüttelei zu Boden gefallen war, und strich die Jacke des Fremden glatt.

»Der Mann ist tot, sehen Sie das denn nicht?« sagte er. Durch den Schleier der Müdigkeit hörte er seine eigene Stimme: Der Mann ist tot, sehen Sie das denn nicht? Als sei nichts Besonderes daran. Das ist eine Primel, sehen Sie das denn nicht? Das ist ein Rubens, sehen Sie das denn nicht? Das ist das Albert Memorial, sehen Sie das denn –

»Tot«, kam es aus Joghurt mit einer Art Schluchzer hervor. »Das darf doch nicht wahr sein! Ich habe gleich Feierabend!«

Das also, registrierte Grant aus weiter Ferne, war es, was für Mister Leck-mich-am-Ärmel-Gallacher zählte. Jemand hatte sein Leben gelassen, war aus einer Welt der Wärme, der Emotionen, der Wahrnehmung ins Nichts gegangen, doch für Mister Scher-dich-zur-Hölle-Gallacher bedeutete das nicht mehr, als daß er vielleicht nicht pünktlich Feierabend machen konnte.

»Was soll ich denn jetzt machen?« jammerte Joghurt. »Das konnte ich doch nicht ahnen, daß sich jemand in meinem Wagen zu Tode saufen würde! Was soll ich denn jetzt machen?«

»Das müssen Sie natürlich der Polizei melden«, sagte Grant, und zum ersten Mal spürte er wieder, daß das Leben etwas war, das einem Freude machen konnte. Es bereitete ihm ein groteskes, makabres Vergnügen, daß Joghurt hier nun endlich einen ebenbürtigen Gegner gefunden hatte: einen Mann, der sich durch nichts dazu bringen lassen würde, ihm ein Trinkgeld zu geben; daß es dieser Mann sein würde, der ihm mehr Unannehmlichkeiten bereiten würde, als das je ein Reisender in seinen zwanzig Jahren Eisenbahndienst zu tun vermocht hatte.

Er betrachtete noch einmal das jugendliche Gesicht mit dem zerzausten schwarzen Haar, und dann setzte er seinen Weg den Gang entlang fort. Für Tote fühlte er sich nicht zuständig. Er hatte im Laufe seines Lebens mehr als genug Tote gesehen, und auch wenn der Tod in seiner Unwiderruflichkeit ihm noch immer ein wenig die Kehle zuschnürte, hatte er doch seinen Schrecken für ihn verloren.

Das Klicken der Räder war vorüber, und statt dessen hörte man das langgezogene, hohle Scharren eines Zuges, der in den Bahnhof einläuft. Grant öffnete das Fenster und blickte auf den Bahnsteig, der wie ein graues Band vorbeizog. Die Kälte traf ihn wie ein Fausthieb, und er begann heftig zu zittern.

Er setzte die beiden Koffer auf dem Bahnsteig ab, und nun stand er da (schnatterte wie ein blödsinniger Affe, wie er sich in Gedanken zurechtwies) und wünschte sich, es wäre möglich, für eine kurze Zeit tot zu sein. Irgendwo in seinem hintersten Hinterkopf wußte er natürlich, daß es letzten Endes eine Ehre war, um sechs Uhr an einem Wintermorgen auf einem Bahnsteig zu stehen und vor Erschöpfung und Kälte mit den Zähnen zu klappern, zeugte es doch davon, daß man am Leben war; aber wie wunderbar wäre es, in diesem Augenblick zu sterben und das Leben zu einem glücklicheren Augenblick wiederaufnehmen zu können.

»Zum Hotel, Sir?« fragte der Träger. »Kann ich machen. Ich bring' sie Ihnen rüber, wenn ich die Wagenladung hier versorgt hab'.«

Er stolperte die Treppe hinauf und die Überführung entlang. Die Bohlen klangen unter seinem Schritt hohl, wie Trommeln, rings um ihn quollen große Dampfwolken von unten herauf, und das dunkle Gewölbe war erfüllt von hallendem Lärm. Was man von der Hölle erzählte, dachte er bei sich, das war alles Unsinn. Es war nicht der gemütliche Ort, wo man im Fegefeuer braten konnte. Die Hölle, das war eine riesige, kalte, hallende Grotte, in der es weder Zukunft noch Vergangenheit gab: schwarze jammervolle Trostlosigkeit. Die Hölle war das Destillat eines Wintermorgens nach einer schlaflosen Nacht voller Selbstverachtung.

Die Stille, die ihn plötzlich umgab, als er hinaus auf den verlassenen Vorplatz trat, beruhigte ihn. Es war eine kalte, aber klare Nacht gewesen. Das erste Morgengrauen und ein Hauch von Schnee in der klaren Luft ließen die Berge ahnen. Bald würde es hell sein, und Tommy würde zum Hotel kommen und ihn abholen, und gemeinsam würden sie in die grandiose, klare Landschaft der Highlands fahren, fort von hier in die weite, beständige, schlichte Welt des schottischen Hochlands, wo man im Bett starb und wo niemand sich darum scherte, ob die Tür geschlossen war, weil es die Mühe nicht wert war.

Der Speisesaal des Hotels war nur an einem Ende beleuchtet, und die Reihen halbnackter, nur mit Filzauflagen versehener Tische erstreckten sich bis ins Dunkel. Nie zuvor hatte er, wenn er sich das überlegte, unbekleidete Restauranttische zu Gesicht bekommen. Ohne ihre weißen Waffenröcke waren sie ziemlich ärmliche, schäbige Dinger. Wie ein Kellner ohne seine Hemdbrust.

Ein Kind in schwarzem Schulkleid und grüner blumenbestickter Strickjacke schaute hinter einem Wandschirm hervor und schien verblüfft, als es ihn sah. Er fragte, was er zum Frühstück bekommen könne. Das Mädchen nahm einen Gewürzständer vom Buffet und stellte ihn auf das Tischtuch vor ihm mit einer Miene, als hebe sich damit der Vorhang zum ersten Akt.

»Ich schicke Ihnen Mary«, sagte sie artig und verschwand wieder hinter dem Schirm.

Das Dienstleistungsgewerbe hatte seinen Glanz verloren, dachte er, seine Finesse. Heute ging es, wie Hausfrauen zu sagen pflegen, auch ohne Bügeln. Aber es gab Tage, da genügte das Versprechen, man werde Mary schicken, um einen über Strickjacken und dergleichen Unzulänglichkeiten hinwegzutrösten.

Mary war eine gemütliche, rundliche Person, die ohne Zweifel Kindermädchen geworden wäre, wären Kindermädchen nicht aus der Mode gekommen, und Grant spürte, wie seine Anspannung nachließ, als sie für ihn zu sorgen begann – wie ein Kind, das die Gegenwart einer wohlwollenden Autorität spürt. Wie jämmerlich, dachte er bei sich: So sehr war er also auf Aufmunterung angewiesen, daß er sie sogar bei einer dicken Kellnerin finden konnte.

Aber er aß, was sie ihm vorsetzte, und fühlte sich allmählich besser. Kurze Zeit später kam sie zurück und ersetzte den Brotkorb durch einen Teller mit Brötchen.

»Da haben Sie Brötchen«, sagte sie. »Gerade erst angekommen. Sind auch nicht mehr das, was sie mal waren. Kein Biß mehr. Aber besser als das Brot da sind sie schon.«

Sie schob die Marmelade näher heran, schaute, ob er noch genug Milch hatte, und ging dann wieder. Grant, der sein Frühstück eigentlich schon beendet hatte, bestrich eins der Brötchen mit Butter und holte dann aus dem Bündel ungelesener Zeitungen, das er noch vom Vorabend hatte, eine hervor. Es war eine Londoner Abendzeitung, und er betrachtete sie verwundert. Hatte er eine Abendzeitung gekauft? Zweifellos hatte er doch die Abendzeitung zur üblichen Zeit gelesen, vier Uhr nachmittags. Warum sollte er dann um sieben eine weitere gekauft haben? War der Kauf einer Abendzeitung bereits zu einem Reflex geworden, genauso unbewußt wie das Zähneputzen? Beleuchteter Zeitungsstand: Abendzeitung. So funktionierte das also?

Die Zeitung war ein *Signal*, die abendliche Variante des morgendlichen *Clarion*. Grant betrachtete noch einmal die Schlagzeilen, die er schon am Nachmittag vorher gelesen hatte, und dachte darüber nach, wie wenig sie sich im Grunde änderten. Es war die Zeitung von gestern, aber sie hätte genausogut aus dem letzten Jahr oder aus dem kommenden Monat stammen können. Die Schlagzeilen würden für immer die gleichen bleiben wie die, die er gerade vor Augen hatte: Regierungskrise, Blondine in Maida Vale tot aufgefunden, Zollfahndung, Raubüberfall, amerikanischer Schauspieler eingetroffen, Verkehrsunfall. Er schob die Zeitung beiseite, aber als er schon die Hand nach der nächsten ausstreckte, bemerkte er, daß die Stelle, die für die letzten Meldungen freizubleiben pflegte, mit Bleistift bekritzelt war. Er zog die Zeitung wieder heran, um zu sehen, was für Rechnungen da wohl jemand angestellt hatte. Aber das Gekritzel stammte nicht etwa vom Zeitungsjungen, der dort in aller Eile das Wechselgeld berechnet hätte. Jemand hatte sich als Dichter versucht. Daß es sich um ein eigenes Werk handelte und nicht nur um den Versuch, ein Gedicht aus dem Gedächtnis zu Papier zu bringen, das sah man an der unzusammenhängenden Schrift und an der

Tatsache, daß der Schreiber in den beiden fehlenden Zeilen die notwendige Zahl von Hebungen markiert hatte – ein Trick, den Grant in seiner Zeit als bester Sonettkünstler der Oberprima selbst oft angewandt hatte.

Aber dieses Gedicht stammte nicht von ihm.

Und plötzlich wurde ihm klar, wessen Zeitung das war. Daß er sie hier vor sich hatte, verdankte er einer noch viel automatischeren Handlung, als es der Kauf einer Abendzeitung war. Er hatte sie aufgehoben, als sie im Abteil B Sieben zu Boden fiel, und dann hatte er sie zusammen mit seinen eigenen unter den Arm geklemmt. Mit seinem Bewußtsein – dem Bruchteil seines Verstandes, der nach der vergangenen Nacht noch bei Bewußtsein gewesen war – war er mit der respektlosen Art beschäftigt gewesen, mit der Joghurt einen hilflosen Mann behandelte. Die einzige Tat, zu der seine Willenskraft gereicht hatte, war das Glattstreichen der Jacke gewesen, mit dem er Joghurt zu verstehen gab, was er von seinem Benehmen hielt. Dafür hatte er eine Hand frei haben müssen, und so war die Zeitung zu den anderen unter seinem Arm gekommen.

Der junge Mann mit dem zerzausten schwarzen Haar und den verwegenen Augenbrauen war also ein Dichter gewesen?

Mit Interesse betrachtete Grant die Bleistiftzeilen. Der Verfasser hatte sich, so schien es, einen Achtzeiler vorgenommen, doch für die fünfte und sechste Zeile war ihm nichts eingefallen. So lautete der Text:

> Tiere, die reden,
> Ströme im Stand,
> Steine, die wandeln,
> Der singende Sand,
> . .
> . .
> Bewachen den Weg
> Ins Paradies.

Das war ja nun wirklich ausgesprochen seltsam. Das erste Stadium des Delirium tremens?

Man konnte sich denken, daß jemand mit solchen höchst außergewöhnlichen Gesichtszügen in seinen Alkoholträumen nichts so Gewöhnliches wie rosa Elefanten sehen würde. Für den jungen Mann mit den verwegenen Augenbrauen würde sich selbst die Natur ein wenig mehr ins Zeug legen. Aber was war das für ein Paradies, dessen Wächter von so angsteinflößender Absonderlichkeit waren? Das Vergessen? Warum hatte er sich so sehr nach dem Vergessen gesehnt, daß es ihm zum Paradies wurde? Daß er bereit gewesen war, den nur allzu bekannten, schrecklichen Weg zu gehen, um ihm nahezukommen?

Grant aß das leckere frische Brötchen, das ›keinen Biß‹ hatte, und überdachte die Angelegenheit. Die Schrift war wenig entwickelt, aber nicht zittrig; es schien eine unausgeprägte Erwachsenenhandschrift zu sein, unausgeprägt nicht aus mangelnder Koordination, sondern weil der Schreiber nie ganz erwachsen geworden war. Weil er im Grunde noch immer der Schuljunge war, der einst so geschrieben hatte. Diese Theorie fand Bestätigung in der Form der Großbuchstaben, die ganz den Regeln des Schönschreibheftes entsprachen. Seltsam, daß eine so starke Persönlichkeit keinen Versuch unternommen hatte, diese Persönlichkeit in der Handschrift zum Ausdruck zu bringen. Es gab nur wenige Leute, die sich nicht bemühten, die Schulschrift ihren eigenen Vorlieben anzupassen, ihren unbewußten Wünschen.

Schon seit Jahren hatte Grant sich immer wieder gelegentlich mit Handschriftenkunde beschäftigt, und die Ergebnisse dieser langfristigen Studien waren ihm bei seiner Arbeit schon oft von großem Nutzen gewesen. Dann und wann ging natürlich einer seiner Schlüsse in die Irre und sorgte dafür, daß Eitelkeit gar nicht erst aufkam – das einzig Bemerkenswerte an der Schrift eines Massenmörders, der seine Opfer in Säure aufzulösen pflegte, war ihre extreme Logik gewesen, was ja letzten Endes auch gut zu ihm paßte –, aber alles in allem erwies sich die Handschrift als ein ausgezeichneter Schlüssel zu den Menschen. Dafür, daß jemand die Schrift seiner Schulzeit beibehielt, gab es im allgemeinen zwei mögliche Gründe: Entweder mangelte es ihm an Intelligenz, oder er schrieb so wenig, daß die Handschrift keine Gelegenheit bekam, seine Persönlichkeit in sich aufzunehmen.

Bedachte man, mit welcher Intelligenz er die Alpträume, die an den Pforten des Paradieses lauerten, in Worte gefaßt hatte, dann war offensichtlich, daß dieser junge Mann nicht aus Mangel an Persönlichkeit in einer Kinderhandschrift schrieb. Seine Persönlichkeit – seine Vitalität, seine Interessen – hatte er für andere Dinge eingesetzt.

Aber was mochten das für Dinge sein?

Etwas Aktives, Lebensfrohes. Etwas, bei dem man die Schrift für Notizen wie »Treffen uns Cumberland Bar, 6.45, Tony« brauchte oder für Eintragungen in ein Logbuch. Andererseits war er nachdenklich genug, sich jenes Traumland, durch das der Weg zum Paradies führt, auszumalen und es in Worte zu fassen. Nachdenklich genug, einen Schritt zurückzutreten und es sich anzusehen, den Wunsch zu haben, es in Worte zu fassen.

Grant saß da, aß und bedachte diese Dinge; es war ihm warm, und er war ein wenig benommen. Er betrachtete die engen Bögen der Ns und Ms. Ein Lügner? Oder nur eigenbrötlerisch? Ein unerwartet zurückhaltender Zug bei einem Mann mit solchen Augenbrauen. Es war schon seltsam, wie sehr ein Gesichtsausdruck von den Augenbrauen bestimmt wurde. Nur eine kleine Veränderung im Winkel, und die Wirkung wäre eine völlig andere. Filmmagnaten holten sich hübsche kleine Mädchen aus Balham und Muswell Hill, zupften ihnen die Augenbrauen aus und malten andere an deren Stelle, und schon hatten sie geheimnisvolle Geschöpfe aus Omsk und Tomsk. Der Cartoonist Trabb hatte ihm einmal erzählt, es habe an dessen Augenbrauen gelegen, daß Ernie Price nicht Premierminister geworden sei. »Den Leuten haben seine Augenbrauen nicht gefallen.« Dabei hatte er ihm über den Rand seines Bierglases zugeblinzelt wie eine Eule. »Fragen Sie mich nicht, warum. Ich zeichne nur. Weil sie zornig aussahen, nehme ich an. Die Leute mögen keine zornigen Männer. Trauen ihnen nicht. Aber glauben Sie mir, das hat ihn den Sieg gekostet. Seine Augenbrauen. Die haben ihnen nicht gefallen.« Zornige Augenbrauen, überhebliche Augenbrauen, seriöse Augenbrauen, sorgenvolle Augenbrauen – die Augenbrauen waren es, die einem Gesicht den charakteristischen Ausdruck gaben. Und es war der Schwung der schwarzen Augenbrauen, der dem schmalen bleichen Gesicht, das dort auf dem Bett gelegen hatte, noch im Tod den Ausdruck des Energischen gab.

Nun – als der Mann diese Zeilen schrieb, war er noch nüchtern gewesen, zumindest da gab es keinen Zweifel. Jene Selbstvergessenheit des Säufers in Abteil B Sieben – die stickige Luft, die zerwühlte Bettdecke, die leere Flasche, die über den Boden rollte, das umgekippte Glas auf der Ablage –, das mochte das Paradies gewesen sein, nach dem er sich sehnte, aber als er den Plan für den Weg dorthin aufstellte, da war er nüchtern gewesen.

Der singende Sand.
Unheimlich und doch verlockend.
Singender Sand. Wahrscheinlich gab es tatsächlich irgendwo Sand, der sang? Es war ihm, als hätte er so etwas schon einmal gehört. Singender Sand. Sand, der unter den Füßen aufschrie, wenn man ihn betrat. Vielleicht war es auch der Wind oder sonst irgend etwas.
Ein Männerarm in kariertem Tweedjackett erschien vor seinem Auge und nahm sich ein Brötchen.
»Du scheinst dir 's ja gutgehen zu lassen«, sagte Tommy, zog einen Stuhl heran und setzte sich. Er teilte das Brötchen in zwei Hälften und bestrich sie mit Butter. »Die Dinger haben keinen Biß mehr heutzutage. Als ich noch ein Junge war, schlug man die Zähne hinein und zerrte. Die Chancen standen eins zu eins: Entweder gaben die Zähne zuerst nach oder das Brötchen. Aber wenn die Zähne gewannen, dann hatte man auch wirklich was im Mund. Ein schöner Bissen, Mehl und Hefe, an dem man ein paar Minuten zu kauen hatte. Heute schmecken sie nach gar nichts, und man könnte das ganze Ding zusammenfalten und auf einmal in den Mund stecken, ohne Gefahr, daß man daran ersticken würde.«
Grant schwieg und betrachtete ihn freudig. Es gab keine engere Vertrautheit, dachte er, als die, die einen mit jemandem verband, mit dem man die Stube im Internat geteilt hatte. Sie waren auch auf der Public School zusammen gewesen, aber die Prep School war es, wohin seine Gedanken zurückgingen, wann immer er Tommy wiedertraf. Vielleicht weil das muntere rosigbraune Gesicht mit den runden, treuherzigen blauen Augen im Grunde noch immer genau das Gesicht des Knaben in seinem schief geknöpften braunen Blazer war. Tommy hatte seinen Blazer stets mit fröhlicher Sorglosigkeit geknöpft.
Es paßte zu Tommy, daß er keine Zeit und Energie auf konventionelle Fragen nach seiner Gesundheit oder dem Verlauf seiner Reise verschwendete. Laura würde das natürlich genauso wenig tun. Sie würden ihn so nehmen, wie er war; so, als wäre er schon eine ganze Weile im Hause. So, als sei er gar nicht fortgewesen, sondern noch von seinem letzten Besuch da. Es war eine ausgesprochen erholsame Atmosphäre, von der er nun von neuem umgeben sein würde.
»Wie geht's Laura?«

»Könnte nicht besser gehen. Bißchen zugenommen. Sagt sie jedenfalls. Mir ist noch nichts aufgefallen. Hab' mir nie was aus mageren Frauen gemacht.«

Es hatte eine Zeit gegeben, als sie beide um die zwanzig waren, da hatte Grant mit dem Gedanken gespielt, seine Cousine Laura zu heiraten; und in ihr ging, da war er ganz sicher gewesen, damals das gleiche vor. Aber bevor es zu einer Erklärung gekommen war, war der Zauber verflogen, und ihre Beziehung war wieder die alte Freundschaft, die sie von jeher gewesen war. Der Zauber war Teil der langanhaltenden berauschenden Wirkung eines Highlandsommers gewesen. Teil der Morgen in den Hügeln, die nach dem Duft der Kiefernnadeln rochen, Teil der endlosen Abenddämmerungen, erfüllt mit dem süßen Hauch des Klees. Für Grant gehörten seine Cousine Laura und die Fröhlichkeit der Sommerferien zusammen; gemeinsam hatten sie den Schritt vom Kaulquappenglas zur ersten Angelrute gemacht, gemeinsam waren sie zum ersten Mal den Larig entlanggewandert, und gemeinsam hatten sie zum ersten Mal auf dem Gipfel des Braeriach gestanden. Aber erst in jenem Sommer am Ende ihrer Jugendzeit hatte sich dieses Glücksgefühl in der Person Lauras kristallisiert; zum ersten Mal war Laura Grant zum Inbegriff all dessen, wofür der Sommer stand, geworden. Auch heute noch hatte der Gedanke an jenen Sommer etwas Erhebendes. Er hatte die fragile Vollkommenheit, das Schillernde einer Seifenblase. Und weil sie nie ein Wort darüber verloren hatten, würde die Seifenblase nun auch niemals zerplatzen. Sie blieb fragil, vollkommen, schillernd, in der Schwebe – dort, wo sie sie gelassen hatten. Beide hatten sie sich anderen Dingen zugewandt, anderen Menschen. Laura war von einem zum anderen gehüpft mit der fröhlichen Sorglosigkeit eines Kindes, das ›Himmel und Hölle‹ spielt. Und dann hatte er sie zu jenem Ball der Ehemaligen mitgenommen. Und sie hatte Tommy Rankin kennengelernt. Und damit war alles klar gewesen.

»Was ist denn da am Bahnhof los?« fragte Tommy. »Der Krankenwagen und all das.«

»Jemand ist im Zug gestorben. Wahrscheinlich sind sie deswegen da.«

»Oh«, sagte Tommy, und damit war für ihn die Sache erledigt. »Solange du es nicht warst«, fügte er hinzu. Es klang wie ein Glückwunsch.

»Nein. Ich war's nicht, Gott sei Dank.«
»Du würdest denen im Yard fehlen.«
»Da wäre ich mir nicht so sicher.«
»Mary«, rief Tommy, »ich könnte einen schönen, starken Tee vertragen. Und von diesen ärmlichen Dingern« – mit verächtlicher Geste zeigte er auf den Teller mit den Milchbrötchen – »kannst du auch noch ein paar bringen.« Er blickte Grant mit seinen ernsten Kinderaugen an und sagte: »Die müssen dich einfach vermissen. Jetzt sind sie doch ein Mann weniger.«

Zum ersten Mal seit Monaten stieß Grant einen Laut hervor, der beinahe so etwas wie ein Lachen war. Nicht weil sie auf einen klugen Kopf verzichten mußten, hatte Tommy Mitgefühl mit den Leuten im Präsidium, sondern einfach, weil einer fehlte. Beinahe die gleiche Art von ›Familiensinn‹ hatte auch sein Vorgesetzter gezeigt. »Krankgeschrieben!« hatte Bryce gesagt, und seine Knopfaugen musterten den scheinbar so gesunden Körper Grants von oben bis unten, bevor sie ihm angeekelt wieder ins Gesicht blickten. »Tja, so ist das! Was ist nur aus dem Yard geworden! Zu meiner Zeit blieb man im Dienst, bis man umkippte. Und bis die Tragbahre kam, schrieb man auf dem Fußboden seinen Bericht.« Es war nicht einfach gewesen, Bryce die Diagnose des Arztes verständlich zu machen, und er hatte auch alles andere als Bereitschaft zum Verständnis gezeigt. Für Bryce hatte es so etwas wie Nerven niemals gegeben; er war reine physische Kraft, angetrieben von einem scharfen, wenn auch begrenzten Verstand. Grants Erläuterungen hatte er weder mit Verständnis noch mit Mitgefühl aufgenommen. Im Gegenteil – unterschwellig, nur mit dem Hauch einer Andeutung, hatte er ihm zu verstehen gegeben, daß er ihn für einen Simulanten hielt. Daß er diesen ach-so-seltsamen Zusammenbruch körperlich so bemerkenswert gut überstanden habe, weil sich die Frühlingssaison in den Gewässern der Highlands nähere; daß er sein Angelzeug schon gepackt gehabt habe, bevor er zum Arzt ging.

»Wie stopfen sie denn die Lücke?« fragte Tommy.

»Wahrscheinlich wird Sergeant Williams befördert. Seine Beförderung ist ohnehin seit langem überfällig.«

Auch dem getreuen Williams waren die Neuigkeiten nicht leicht beizubringen gewesen. Wenn ein Untergebener einen schon seit Jahren unverhohlen als Helden verehrt, dann ist es nicht einfach, sich ihm als armes geplagtes Nervenbündel zu präsentieren, hilflos eingebildeten Dämonen ausgeliefert. Auch Williams gehörte zu denen, die keinen einzigen Nervenstrang im Leibe hatten. Er ließ die Dinge über sich ergehen, sanftmütig und ohne zu fragen. Es war nicht einfach gewesen, Williams von seiner Lage in Kenntnis zu setzen und zu sehen, wie die Bewunderung sich in Sorge wandelte. In – Mitleid?

»Schieb mal die Marmelade rüber«, sagte Tommy.

Kapitel 2

Je weiter sie in die Berge kamen, desto friedvoller war ihm zumute. Die Art, wie Tommy ihn begrüßt hatte, hatten ihn von einer schweren Last befreit. Diese beiden nahmen ihn, wie er war; sie mochten ihn, aber sie hielten Abstand, ließen ihm Zeit, die vertraute Ruhe in sich aufzunehmen. Es war ein grauer ruhiger Morgen. Die Landschaft war klar und karg. Klare graue Mauern umgaben karge Felder, schlichte Zäune die geradlinigen Gräben. Die Natur war bereit, aber noch hatte nichts zu wachsen begonnen in dieser Landschaft. Nur hier und da ließ sich an den Gräben im Halbschatten ein zum Leben erwachter grüner Weidenbaum ausmachen.

Alles würde wieder ins Lot kommen. Hier bekam er, was er brauchte – die Stille des offenen Landes, die Weite, die Gelassenheit. Er hatte ganz vergessen gehabt, wie wohltuend diese Landschaft war; wie zufrieden sie einen machte. Die Hügel nahebei waren rund und grün und freundlich; in der Ferne ragten sie höher auf, schimmerten blau. Und am Horizont erhob sich, weiß und fern vor dem stillen Himmel, das Massiv der Highlands.

»Der Fluß hat aber sehr wenig Wasser, oder?« sagte er, als sie ins Tal des Turlie hinunterkamen. Und dann überwältigte ihn die Panik.

Genau so kam es immer wieder. Gerade eben noch ein freier und selbstbeherrschter Mann, im nächsten Augenblick ein hilfloses Geschöpf in den Klauen des Irrationalen. Er preßte seine Hände aneinander, um nicht die Tür aufzureißen, und er versuchte zuzuhören, was Tommy erzählte. Schon seit Wochen kein Regen mehr. Seit Wochen hatte es nicht mehr geregnet. Er mußte über den ausgebliebenen Regen nachdenken. Das hatte Folgen für ihn, daß es nicht geregnet hatte. Es würde ihm sein Angelvergnügen verderben. Schließlich war er nach Clune gekommen, um zu angeln. Wenn es keinen Regen gab, würde es auch keine

Fische geben. Keine Laichwanderung. Sie hatten ja kein Wasser. Lieber Gott, hilf, daß ich Tommy nicht zum Anhalten zwinge! Kein Wasser. Man muß vernünftig über das Angeln nachdenken. Wenn es schon seit Wochen nicht geregnet hatte, konnte der Regen doch nicht mehr lange auf sich warten lassen, oder? Wenn man einen Freund bitten konnte anzuhalten, weil einem übel war, warum konnte man ihn dann nicht auch darum bitten, um einem kleinen abgeschlossenen Raum zu entkommen? Schau dir doch den Fluß an. Schau wirklich hin. Erinnere dich an das letzte Mal, daß du hier warst. Da drüben hast du voriges Jahr deinen größten Fang gemacht. Und hier ist Pat von dem Felsen abgerutscht, auf dem er saß, aber er blieb mit dem Hosenboden hängen.

»Der schönste Fisch, den du je gesehen hast«, sagte Tommy gerade, »frisch zurück von der großen Reise.«

Die Haselnußbüsche am Fluß waren in der graugrünen Moorlandschaft als purpurne Farbflecken zu sehen. Bald würde es Sommer sein, und die Blätter würden mit ihrem kühlen Rascheln die Begleitmusik zum Lied des Flusses anstimmen, aber heute drängten sie sich noch rosa und schweigend am Ufer zusammen.

Auch Tommy fielen die kahlen Haselzweige auf, als er den Wasserstand des Flusses begutachtete, aber als Vater eines Sohnes dachte er dabei an anderes als an Sommernachmittage. »Pat hat sein Talent als Wünschelrutengänger entdeckt«, sagte er.

Schon besser. An Pat denken. Über Pat reden.

»Das ganze Haus ist voll von Astgabeln in allen Größen und Formen.«

»Hat er denn schon etwas aufgespürt?« Wenn er sich auf Pat konzentrieren konnte, war er vielleicht gerettet.

»Er hat Gold unter dem Wohnzimmerkamin entdeckt, eine Leiche unter dem Dingsbums im unteren Badezimmer, und zwei Brunnen.«

»Und wo liegen die?« Jetzt konnte es nicht mehr lange dauern. Noch fünf Meilen bis zum Ende des Glens, bis nach Clune.

»Einer unter dem Eßzimmerboden und einer unter dem Durchgang zur Küche.«

»Aber unter dem Wohnzimmerkamin habt ihr nicht gegraben, oder?« Das Fenster war weit geöffnet. Wieso machte er sich überhaupt Gedanken? Im Grunde war es ja gar kein geschlossener Raum, er war gar nicht geschlossen.

»Nein. Hat er mir sehr übelgenommen. Sagt, ich sei ein Einmalgeborener.«

»Einmalgeboren?«

»Genau. Sein neuestes Wort. Wenn ich es richtig verstehe, steht es noch eine Stufe unter einem Widerling.«

»Wo hat er denn das her?« Er würde es noch bis zu dem Birkenwald an der Ecke schaffen. Dann würde er Tommy bitten anzuhalten.

»Keine Ahnung. Ich glaube von einer Theosophin, die letzten Herbst einen Vortrag im Frauenverein gehalten hat.«

Wieso wehrte er sich dagegen, daß Tommy es erfuhr? Es war ja nichts, weswegen man sich schämen mußte. Wenn er wegen Syphilis gelähmt wäre, würde er Tommys Hilfe und Mitleid annehmen. Warum sollte er also die Tatsache vor Tommy verbergen, daß ihm aus Angst vor etwas, das nicht existierte, der Schweiß ausbrach? Vielleicht konnte er Tommy etwas vormachen? Könnte er Tommy nicht bitten, für einen Augenblick anzuhalten, um die Landschaft zu bewundern?

Inzwischen waren sie am Birkenwald. Wenigstens hatte er bis dahin durchgehalten.

Gleich kam die Kurve, in der die Straße ein Stück parallel zum Fluß verlief. Dann konnte er den Vorwand benutzen, er wolle einen Blick aufs Wasser werfen. Viel einleuchtender, als wenn er die Landschaft hätte bewundern wollen. Tommy würde mit Begeisterung einen Fluß betrachten, aber für jemanden, der die Landschaft sehen wollte, hätte er nur stummen Protest übrig.

Noch fünfzig Sekunden. Eins, zwei, drei, vier...

Jetzt.

»An der tiefen Stelle dort haben wir diesen Winter zwei Schafe verloren«, sagte Tommy, und schon hatten sie die Kurve hinter sich.

Zu spät.

Was gab es sonst noch für Vorwände? Mittlerweile war er so nahe an Clune, daß sich kaum noch ein Vorwand finden ließ.

Er konnte sich nicht einmal eine Zigarette anzünden – seine Hände hätten vielleicht zu sehr gezittert.

Wenn er nur irgend etwas tun könnte, irgendeine unbedeutende Kleinigkeit...

Er holte sich das Bündel Zeitungen vom Nebensitz und sortierte sie geschäftig und ohne tiefere Absicht. Es fiel ihm auf, daß der *Signal* nicht mehr dabei war. Er hatte ihn wegen des seltsamen kleinen Gedichtentwurfs auf der letzten Seite aufheben wollen, aber nun hatte er ihn doch im Speisesaal des Hotels liegenlassen. Nicht zu ändern. Es spielte ja auch keine Rolle. Die Zeitung hatte ihn beim Frühstück beschäftigt und damit ihre Aufgabe erfüllt. Und der Besitzer würde sie mit Sicherheit nicht mehr brauchen. Er war in seinem Paradies angekommen, seinem Vergessen – wenn es das war, wonach er gesucht hatte. Er konnte den Vorzug von Schweißausbrüchen, von zitternden Händen nicht mehr auskosten. Das Privileg, mit Dämonen zu ringen. Für ihn hatte es keinen klaren Morgen gegeben, keine freundliche Erde, keine Schönheit der Highland-Hügel am Horizont.

Zum ersten Mal begann er zu überlegen, was den jungen Mann wohl in den Norden geführt hatte.

Er hatte ja sein Schlafwagenabteil erster Klasse vermutlich nicht gebucht, um sich darin sinnlos zu betrinken. Seine Reise hatte ein Ziel gehabt. Es war um Geschäfte gegangen, oder er hatte sich einen Wunsch erfüllen wollen. Er hatte eine Absicht verfolgt.

Warum war er zu dieser unfreundlichen Jahreszeit, außerhalb der Saison, in den Norden gekommen? Zum Angeln? Bergsteigen? Wenn er sich recht erinnerte, hatte er in dem Abteil kein Gepäck gesehen. Aber das hätte sich auch unter der Pritsche befinden können, vielleicht sogar im Gepäckwagen. Was hätte ihn, abgesehen vom Sport, noch hierherführen können?

Ein Regierungsbeamter?

Nein, nicht mit diesem Gesicht.

Ein Schauspieler? Ein Künstler? Kaum.

Ein Seemann unterwegs zu seinem Schiff? Zu einem der Marinehäfen jenseits von Inverness? Das konnte er sich schon eher vorstellen. Auf der Brücke eines Schiffes würde sich dieses Gesicht ausgesprochen gut machen. Ein kleines Schiff; sehr schnell; ein schnittiges Ding, auch bei rauher See.

Was gab es sonst noch? Was konnte einen dunkelhaarigen schlanken jungen Mann mit verwegenen Augenbrauen und einer Schwäche für Alkohol Anfang März in die Highlands führen? Sollte er, wo Whisky heutzutage so schwer zu bekommen war, etwa daran gedacht haben, eine Schwarzbrennerei einzurichten?

Das war eine ganz hübsche Idee. Wie schwer würde so etwas sein? Nicht so leicht wie in Irland, weil die Bevölkerung den Hang zur Gesetzlosigkeit vermissen ließ; aber wenn man es erst einmal geschafft hätte, wäre der Whisky auch ungleich besser als dort. Er wünschte sich beinahe, er hätte dem jungen Mann diese Idee auseinandersetzen können. Hätte ihm zum Beispiel gestern beim Abendessen gegenübersitzen und zusehen können, wie ein Funkeln in dessen Augen kam beim Gedanken an diesen wundervollen Streich, den man dem Gesetz spielen konnte. Er wünschte sich, er hätte mit ihm reden können; Gedanken mit ihm austauschen; etwas über ihn erfahren. Wenn gestern abend jemand mit ihm geredet hätte, hätte er vielleicht heute an diesem Morgen voller Leben teilhaben können, an dieser herrlichen, beglückenden Welt mit ihren Wohltaten, ihren Hoffnungen, statt daß er –

»Und an der tiefen Stelle hinter der Brücke haben wir ihn dann an Land gezogen«, beschloß Tommy eine seiner Geschichten.

Grant betrachtete seine Hände und sah, daß sie aufgehört hatten zu zittern.

Für ihn war der tote junge Mann, der sich selbst nicht hatte retten können, zur Rettung geworden.

Er blickte auf und sah vor sich das weiße Haus von Clune. Es lag eingebettet in der grünen Flanke des Hügels, allein, bis auf ein schützendes Fleckchen Fichtenwald, das wie ein Stück grüne Stickerei auf die karge Landschaft geheftet schien. Blauer Rauch stieg kräuselnd aus dem Schornstein in die unbewegte Luft. Der Inbegriff von Frieden.

Als sie den staubigen Weg von der Straße zum Haus hinauffuhren, sah er, wie Laura zur Tür heraustrat und ihnen entgegenblickte. Sie winkte ihnen zu, dann steckte sie die Haarsträhne zurück, die ihr über die Stirn gefallen war. Bei dieser vertrauten Bewegung wurde ihm warm ums Herz. Genau so hatte sie als Kind immer auf dem kleinen Bahnhof von Badenoch auf ihn gewartet; genau so hatte sie gewinkt und dann die Haarsträhne zurückgestrichen. Genau diese Haarsträhne.

»Verdammt«, sagte Tommy, »ich habe vergessen, ihre Post einzuwerfen. Sag nichts davon, wenn sie nicht von sich aus danach fragt.«

Laura küßte ihn auf beide Wangen, warf einen einzigen Blick auf ihn und sagte dann:

»Ich habe ein hübsches Vögelchen für dich zum Mittagessen, aber wenn ich mir dich so ansehe – ich glaube, du solltest dich erst einmal ordentlich ausschlafen. Also ab mit dir nach oben, und um das Essen kümmern wir uns, wenn du wieder wach bist. Und zum Erzählen haben wir ja noch Wochen Zeit, da brauchen wir nicht gleich mit anzufangen.«

Kein anderer Gastgeber, ging es ihm durch den Kopf, hätte sich so perfekt den Bedürfnissen eines Gastes anpassen können wie Laura. Hier wurde keine mit so viel Mühe vorbereitete Mahlzeit angepriesen; hier gab es keine versteckte Nötigung. Sie bedrängte einen nicht einmal mit einer ungewollten Tasse Tee oder der nachdrücklichen Empfehlung ihres heißen Badewassers. Nicht einmal das übliche Ankunftsgeplauder erwartete sie, das höfliche Umherstehen. Sie versorgte ihn, ohne zu fragen und ohne zu zögern mit genau dem, was er dringend brauchte. Mit einem Kopfkissen.

Er überlegte, ob er wohl tatsächlich so schlecht aussah oder ob Laura ihn nur einfach besonders gut kannte. Bei Laura, dachte er, würde es ihm nichts ausmachen, wenn sie vom Bann des Grauens erfuhr, unter dem er stand. Es war seltsam, daß es ihm bei Laura so leichtfallen sollte, wo er es Tommy gegenüber nicht fertiggebracht hatte, ihm seine Schwäche einzugestehen. Eigentlich hätte es doch umgekehrt sein sollen.

»Ich habe dir diesmal das andere Schlafzimmer gegeben«, sagte sie und folgte ihm die Treppe hinauf. »Das nach Westen ist frisch gestrichen und riecht noch ein wenig.«

Es fiel ihm auf, daß sie tatsächlich etwas zugenommen hatte; aber ihre Fesseln waren nach wie vor sehenswert. Und dann wurde es ihm mit jenem ihm eigenen Abstand zu sich selbst, den er nie ganz überwinden konnte, klar, warum er kein Bedürfnis hatte, seine kindischen Panikanfälle vor Laura geheimzuhalten – weil ein gar nicht so kleiner und gar nicht so tief verborgener Teil von ihm auch heute noch in sie verliebt war. Den typisch männlichen Wunsch, sich der Geliebten besonders vorteilhaft darzustellen, gab es in seinem Verhältnis zu Laura nicht.

»Es heißt immer, in Schlafzimmern nach Osten hat man Morgensonne«, sagte sie, stand dabei in diesem Schlafzimmer nach Osten und schaute sich um, als sei sie noch nie vorher hiergewesen. »Als ob das eine besondere Empfehlung wäre. Ich finde es ja viel schöner, wenn man hinaus auf die sonnenbeschienene Landschaft blicken kann. Und das geht schließlich nicht, wenn einem die Sonne ins Auge scheint.« Sie steckte die Daumen in den Rockbund und lockerte die Spannung des Gummizugs, der ihr zu eng wurde. »Aber in ein bis zwei Tagen ist das Westzimmer wieder bewohnbar, und dann kannst du umziehen, wenn du willst. Und wie geht es meinem lieben Sergeant Williams?«

»Gesund und munter.«

Williams erschien vor seinem inneren Auge, wie er aufrecht und scheu im Salon des Westmoreland-Hotels am Teetisch saß. Er war auf dem Rückweg von einer Besprechung mit dem Geschäftsführer gewesen und auf Laura und Grant gestoßen, die dort ihren Tee einnahmen, und er hatte sich überreden lassen, sich zu ihnen zu setzen. Laura war begeistert von ihm gewesen.

»Weißt du, immer wenn das Land von einer seiner regelmäßigen Krisen geschüttelt wird, denke ich an Sergeant Williams, und sofort bin ich sicher, daß alles wieder in Ordnung kommen wird.«

»Ich gebe dir wohl gar kein Gefühl von Sicherheit, oder?« fragte Grant, während er seine Koffer öffnete.

»Nicht, daß ich wüßte. Jedenfalls nicht diese Art von Sicherheit. Dich würde ich erst brauchen, wenn die Dinge nicht wieder ins Lot kämen.« Und mit diesem kryptischen Kommentar verließ sie ihn. »Du sollst erst wieder runterkommen, wenn dir danach zumute ist. Meinetwegen kannst du sogar ganz oben bleiben. Du brauchst nur zu läuten, wenn du wach bist.«

Ihre Schritte verhallten im Flur, und dann breitete sich Stille um ihn aus.

Er zog seine Kleider aus und ließ sich in sein Bett fallen, ohne sich um das Tageslicht, das durchs Fenster drang, zu kümmern. Im selben Augenblick dachte er aber auch schon: Ich sollte die Vorhänge zuziehen, sonst weckt mich das Licht vielleicht zu schnell wieder auf. Widerwillig öffnete er die Augen, um den Lichteinfall abzuschätzen, und stellte fest, daß die Sonne überhaupt nicht mehr hereinschien. Sie hatte sich längst der Landschaft draußen zugewandt. Er erhob sich halb von seinem Kissen, um über dieses Phänomen nachzudenken, und es wurde ihm klar, daß es später Nachmittag war.

Entspannt und gutgelaunt drehte er sich auf den Rücken, lag da und hörte der Stille zu. Die ewige Stille. Er genoß sie, war dankbar für die lange Zeit ohne Qual, die ihm gewährt worden war. Zwischen hier und dem Pentland Firth gab es nicht einen abgeschlossenen Raum. Sogar zwischen hier und dem Nordpol, wenn man es sich genau überlegte. Durch das weit geöffnete Fenster konnte er den Abendhimmel betrachten, immer noch grau, aber schwach leuchtend, mit Wolkenstreifen überzogen. Keine Anzeichen von Regen; der Himmel spiegelte den Frieden dieser Landschaft wider, die Ruhe, die sie in ihrer Selbstversunkenheit ausstrahlte. Aber was machte das schon – wenn aus dem Angeln nichts wurde, konnte er immer noch spazierengehen. Wenn es ganz schlimm würde, bliebe immer noch die Kaninchenjagd.

Er betrachtete die Wolkenstreifen, wie sie sich vor ihrem Hintergrund immer dunkler abhoben, und überlegte, wen Laura wohl diesmal als Heiratskandidatin für ihn vorgesehen hatte. Es war bemerkenswert, wie sämtliche verheirateten Frauen sich verschworen, wenn es gegen den Junggesellenstand eines Mannes ging. Waren sie, wie Laura, glücklich verheiratet, dann schien den Frauen der Ehestand der einzig befriedigende für jeden Erwachsenen, der nicht eindeutig kränklich oder sonst erkennbar verhindert war. Waren sie unglücklich verheiratet, dann neideten sie jedem, dem eine solche Strafe erspart geblieben war, sein Los. Laura pflegte jedes Mal, wenn er nach Clune kam, ein sorgfältig ausgesuchtes weibliches Wesen zu seiner Begutachtung bereitzuhalten. Dessen Vorzüge wurden natürlich niemals ausdrücklich erwähnt; man ließ es einige Runden traben, damit er seine Gangart bewundern konnte. Zeigte er kein sonderliches Interesse an der Kandidatin, gab es niemals irgendeine Mißstimmung deswegen, nicht einmal einen Anflug von Tadel. Die einzige Folge war, daß Laura sich bis zum nächsten Mal eine neue einfallen ließ.

Irgendwo in der Ferne war etwas zu hören, was ihm entweder wie das träge Glucken einer Henne oder das Klappern von Teetassen, die auf den Tisch gestellt werden, vorkam. Er lauschte eine Weile, in der Hoffnung, es sei eine Henne, kam aber dann doch mit Bedauern zu dem Schluß, daß der Tee vorbereitet wurde. Zeit zum Aufstehen. Pat würde inzwischen aus der Schule zurück und Bridget von ihrem Mittagsschläfchen aufgewacht sein. Es war typisch für Laura, daß sie ihm nicht einmal die gebührende Bewunderung für ihre Tochter abverlangt hatte; daß sie ihn nicht aufgefordert hatte, in Begeisterung darüber auszubrechen, wie sehr diese seit dem letzten Jahr gewachsen war, wie klug sie geworden war, wie gut sie aussah. Bridgets Name war überhaupt nicht gefallen. Sie war nur ein junges Wesen, das irgendwo auf dieser Farm lebte, nicht anders als die anderen Tiere.

Er stand auf und ließ sich ein Bad ein. Zwanzig Minuten später war er auf dem Weg nach unten, und es wurde ihm klar, daß er zum ersten Mal seit Monaten wirklich Hunger hatte.

Das Familienbild, das sich ihm bot, als er die Wohnzimmertür öffnete, war nach Grants Meinung reinster Zoffany. Das Wohnzimmer von Clune nahm fast den gesamten Raum des ursprünglichen Farmhauses ein, das jetzt ein kleiner Seitenflügel des Hauptgebäudes war. Da der Raum ursprünglich in mehrere Zimmer unterteilt gewesen war, gab es mehr Fenster, als sonst in solchen Häusern üblich ist; er hatte dicke Wände, und man fühlte sich warm und geborgen; und er war nach Südwesten ausgerichtet und deshalb heller als die meisten anderen Zimmer des Hauses. Deshalb spielte sich hier auch das gesellige Leben dieses Hauses ab, wie in der großen Halle eines mittelalterlichen Herrenhauses. Nur bei Mittag- und Abendessen traf sich die Familie in einem anderen Raum. In der ›Abteilung Eßzimmer‹ sorgte ein großer runder Tisch am Kamin für Gemütlichkeit bei den Frühstücks- und Teemahlzeiten; der Rest des Zimmers war eine anheimelnde bunte Mischung aus Büro, Salon, Musikzimmer, Studierstube und Gewächshaus. Johan Zoffany hätte nicht ein einziges Detail zu ändern brauchen, dachte Grant. Hier war alles bereits versammelt bis hin zum Terrier, der sich eifrig am Tisch seinen Happen erbettelte, und zu Bridget, die ausgestreckt vor dem Feuer lag.

Bridget war drei Jahre alt, ein blondes schweigsames Kind, das seine Tage damit verbrachte, einige wenige immergleiche Besitztümer in immer neuen Mustern zu arrangieren. »Ich bin mir nie ganz sicher, ob sie nun schwachsinnig ist oder ein Genie«, sagte Laura. Aber nach dem Zweisekundenblick, mit dem Bridget ihn bei der Begrüßung bedacht hatte, hatte Grant das Gefühl, daß Lauras fröhlicher Tonfall durchaus berechtigt war; ›das Kind‹, wie Patrick es zu nennen pflegte, wies keinerlei Mangel an Intelligenz auf. So wie Pat diesen Begriff gebrauchte, schwang nicht die geringste Herabsetzung darin mit, nicht einmal nennenswerte Verachtung; er betonte damit lediglich seine eigene Zugehörigkeit zur Gruppe der Erwachsenen, der er sich mit seinen sechs Jahren Altersvorsprung und nach eigener Einschätzung zurechnete.

Pat hatte rote Haare und kühle einschüchternde graue Augen. Er trug einen verschlissenen grünkarierten Kilt, blaugraue

Strümpfe und einen an vielen Stellen gestopften grauen Pullover. Er begrüßte Grant beiläufig, aber der ungehobelte Ton war ein gutes Omen. Als Sprache hatte sich Pat das ausgesucht, was seine Mutter ›knorriges Pertshire‹ nannte, denn in der Dorfschule war sein Busenfreund der Sohn des Schäfers, der aus Killin stammte. Er sprach natürlich auch makelloses Englisch, was jedoch im allgemeinen als Zeichen schlechter Laune zu deuten war. Wenn Pat mit jemandem ›nicht mehr redete‹, dann pflegte er das in bestem Englisch zu tun.

Während des Tees fragte Grant ihn, ob er sich schon entschieden habe, was er werden wolle; bisher hatte Pat, seit er vier war, mit schöner Regelmäßigkeit geantwortet: »Das Verfahren ist noch nicht abgeschlossen« – ein Satz, den er von seinem Vater übernommen hatte, der das Amt des Friedensrichters versah.

»Klar«, sagte Pat und nahm sich großzügig Marmelade. »Hab' mich 'ntschieden.«

»Tatsächlich? Das ist aber schön. Was willst du denn werden?«

»Ein Revolutionär.«

»Ich hoffe nur, ich muß dich nicht eines Tages verhaften.«

»Das könn'st du nich'«, war Pats lakonischer Kommentar.

»Warum nicht?«

»Mensch, ich bin natürlich 'n g u t e r Revolutionär«, klärte Pat ihn auf und nahm sich noch einen Löffel voll.

»Zweifellos hat Königin Victoria den Begriff in diesem Sinne gebraucht«, sagte Laura, während sie ihrem Sohn das Marmeladenglas entwand.

Wegen solcher Sätze hatte er sie geliebt. Wegen der eigenartigen faszinierenden Fähigkeit, Dinge, selbst ihre Rolle als Mutter, aus ironischer Distanz zu sehen.

»Ich habe einen Fisch für dich«, sagte Pat und kratzte sämtliche Marmelade auf eine Seite des Brotes, so daß wenigstens die Hälfte in der gewünschten Dicke bestrichen war. (Was er in Wirklichkeit sagte, klang ein wenig anders, aber Pats Laute wären dem Auge ebensowenig angenehm wie dem Ohr, und deshalb mag der Leser sie sich dazudenken.) »Unter dem Vorsprung am Cuddy Pool. Du kannst auch meine Fliege geliehen bekommen, wenn du magst.«

Da Pat eine große Blechschachtel voll mit den verschiedensten dieser Mordinstrumente besaß, konnte ›meine Fliege‹ nur ›die von mir erfundene Fliege‹ bedeuten.

»Wie sieht denn Pats Köder aus?« fragte er, nachdem Pat die Tafel verlassen hatte.

»Gemeingefährlich, würde ich sagen«, antwortete seine Mutter. »Ein fürchterliches Ding.«

»Fängt er irgend etwas damit?«

»Seltsamerweise ja«, sagte Tommy. »Wahrscheinlich hat die Welt der Fische genauso ihre Trottel wie jede andere.«

»Die armen Biester reißen vor Erstaunen ihr Maul auf, wenn sie das Ding zu Gesicht bekommen«, sagte Laura, »und bevor sie es wieder zubekommen, hat ihnen die Strömung den Haken hineingetrieben. Morgen ist Samstag, da hat er Zeit, es dir vorzuführen. Aber ich glaube, nicht einmal mit Pats scheußlicher Schöpfung werdet ihr den Sechspfünder im Cuddy Pool an die Oberfläche bekommen – nicht, solange das Wasser so niedrig steht.«

Und natürlich hatte Laura recht. Der Samstag morgen war sonnig und trocken, und der Sechspfünder im Cuddy Pool war viel zu verzweifelt, weil er gefangen saß, viel zu besessen von seinem Wunsch, weiter den Fluß hinauf zu gelangen, als daß er sich von Attraktionen an der Oberfläche hätte ablenken lassen. Schließlich kam der Vorschlag auf, Grant solle im See Forellen angeln, mit Pat als Gehilfen. Es waren zwei Meilen bis zum Loch, einem flachen Tümpel in öder Moorlandschaft. An einem stürmischen Tag blies einem der Wind am Lochan Dhu die Schnur im rechten Winkel aus dem Wasser und hielt sie straff wie einen Leitungsdraht. War es windstill, dann fraßen einen die Mücken auf, und die Forellen schauten aus dem Wasser und lachten einem ins Gesicht.

Aber wenn auch für Grant das Forellenangeln nicht gerade der Traum einer gelungenen Freizeitbeschäftigung war, so war die Aussicht, ihm dabei zu helfen, für Patrick offenbar der siebte Himmel. Es gab nichts, was Pat nicht fertigbrachte – ob er nun unten in Dalmore auf dem schwarzen Bullen ritt oder von Mrs. Mair im Postamt mit einem halben Penny und einigen Drohungen Süßigkeiten für drei Pence erpreßte. Aber das Vergnügen, mit einem Boot zu fahren, wohin er wollte, konnte er sich noch nicht ohne Hilfe verschaffen. Das Boot am See war mit einem Schloß gesichert.

Also begann Grant den Aufstieg, den sandigen Pfad durch die trockene Heide, Pat neben und immer einen Schritt hinter sich, wie einen wohlerzogenen Jagdhund. Während er so ging, spürte er, wie unlustig er war, und er wunderte sich darüber.

Was hinderte ihn an diesem Morgen daran, sich zu vergnügen, sich zu freuen, daß er angeln gehen konnte? Seeforellen kamen vielleicht seinem Bedürfnis nach sportlichem Wettstreit nicht ganz entgegen, aber schließlich war es schon etwas, wenn er überhaupt den Tag mit einer Angelrute in der Hand verbringen konnte, selbst wenn er nichts dabei fing. Er war überglücklich, an der frischen Luft zu sein, lebendig – er hatte Zeit, er spürte das altbekannte Federn des Moorbodens unter den Füßen, vor ihm ragten die Hügel auf. Warum regte sich dann in seinem tiefsten Unterbewußtsein ein leichter Widerwillen? Warum wäre er lieber auf der Farm geblieben, statt das Boot zu nehmen und den Tag auf dem Lochan Dhu zu verbringen?

Sie waren eine Meile gegangen, als er endlich die Erklärung aus dem Unterbewußtsein hervorgeholt hatte, wo sie verborgen gewesen war. Er hatte in Clune bleiben wollen, um die Tageszeitung zu lesen, wenn sie ankam.

Er hatte wissen wollen, was aus B Sieben geworden war.

Sein Bewußtsein hatte B Sieben hinter sich gelassen, zusammen mit den Qualen der Reise und der Erinnerung an seine Demütigung. Bewußt hatte er nicht mehr an ihn gedacht, seit er bei seiner Ankunft ins Bett gefallen war, bis jetzt, beinahe vierundzwanzig Stunden später. Aber wie es schien, war B Sieben ihm treu geblieben.

»Wann kommt denn dieser Tage die Zeitung in Clune an?« fragte er Pat, der ihm immer noch schweigend und wohlerzogen mit einem Schritt Abstand folgte.

»Wenn Johnny sie bringt, kommt sie um zwölf, aber wenn's Kenny ist, wird es auch schon mal fast eins.« Und Pat, offenbar froh, daß der langweilige Marsch durch Konversation aufgelokkert wurde, fügte hinzu: »Kenny macht nämlich in Dalmore Teepause, die Straße runter nach Osten. Der ist in MacFadyeans Kirsty verknallt.«

Was für eine schöne Welt, dachte Grant, wo die Nachrichten vom Trubel der großen Politik warten konnten, während MacFadyeans Kirsty ihrem Kenny eine Tasse Tee servierte. Bevor das Radio kam, mußte es beinahe paradiesisch gewesen sein.

»Bewachen den Weg ins Paradies.«

Der singende Sand.

Tiere, die reden,
Ströme im Stand,
Steine, die wandeln,
Der singende Sand ...

Was hatte er damit beschreiben wollen? War es wirklich nur ein Land der Phantasie?

Hier draußen, in dieser offenen, urwüchsigen Landschaft, schien die Beschreibung auf eine Weise angemessen, die ihr beinahe das Eigenartige nahm. Heute morgen kam es ihm gar nicht so unwahrscheinlich vor, daß es irgendwo auf der Welt einen Ort gab, wo die Steine wandelten. Gab es nicht Orte, allgemein bekannte Orte, selbst hier in den Highlands, wo ein Mann allein, im hellen Tageslicht, an einem Sommertag, plötzlich von der Gewißheit überkommen wurde, unbekannte Mächte beobachteten ihn, so daß eine große Angst ihn ergriff und er in Panik von dem Orte floh? Jawohl, das gab es, und ohne daß der Betreffende vorher die Wimpole Street aufgesucht gehabt hätte. An jenen ›alten‹ Stätten war eben alles möglich. Sogar redende Tiere.

Was hatte B Sieben so eigenartig gefunden?

Sie ließen das kleine Boot auf seiner hölzernen Rutsche zu Wasser, und Grant ruderte hinaus auf den See, auf die luvwärts gelegene Ecke zu. Es war viel zu sonnig, aber ein leises Lüftchen wehte, aus dem sich vielleicht eine Brise entwickeln konnte, die das Wasser ein wenig in Bewegung setzen würde. Er schaute zu, wie Pat seine Rute zusammensetzte und eine Fliege an der Schnur befestigte, und es ging ihm durch den Kopf, daß, wenn ihm schon das Glück eines eigenen Sohns versagt blieb, ein kleiner rothaariger Cousin kein schlechter Ersatz war.

»Hast du schon jemals 'n Bukett überreicht, Alan?« fragte Pat, während er mit der Fliege hantierte. Er sprach es wie ›Bucke‹ aus.

»Nicht, daß ich wüßte«, sagte Grant vorsichtig. »Warum?«

»Sie wollen, daß ich der Viscountess 'n Blumenstrauß überreiche, wenn sie den Dalmore-Saal einweihen kommt.«

»Saal?«

»Dieser Schuppen an der Kreuzung«, sagte Pat bitter. Er schwieg einen Augenblick lang und ließ sich offenbar die Angelegenheit durch den Kopf gehen. »Ist 'ne verdammte Tussisache, 'nen Blumenstrauß überreichen.«

Grant, der sich Laura auch in ihrer Abwesenheit verpflichtet fühlte, überlegte fieberhaft. »Es ist eine große Ehre«, sagte er.

»Dann soll dem Kind die Ehre zuteil werden.«

»Sie ist ein wenig zu jung, um solche Verantwortung zu tragen.«

»Na gut, sie ist zu jung für die Verantwortung, und ich bin zu alt für das Getue. Dann müssen sie sich eben 'ne andere Familie dafür suchen. Sowieso alles Blödsinn. Der Saal wird doch schon seit Monaten benutzt.«

Zu dieser illusionslosen Verachtung der scheinheiligen Erwachsenenwelt blieb Grant jeder Kommentar im Halse stecken.

In guter Männerfreundschaft angelten sie Rücken an Rücken; Grant warf seine Schnur träge und unaufmerksam aus, Pat mit dem ihm eigenen unverbesserlichen Optimismus. Zur Mittagszeit waren sie auf die Höhe der kleinen Anlegestelle zurückgetrieben, und sie ruderten an Land, um in der Hütte Tee auf ihrem Spirituskocher zu bereiten. Grant machte gerade die letzten Ruderschläge, da sah er, daß Pat die Augen fest auf etwas am Ufer gerichtet hatte, und er blickte hinüber, um zu sehen, was solch eindeutige Zeichen von Mißfallen verursachen mochte. Er betrachtete die seltsame Gestalt, die sich da in einer grotesken Verkleidung näherte, und fragte, um wen es sich handle.

»Das«, antwortete Pat, »ist Wee Archie.«

Wee Archie schwenkte einen Schäferstab, den, wie Tommy später bemerkte, ein Schäfer nicht einmal gern bei seiner Leiche geduldet hätte, und er trug einen Kilt, bei dem ein echter Highlander nicht im Traum daran gedacht hätte, sich lebend mit ihm erwischen zu lassen. Der Stab überragte ihn um fast zwei Fuß, und der Kilt hing auf seinen nicht vorhandenen Hüften wie ein schmuddeliger Unterrock. Aber der Besitzer sah offenbar nichts Unvorteilhaftes darin. Das Tartanmuster seines ärmlichen Röckchens war grell wie ein Pfauenschwanz, ein schreiender Kontrast zu den Farben des Moors. Sein kleiner dunkler Fischkopf war von einer blaßblauen Balmoral-Mütze mit einem Band in Karomuster geziert, die er in einem so verwegenen Winkel seitlich heruntergezogen hatte, daß sie sein rechtes Ohr bedeckte. Auf der gegenüberliegenden Seite sproß aus dem Band ein beträchtliches Büschel Vegetation hervor. Die stockdünnen Beine zierten leuchtendblaue Socken von so wolliger Textur, daß sie beinahe wie bösartige Wucherungen wirkten. Die Riemen seiner derben Schuhe waren mit einem Schwung überkreuz um die mageren Waden geschnürt, der Malvolio vor Neid hätte erblassen lassen.

Grant war fasziniert. »Was macht er denn hier draußen?«

»Er wohnt im Gasthaus in Moymore.«

»Oh. Und was arbeitet er?«

»Er ist ein Revolutionär.«

»Tatsächlich? Die gleiche revolutionäre Sache wie deine?«

»Nee!« sagte Pat voller Verachtung. »Allerdings muß ich sagen, ursprünglich hab' ich die Idee womöglich von ihm. Aber so einem würde doch keiner zuhören. Der schreibt Gedichte.«

»Ein echter Einmalgeborener, hm?«

»Der! Mann, der ist überhaupt noch nicht geboren. Das ist 'n – 'n – 'n Ei.«

Grant vermutete, daß das Wort, das Pat eigentlich gesucht hatte, ›Amöbe‹ war, daß aber seine Kenntnisse noch nicht so weit fortgeschritten waren. Die niedrigste ihm bekannte Lebensform war das Ei.

Das ›Ei‹ kam ihnen strahlend am steinigen Seeufer entgegen und lüpfte dabei das Hinterende seines entsetzlichen Unterrocks mit einer übertriebenen Geste, die nicht eben gut zu seinen hüpfenden Bewegungen über die Steine hinweg paßte. Plötzlich war Grant überzeugt, daß er Hühneraugen hatte. Hühneraugen an seinen schmalen rosigen Füßen, die zum Fußschweiß neigten. Die Art von Füßen, derentwegen Leute ständig an die Ratgeberspalten der Zeitungen schrieben. (Unbedingt jeden Abend waschen und sorgfältig abtrocknen, vor allem zwischen den Zehen. Jeden Morgen sorgfältig mit Puder bestäuben, stets frische Socken tragen.)

»*Cia mar tha si?*« rief er ihnen zu, sobald er in Rufweite kam.

Grant sann darüber nach, ob es wohl Zufall war, daß alle verschrobenen Menschen eine solche dünne tonlose Stimme hatten. Oder war es eher so, daß dünne tonlose Stimmen zu den Versagern und den Enttäuschten dazugehörten, und Versagen und Enttäuschung weckten dann den Wunsch, anders als die Masse zu sein?

Diese gälische Wendung hatte er seit seinen Kindertagen nicht mehr gehört, und der affektierten Art, in der sie vorgebracht wurde, setzte er einen kühlen Gruß entgegen. Er wünschte dem Mann einen guten Morgen.

»Patrick hätte Ihnen sagen müssen, daß es ein zu sonniger Tag zum Angeln ist«, sagte dieser, als er zu den beiden hinaufkletterte. Grant wußte nicht, was ihn mehr ärgerte, der abscheuliche Glasgower Akzent oder der unangebracht herablassende Tonfall, mit dem er sie bedachte. Die Sommersprossen auf Pats heller Haut verloren sich im Rot, das sein Gesicht überflutete. Mit zitternden Lippen rang er nach Worten.

»Ich nehme an, er wollte mir meinen Spaß nicht verderben«, sagte Grant freundlich und beobachtete, wie die Flutwelle aus Pats Gesicht zurückwich und allmählich einem anerkennenden Gesichtsausdruck Platz machte. Pat war klargeworden, daß es im Umgang mit der Dummheit wirkungsvollere Mittel als den Frontalangriff gab. Das war eine völlig neue Erkenntnis für ihn, und er prüfte gerade, ob sie ihm schmeckte, ließ sie auf der Zunge vor- und zurückgleiten.

»Wie ich sehe, sind Sie an Land gekommen, um Ihren Imbiß einzunehmen«, sagte Wee Archie munter. »Wenn Sie nichts dagegen haben, leiste ich Ihnen gern Gesellschaft.«

Also machten sie Tee für Wee Archie, nicht gerade mit Begeisterung, aber höflich. Immerhin hatte er seine eigenen Butterbrote dabei, und während sie aßen, hielt er ihnen einen Vortrag über die Größe Schottlands, seine glorreiche Vergangenheit, seine blühende Zukunft. Er hatte nicht nach Grants Namen gefragt, und Grants Sprache hatte ihn zu dem Irrtum verleitet, ihn für einen Engländer zu halten. Mit Erstaunen hörte Grant von den Grausamkeiten, die England einem geknechteten und wehrlosen Schottland antat. (Er selbst konnte sich kaum etwas weniger Geknechtetes und weniger Wehrloses vorstellen als das Schottland, das er kannte.) England war, so schien es, ein Blutsauger, ein Vampir, der Schottland das Lebensblut aussaugte und es dann bleich und erschöpft liegenließ. Schottland hatte unter dem fremden Joch stöhnen, es hatte hinter dem Triumphwagen des Eroberers wanken müssen, es hatte dem Tyrannen Tribut zahlen, seinen Bedürfnissen sein Können opfern müssen. Doch nun würde es bald das Joch abwerfen, die Fesseln sprengen; das Feurige Kreuz würde wieder von Haus zu Haus getragen, und bald würde die Heide in Flammen stehen. Es gab kein Klischee, das Wee Archie ihnen erspart hätte.

Grant betrachtete ihn mit jenem Interesse, das man einem neuen Stück in seiner Sammlung angedeihen läßt. Er kam zu dem

Schluß, daß der Mann älter war, als er zuerst gedacht hatte. Mindestens fünfundvierzig; eher Ende vierzig. Über das Alter hinaus, bei dem man noch auf Besserung hoffen konnte. Was immer er als Ziel vor Augen gehabt hatte, er hatte es nicht erreicht; für ihn würde es nie mehr etwas anderes geben als seine erbärmliche Verkleidung und seine Klischees.

Er drehte sich um, um zu sehen, welche Wirkung diese Perversion des Patriotismus auf das Junge Schottland hatte, und sein Herz schlug höher. Das Junge Schottland saß dort mit dem Gesicht zum See gewandt, als sei selbst der Anblick von Wee Archie zuviel für Pat. Er kaute verbissen und teilnahmslos, und sein Blick erinnerte Grant an Flurry Knox aus Edith Somervilles irischen Erzählungen: »ein Blick wie eine Steinmauer, mit Glasscherben gekrönt.« Die Revolution würde kräftigere Geschütze als Archie brauchen, wenn sie auf die Kinder ihres Landes Eindruck machen wollte.

Grant fragte sich, wovon diese Kreatur wohl lebte. Zweifellos nicht von seinen Gedichten. Und auch vom freien Journalismus, jedenfalls von der Art, die Archie schreiben würde, konnte man nicht leben. Vielleicht schlug er sich als ›Kritiker‹ durch. Schließlich rekrutierten sich zumindest die unbedeutenden unter den Kritikern aus den Reihen der Erfolglosen. Es gab natürlich die Möglichkeit, daß er von jemandem unterstützt wurde – vielleicht von einem machtgierigen einheimischen Unzufriedenen, vielleicht auch von einer ausländischen Macht, in deren Interesse es lag, Zwietracht zu säen. Archie gehörte zu einem Typus, der dem Sicherheitsdienst nur zu gut bekannt war: der Versager, krank vor unbefriedigter Eitelkeit.

Grant sehnte sich noch immer nach der Tageszeitung, die Johnny oder Kenny gegen Mittag in Clune abliefern würde, und eigentlich hatte er Pat vorschlagen wollen, Feierabend zu machen, statt sich weiter mit Fischen abzumühen, die nicht die geringste Absicht hatten zu beißen. Aber wenn sie jetzt aufbrächen, müßten sie in Wee Archies Gesellschaft zurückgehen, und das galt es zu vermeiden. Also stellte er sich darauf ein, seine müßige Angelei wieder aufzunehmen.

Aber es hatte den Anschein, daß Archie gern bei der Angelpartie dabeigewesen wäre. Wenn es im Boot noch einen freien Platz gebe, sagte er, werde es ihm eine Freude sein, ihnen Gesellschaft zu leisten.

Wiederum zitterten Pats Lippen.

»Gern«, sagte Grant, »kommen Sie nur mit. Sie können beim Ausschöpfen helfen.«

»Ausschöpfen?« sprach der Retter Schottlands und erbleichte.

»Genau. Es ist nicht mehr besonders dicht. Kommt eine Menge Wasser rein.«

Daraufhin war Archie zu dem Schluß gekommen, es wäre vielleicht doch besser für ihn, wenn er seine Schritte nach Moymore lenkte (Archie pflegte niemals zu gehen, er lenkte stets seine Schritte). Die Post würde inzwischen gekommen sein, und er sollte sich um seine Korrespondenz kümmern. Und dann, damit sie nicht auf die Idee kamen, er sei womöglich kein guter Seemann, erzählte er ihnen, welche Wunder er schon auf See vollbracht hatte. Nur seinem seemännischen Geschick war es zu verdanken, daß er und vier andere letzten Sommer die Küste einer Hebrideninsel lebend erreicht hatten. Er malte die Geschichte in immer grelleren Farben aus, was zu dem Verdacht Anlaß gab, er ließe sie sich erst beim Erzählen einfallen, und als er damit fertig war, wechselte er hastig das Thema – als wolle er Fragen vermeiden – und wollte von Grant wissen, ob er die Inseln kenne.

Dieser verschloß die Hütte, steckte den Schlüssel ein und sagte nein, er kenne die Inseln nicht. Bei dem Stolz, mit dem Archie sie ihm daraufhin schilderte, hätte man denken können, sie seien sein persönlicher Besitz. Die Heringsfischer von Lewis, Mingulay und seine Klippen, die Lieder Barras, die Hügel von Harris, die wilden Blumen von Benbecula, und der Sand, der wunderbare, weiße Sand von Bernerey.

»Er singt wohl nicht zufällig, der Sand«, fragte Grant, um der Prahlerei ein Ende zu setzen. Er stieg in das Boot und stieß ab.

»Nein«, antwortete Wee Archie, »der nicht. Aber der auf Cladda.«

»Was ist auf Cladda?« fragte Grant verblüfft.

»Der singende Sand. Na, Petri Heil. Aber es ist wirklich kein guter Tag zum Angeln. Viel zu sonnig.«

Und mit diesem freundlichen Spruch richtete er seinen Schäferstab auf und hüpfte am Ufer entlang davon, nach Moymore und zu seinen Briefen. Grant stand reglos im Boot und sah ihm nach. Als er schon beinahe außer Hörweite war, rief er plötzlich:

»Gibt es etwa auch wandelnde Steine auf Cladda?«

»Was?« rief Archie mit schwacher Stimme zurück.

»Gibt es wandelnde Steine auf Cladda?«

»Da nicht. Die sind auf Lewis.«

Und die Libellengestalt mit der Moskitostimme entschwand im Braun des Horizonts.

Kapitel 3

Sie kehrten zur Teezeit mit fünf wenig eindrucksvollen Forellen, dafür aber mit um so größerem Appetit zurück. Als Entschuldigung für die mageren Forellen führte Pat an, an einem solchen Tag könne man schließlich nicht erwarten, andere Fische zu fangen als die, die er ›die Dummköpfe‹ nannte; die anständigen Fische waren viel zu vernünftig, sich bei diesem Wetter fangen zu lassen. Die letzte halbe Meile nach Clune hatten sie wie Pferde zurückgelegt, die schon den Stall riechen, und Pat war von Grasbüschel zu Grasbüschel gehüpft wie ein junger Gemsbock, so gesprächig, wie er auf dem Hinweg schweigsam gewesen war. Die Welt und die Londoner Themse schienen Lichtjahre entfernt, und Grant hätte nicht einmal mit dem König tauschen wollen.

Aber als sie sich in Clune im gefliesten Flur die Schuhe abwischten, kam ihm wieder seine unvernünftige Ungeduld in den Sinn, die Zeitung zu lesen. Und da ihm Unvernunft grundsätzlich und bei sich selbst ganz besonders zuwider war, putzte er sich die Schuhe sorgfältig noch ein zweites Mal ab.

»Mann, du bist aber pingelig«, sagte Pat und ließ es bei seinem Schuhwerk mit der Andeutung eines Wischens genug sein.

»Es ist sehr ungehobelt, ein Haus mit schmutzigen Schuhen zu betreten.«

»Ungehobelt?« fragte Pat, der Sauberkeit, wie Grant schon vermutet hatte, für eine ›Tussisache‹ hielt.

»Jawohl. Schlampig und unerwachsen.«

»Puh«, sagte Pat und wischte sich seine Schuhe verstohlen ein zweites Mal ab. »Was ist denn das für'n Haus, das nicht mal 'n bißchen Matsch vertragen kann«, sagte er und stürmte mit solchermaßen wiederhergestelltem Selbstbewußtsein wie eine Armee von Invasoren ins Wohnzimmer.

Im Wohnzimmer war Tommy gerade dabei, Honig auf ein warmes Scone zu träufeln, Laura goß Tee ein, Bridget arrangierte ein neues Ensemble von Objekten kunstvoll auf dem Fußboden, und der Terrier war rund um den Tisch unterwegs. Sah man davon ab, daß zu dem Lichtschein vom Kamin nun das Sonnenlicht hinzukam, war es genau dasselbe Bild wie am Vorabend. Mit dem einen Unterschied, daß es irgendwo im Zimmer eine Zeitung gab, die ihm wichtig war.

Laura, der sein umherschweifender Blick nicht entging, fragte ihn, ob er nach etwas suche.

»Ja, ich suche die Zeitung.«

»Oh, die wird bei Bella sein.« Bella war die Köchin. »Wenn du sie gerne haben möchtest, hole ich sie dir nach dem Tee.«

Einen Augenblick lang war er vor Ungeduld wütend auf sie. Sie war entschieden zu selbstgefällig. Hier in ihrer Trutzburg war sie zu glücklich, mit ihrem reich gedeckten Teetisch, mit ihrem kleinen Fettröllchen über dem Gürtel, mit ihren kerngesunden Kindern, ihrem liebenswerten Tommy, ihrer Sicherheit. Es würde ihr guttun, wenn sie mit ein paar Dämonen zu ringen hätte; wenn sie dann und wann hinaus in die Leere gefegt würde und in den bodenlosen Abgrund blickte. Aber die Absurdität dieser Vorstellung brachte ihn wieder zur Vernunft, und er mußte eingestehen, daß er unrecht hatte. An Lauras Glück gab es nichts Selbstgefälliges, und Clune war auch alles andere als eine Fluchtburg vor der Wirklichkeit. Früher hätten die beiden Hütehunde, die sie am Tor in einem schwarzweißen tobenden Knäuel begeistert wedelnd begrüßt hatten, Namen wie Moss oder Glen oder Trim gehabt. Heute hörten sie, wie er festgestellt hatte, auf Tong und Zang. Die Wasser des Chindwin waren längst den Turlie hinuntergegangen. Hier gab es keine Elfenbeintürme mehr.

»Natürlich haben wir noch die *Times*«, sagte Laura, »aber die kommt immer mit einem Tag Verspätung; du wirst sie also schon gelesen haben.«

»Wer ist Wee Archie?« fragte er, als er am Tisch Platz nahm.

»So so, ihr habt also Archie Brown getroffen?« sagte Tommy, klappte die beiden Hälften seines Scone zusammen und leckte den Honig ab, der an den Seiten heraustropfte.

»So heißt er?«

»So hieß er. Seit er sich zum Vorkämpfer des Gälischen gekürt hat, nennt er sich Gilleasbuig Mac-a'-Bruithainn. Macht ihn furchtbar unpopulär in Hotels.«

»Wieso?«

»Na, würdest du gern jemanden ausrufen lassen, der Gilleasbuig Mac-a'-Bruithainn heißt?«

»Ich würde es vorziehen, ihn überhaupt nicht unter meinem Dach zu haben. Was hat er denn hier zu suchen?«

»Er schreibt ein gälisches Epos – sagt er zumindest. Vor zwei Jahren konnte er noch überhaupt kein Gälisch, da wird bei dem Gedicht wohl nicht viel rauskommen. Früher war er bei der Plim-Plum-Plapper-Schule. Du weißt schon: bei den Lowland-Scots-Jungs. Da hat er jahrelang dazugehört. Aber hat's nie zu was gebracht. Zuviel Konkurrenz. Also kam er zu dem Schluß, daß Lowland Scots nichts als verkommenes Englisch sei, eine abscheuliche Sache, und das einzig Wahre sei die Rückkehr zur ›alten Zunge‹, der echten Sprache. Also ›nahm er Stunden‹ bei einem Bankangestellten in Glasgow, einem Knaben von Uist, und schnappte ein wenig Gälisch auf. Er kommt ab und zu an die Hintertür und hält Bella Predigten, aber sie sagt, sie versteht kein Wort. Sie hält ihn, wie sie sich ausdrückt, für ›nicht ganz klar im Kopf‹.«

»Archie Browns Kopf ist ganz in Ordnung«, sagte Laura ärgerlich. »Wenn er nicht den Grips gehabt hätte, sich diese Rolle für sich auszudenken, dann wäre er heute Lehrer in irgendeinem gottverlassenen Nest, und nicht einmal der Schulrat wüßte, wer er ist.«

»Auf dem Moor ist er jedenfalls unübersehbar«, sagte Grant.

»Am Rednerpult ist er noch schlimmer. Wie eine dieser schrecklichen Trachtenpüppchen, die die Touristen als Souvenir mit nach Hause nehmen, und ungefähr genauso schottisch.«

»Er ist kein Schotte?«

»Aber nein. Kein Tropfen schottisches Blut in seinen Adern. Sein Vater stammte aus Liverpool, und seine Mutter war eine O'Hanrahan.«

»Es ist schon seltsam, wie immer wieder die größten patriotischen Eiferer Ausländer sind«, sagte Grant. »Aber ich glaube nicht, daß er es bei den Gälen mit ihrer Feindseligkeit gegenüber Fremden weit bringen wird.«

»Zumal er ja ein noch viel schlimmeres Handicap hat«, sagte Laura.

»Und was wäre das?«

»Sein Glasgower Akzent.«

»Stimmt, der ist fürchterlich.«

»Das meine ich nicht. Was ich sagen will: Jedesmal, wenn er den Mund aufmacht, erinnert er seine Zuhörer daran, daß ihre Regierung in Glasgow sitzen könnte – ein schlimmeres Schicksal als der Tod.«

»Als er von der Schönheit der Inseln sprach, war vom ›singenden Sand‹ die Rede. Wißt ihr etwas darüber?«

»Kommt mir vor, als hätte ich schon einmal davon gehört«, sagte Tommy ohne großes Interesse. »Auf Barra oder Berneray oder irgendwo dort.«

»Auf Cladda, sagte er.«

»Ja, Cladda kann's auch sein. Meinst du, das Boot am Lochan Dhu hält noch einen Sommer oder zwei?«

Pat hatte inzwischen vier Scones und ein Stück Kuchen verschlungen, mit der Schnelligkeit eines Schäferhunds, der einen gestohlenen Leckerbissen schluckt. »Kann ich jetzt von Bella den *Clarion* holen?«

»Wenn sie damit fertig ist«, sagte seine Mutter.

»Och, die ist sicher schon lange damit fertig«, sagte Pat. »Sie liest ja sowieso nur die Seite über die Sterne.«

»Sie interessiert sich für Astronomie?« fragte Grant, als sich die Tür hinter Pat schloß.

»Das nicht«, sagte Laura. »Wassermann und Co.«

»Ach so. Sirius, Vega und Capella bestimmen den Tageslauf.«

»Genau. Sie sagt, auf Lewis mußte man auf das zweite Gesicht warten. Hier liest man die Zukunft jeden Tag in der Zeitung – das ist eine schöne, praktische Sache.«

»Wozu braucht Pat denn den *Clarion*?«

»Er liest natürlich den Comic Strip mit zwei Figuren namens Tolly und Snib. Ich kann mich nicht mehr erinnern, ob es Enten oder Kaninchen sind.«

Folglich mußte Grant warten, bis Pat das Neueste über Tolly und Snib erfahren hatte, und bis dahin waren Laura und Tommy gegangen, die eine in die Küche, der andere nach draußen, so daß nur das schweigsame Kind auf dem Teppich zu seiner Gesellschaft blieb, das endlos seine Schätze ordnete. Feierlich übernahm er die sorgfältig zusammengefaltete Zeitung von Pat, und während dieser das Zimmer verließ, faltete er sie unter Aufbietung aller Selbstbeherrschung bedächtig auseinander. Es war eine schottische Ausgabe, und abgesehen vom ›Feuilleton‹ war das Blatt mit den detailliertesten lokalen Neuigkeiten geradezu vollgestopft, aber über den gestrigen Vorfall in der Eisenbahn schien nichts berichtet zu werden. Er blätterte vor und zurück, durch den Dschungel von Bedeutungslosigkeiten, wie ein Terrier, der ein Gestrüpp durchkämmt, und schließlich spürte er etwas auf: einen winzigen Abschnitt am Ende einer Spalte mit Fahrradunfällen und hundertsten Geburtstagen. ›MANN IN ZUG GESTORBEN‹, lautete die nüchterne Überschrift. Und darunter fand sich die schlichte Nachricht:

Beim gestrigen Eintreffen des *Flying Highlander* in seinem Zielbahnhof wurde einer der Reisenden, ein junger Franzose namens Charles Martin, tot aufgefunden. Es wird angenommen, daß er im Laufe der Nacht eines natürlichen Todes starb, aber da der Tod auf englischem Boden eintrat, wird der Leichnam zur gerichtlichen Untersuchung nach London überführt.

»Ein Franzose!« sagte er laut, und Bridget blickte von ihren Spielsachen auf und betrachtete ihn.

Ein Franzose? Mit Sicherheit nicht! Mit Sicherheit?

Das Gesicht schon. Vielleicht. Bei dem Gesicht konnte man sich das schon vorstellen. Aber nicht die Handschrift. Diese ausgesprochen englische Schuljungenhandschrift.

Hatte die Zeitung womöglich gar nicht B Sieben gehört?

Ob er sie einfach nur irgendwo mitgenommen hatte? Vielleicht in einem Restaurant, wo er vor Antritt der Reise gegessen hatte? Die Stühle in Bahnhofsrestaurants lagen ja immer voller liegengelassener Zeitungen der früheren Gäste. Er konnte sie auch von zu Hause mitgenommen haben, aus seinem Zimmer, wo immer er gewohnt hatte. Die Zeitung konnte auf dutzenderlei Art zufällig in seinen Besitz gekommen sein.

Vielleicht war er auch ein Franzose, der in England erzogen worden war, so daß die runde unordentliche Schrift an die Stelle der eleganten, schräg verschlungenen getreten war, die zu seiner Herkunft gepaßt hätte. Nichts sprach grundsätzlich dagegen, daß diese Bleistiftzeilen von B Sieben verfaßt worden waren.

Trotzdem war es seltsam.

Und bei plötzlichen Todesfällen, auch wenn sie noch so natürlich scheinen, gewinnt das Seltsame Bedeutung. Bei seiner ersten Begegnung mit B Sieben war sein professionelles Ich so betäubt gewesen, so losgelöst von dem, was in der Welt vorging, daß er die Angelegenheit nicht anders betrachtet hatte als jeder schlaftrunkene Zivilist. B Sieben war für ihn nichts weiter gewesen als ein junger toter Reisender in einem whiskydurchtränkten Abteil, der von einem entsetzlich ungeduldigen Schlafwagenschaffner mißhandelt wurde. Nun aber wurde etwas ganz anderes aus ihm: Er wurde GEGENSTAND EINER GERICHTLICHEN UNTERSUCHUNG. Das war eine Sache, die man professionell anging; eine Sache, für die es feste Regeln und Verfahrensweisen gab; eine Sache, die Vorsicht, Pflichtbewußtsein und entsprechende Verhaltensweisen erforderte. Zum ersten Mal machte Grant sich klar, daß die Tatsache, daß er die Zeitung aus dem Abteil mitgenommen hatte, wenn man es ganz genau nahm, ein wenig suspekt wirken konnte. Mit Sicherheit war es unbeabsichtigt gewesen; ein Diebstahl aus Versehen. Aber genau betrachtet, hatte er doch ein Beweisstück unterschlagen.

Während Grant diese Dinge erwog, kehrte Laura aus der Küche zurück und sagte: »Alan, ich möchte, daß du mir einen Gefallen tust.«

Sie holte ihr Nähkörbchen und stellte es an einen Stuhl.

»Alles, was in meiner Macht steht.«

»Pat weigert sich, etwas zu tun, was ihm aufgetragen ist, und ich möchte, daß du ihn dazu überredest. Er vergöttert dich – auf dich wird er hören.«

»Es geht dabei nicht zufällig um einen Blumenstrauß?«

»Woher wußtest du das? Hat er schon mit dir darüber gesprochen?«

»Er hat es nur erwähnt, heute morgen am See.«

»Du hast doch nicht für ihn Partei ergriffen, oder?«

»Wo du im Hintergrund lauerst! Nein. Ich brachte die Meinung zum Ausdruck, es handle sich um eine große Ehre.«

»Hat er sich überzeugen lassen?«

»Nein. Er hält die ganze Sache für ›Blödsinn‹.«

»Ist sie auch. Inoffiziell wird der Saal schon seit Wochen benutzt. Aber die Leute hier im Tal haben eine Menge Geld und Arbeit investiert, um das Ding zu errichten, und es gehört sich einfach, daß es mit einer ordentlichen Zeremonie eröffnet wird.«

»Aber muß denn Pat derjenige sein, der den Blumenstrauß überreicht?«

»Er muß. Wenn er es nicht tut, macht es MacFadyeans Willie.«

»Laura, du erstaunst mich!«

»Wenn du MacFadyeans Willie kennen würdest, würdest du dich nicht über mich lustig machen. Er sieht aus wie ein Frosch mit Elephantiasis. Und die Socken rutschen ihm immer runter. Eigentlich ist es ja eine Sache für ein Mädchen, aber es gibt im Tal kein weibliches Kind im richtigen Alter. Es kommen nur Pat und MacFadyeans Willie in Frage. Und außerdem sieht Pat nicht nur hübscher aus, es gehört sich auch, daß jemand von Clune es macht. Frag mich bitte nicht warum, und sag nicht, daß du dich über mich wundern mußt. Du brauchst einfach nur Pat zu überreden.«

»Ich werd's versuchen«, sagte Grant mit einem Lächeln. »Was ist das denn für eine Viscountess?«

»Lady Kentallen.«

»Die Mutter?«

»Die Witwe, meinst du wohl. Bis jetzt gibt es nur die eine. Ihr Sohn ist noch zu jung zum Heiraten.«

»Wie habt ihr sie denn dazu gebracht?«

»Sie war mit mir auf der Schule. Auf St. Louisa.«

»Aha: Erpressung. Die Tyrannei der guten alten Zeit.«

»Von wegen Tyrannei«, sagte Laura. »Sie war froh, daß sie kommen und uns den Gefallen tun konnte. Sie ist ein Schatz.«

»Das beste, um Pat seine Aufgabe schmackhaft zu machen, wäre es, wenn man sie in seinen Augen attraktiv erscheinen lassen könnte.«

»Sie ist wahnsinnig attraktiv.«

»Das meine ich nicht. Vorteile in einem Bereich herausstellen, der für ihn wichtig ist.«

»Sie kann gut mit der Fliege umgehen«, sagte Laura nachdenklich, »aber damit wird man Pat kaum beeindrucken können. Er hält einfach jeden, der nicht angeln kann, für nicht ganz normal.«

»Man könnte ihr nicht einige revolutionäre Züge verleihen?«

»Revolutionär!« Lauras Augen leuchteten auf. »Das ist eine Idee. Eine Revolutionärin. Ein wenig links war sie ja immer. ›Um Miles und Georgiana zu ärgern‹, wie sie sagte. Das sind ihre Eltern. Sie hat es nie besonders ernst genommen; so etwas hat sie nicht nötig, dazu sieht sie viel zu gut aus. Aber vielleicht ist das eine Grundlage, auf der ich aufbauen kann. Ja. Ich glaube, wir machen eine Revolutionärin aus ihr.«

Um was für Sachen Frauen sich Gedanken machen! dachte Grant und sah zu, wie die Nadel durch die Maschen der Socke glitt, die sie gerade stopfte. Dann wandte er sich wieder seinen eigenen Gedanken zu. Er war noch mit ihnen beschäftigt, als er zu Bett ging. Aber bevor er einschlief, beschloß er noch, daß er am Morgen Bryce einen Brief schreiben würde. In erster Linie würde es ein Brief sein, in dem er von seiner Ankunft in dieser heilsamen Umgebung berichten würde. Er würde der Hoffnung Ausdruck verleihen, daß er seinen Dienst vielleicht schon vor der vom Doktor angenommenen Zeit wieder antreten könnte; aber ganz nebenbei würde er auch die Gelegenheit nutzen, seinen Fehler wiedergutzumachen und alles, was er über die Existenz der Zeitung wußte, an die zuständige Stelle weiterzuleiten.

Frische Luft und ein reines Gewissen sorgten für tiefen, anhaltenden Schlaf, und er erwachte in einer ungeheuren Stille. Nicht nur draußen herrschte die Stille – auch das Haus lag wie im Zauberschlaf. Und plötzlich fiel Grant ein, daß Sonntag war. Keine Post würde heute aus dem Tal abgehen. Er würde mit seinem Brief den weiten Weg bis nach Scoone fahren müssen.

Beim Frühstück fragte er Tommy, ob er das Auto geliehen haben könne, um einen wichtigen Brief nach Scoone zu bringen, und Laura bot an, ihn zu fahren. Also zog er sich gleich nach dem Frühstück auf sein Zimmer zurück, um den Brief zu verfassen, und am Ende war er sehr zufrieden damit. Er hatte das Thema B Sieben so geschickt hineingeschmuggelt, wie ein Kunststopfer ein fremdes Stück Stoff in das große Muster einfügt. Die Erinnerung an die Arbeit, schrieb er, sei er nicht so schnell losgeworden, wie er sich das gewünscht habe, sei doch das erste, was ihm am Ende seiner Zugfahrt zu Gesicht gekommen sei, eine Leiche gewesen. Die Leiche sei gerade von einem wütenden Schlafwagenschaffner energisch geschüttelt worden, der im Glauben gewesen sei, da schlafe jemand seinen Rausch aus. Gott sei Dank habe er ja mit der Sache nichts zu tun gehabt. Abgesehen von der einen Kleinigkeit, daß er aus Versehen eine Zeitung aus diesem Abteil mitgenommen habe. Beim Frühstück habe er sie zwischen seinen eigenen gefunden. Es sei der *Signal* gewesen, und er würde ihn wahrscheinlich für sein eigenes Exemplar gehalten haben, hätte sich nicht in der freien Spalte für letzte Meldungen jemand als Dichter versucht. Es habe sich um englische Verse in einer englischen Handschrift gehandelt, und es sei nicht auszuschließen, daß sie von jemand anderem als dem Toten gestammt hätten. Soviel er wußte, würde die gerichtliche Untersuchung in

London stattfinden. Bryce solle diese kleine Nachricht, wenn er sie für bedeutsam genug halte, an die zuständige Stelle weiterleiten.

Als er wieder hinunter kam, war die Sonntagsruhe dahin. Das Haus erzitterte vor Aufstand und Rebellion. Pat hatte erfahren, daß jemand nach Scoone fuhr (nach seinen ländlichen Begriffen selbst sonntags eine Metropole, die unzählige Zerstreuungen bot), und er wollte mitgenommen werden. Seine Mutter hingegen war fest entschlossen, ihn, wie gewöhnlich, zur Sonntagsschule zu schicken.

»Statt so zu maulen«, sagte sie gerade, »solltest du froh sein, daß du ein Stück mitfahren kannst.«

Grant hatte den Eindruck, daß ›maulen‹ ein höchst unangemessenes Wort war, um das Feuer des Widerspruchs zu beschreiben, das in Pat loderte. Es schüttelte ihn, wie der laufende Motor ein geparktes Auto schüttelt.

»Wenn wir nicht zufällig nach Scoone führen, müßtest du zu Fuß zur Kirche gehen«, erinnerte sie ihn, »wie jeden Sonntag.«

»Pah, wem macht das denn was aus! Duggie und ich, wir unterhalten uns prima dabei.« Duggie war der Sohn des Schäfers. »Aber es ist eine Tatsache, daß ich meine Zeit in der Sonntagsschule verschwende, wenn ich auch nach Scoone fahren könnte. Das ist nicht fair.«

»Pat, ich lasse nicht zu, daß du von der Sonntagsschule als Zeitverschwendung sprichst.«

»Ich bin sowieso nicht mehr lange da, wenn ihr euch nicht vorseht. Ich sterbe an Auszehrung.«

»Oh. Und was ist die Ursache dafür?«

»Mangel an Frischluft.«

Sie mußte lachen. »Pat, du bist großartig!« Aber es war immer ein Fehler, über Pat zu lachen. Pat nahm sich selbst so ernst, wie ein Tier das tut.

»Lacht mich nur aus!« sagte er bitter. »Wenn ihr sonntags in die Kirche geht, könnt ihr dann Kränze auf mein Grab legen, damit werdet ihr eure Sonntage zubringen, nicht mit Fahrten nach Scoone!«

»So etwas Übertriebenes würde mir nicht im Traum einfallen. Ab und zu ein paar Löwenmäulchen, wenn ich zufällig vorbeikomme, mehr hast du von mir nicht zu erwarten. Hol dir deinen Schal; du wirst ihn brauchen.«

»Einen Schal! Im März!«

»Es ist kalt draußen. Hol dir deinen Schal. Das wird dich vor Auszehrung bewahren.«

»Als ob du dich um meine Auszehrung kümmern würdest, du mit deinen Löwenmäulchen. Aber die Grants waren ja schon immer für ihren Geiz bekannt. Ein armseliger geiziger Haufen. Ein Glück für mich, daß ich ein Rankin bin, ein Glück für mich, daß ich euren abscheulichen roten Tartan nicht zu tragen brauche.« Pats abgewetzter grüner Kilt zeigte das Macintyre-Muster, das besser zu seinem roten Haar paßte als die fröhlichen Grant-Farben. Tommys Mutter hatte den Stoff beigesteuert, und als gute Macintyre war sie froh, ihren Enkel in dem zu sehen, was sie ein anständiges Tuch nannte.

Er stapfte zum Rücksitz des Autos, und dort saß er und brütete vor sich hin. Der verachtete Schal lag zusammengeknäult in der gegenüberliegenden Ecke des Sitzes.

»Heiden dürfen doch gar nicht in die Kirche«, machte er einen neuen Versuch, während sie die Sandpiste zum Tor hinunterschlitterten, daß die Steine nur so spritzten.

»Welche Heiden?« fragte seine Mutter, aufs Fahren konzentriert.

»Ich. Ich bin Mohammedaner.«

»Dann mußt du um so dringender in eine christliche Kirche und dort bekehrt werden. Mach das Tor auf, Pat.«

»Ich hege keinerlei Wunsch, bekehrt zu werden. Ich fühle mich wohl, so wie ich bin.« Er hielt ihnen das Tor auf und schloß es dann hinter ihnen. »Ich habe nichts für die Bibel übrig«, sagte er, während er wieder einstieg.

»Dann kannst du auch kein guter Mohammedaner sein.«

»Wieso nicht?«

»Manches aus der Bibel gibt es bei ihnen auch.«

»Ich wette, David gibt es da nicht.«

»Von David hältst du nichts?« fragte Grant.

»Ein erbärmlicher Weichling, tanzt und singt wie ein Mädchen. Keiner aus dem ganzen Alten Testament käme bei einer Schafsauktion zurecht.«

Er saß aufrecht in der Mitte des Rücksitzes, zu erfüllt vom Geist der Rebellion, um sich entspannen zu können, den düsteren Blick in gedankenverlorener Wut auf die Straße vor ihnen geheftet. Er hätte, überlegte Grant, ja genausogut in der Ecke sitzen und schmollen können. Es machte ihn glücklich, daß sein Cousin eine lodernde, aufrechte Fackel des Widerspruchs war und kein selbstmitleidiges zusammengesunkenes Häufchen Elend.

Der gekränkte Heide stieg an der Kirche aus, nach wie vor zornerfüllt und aufrecht, und ging ohne zurückzublicken davon, um sich unter eine kleine Gruppe von Kindern zu mischen, die an der Seitentür wartete.

»Wird er sich denn dort nun benehmen?« wollte Grant von Laura wissen, während das Auto wieder anrollte.

»Aber ja. Eigentlich geht er nämlich gerne hin. Und natürlich ist Douglas da, sein Jonathan. Ein Tag, an dem er nicht wenigstens für eine Weile Duggie herumkommandieren kann, wäre ein verlorener Tag für ihn. Außerdem wußte er von Anfang an, daß ich ihn nicht mit nach Scoone nehmen würde. Er hat uns nur ein wenig ärgern wollen.«

»Das hat er ziemlich eindrucksvoll gemacht.«

»Kann man wohl sagen. Pat hat viel von einem Schauspieler.«

Sie fuhren noch zwei weitere Meilen, bevor die Gedanken an Pat sich allmählich zerstreuten. Und dann stieß mit einem Schlag in die Leere, die Pat hinterlassen hatte, die Erkenntnis, daß er in einem Auto saß. Daß er eingeschlossen in einem Auto saß. Augenblicklich verwandelte sich der Erwachsene, der voller Verständnis und Vergnügen den unvernünftigen Launen eines Kindes zugeschaut hatte, in ein Kind, das bebend und zitternd sah, daß sich feindselige Riesen näherten.

Er kurbelte das Fenster auf seiner Seite ganz herunter. »Sag Bescheid, wenn es dir zu kalt wird«, sagte er.

»Du bist zu lange in London gewesen«, antwortete sie.

»Wieso?«

»Nur Stadtmenschen sind so verrückt nach frischer Luft. Die Leute auf dem Land haben nichts gegen einen hübschen Mief, das ist eine Abwechslung gegenüber der vielen frischen Luft, die sie haben.«

»Ich kurbele es wieder hoch, wenn du willst«, sagte er, auch wenn sich seine Lippen bei diesen Worten vor Selbstbeherrschung anspannten.

»Nein, laß nur«, sagte sie und begann von einem neuen Wagen zu erzählen, den sie bestellt hatten.

Und der gewohnte Kampf begann von neuem. Die gewohnten Argumente, die gewohnten Tricks, das gewohnte Gut-Zureden.

Die Fenster waren offen, das wußte er, er wußte auch, daß es ja nur ein Auto war und man jederzeit anhalten konnte. Er wollte sich zwingen, an etwas anderes zu denken, an etwas, das weit entfernt vom Hier und Jetzt war, er versuchte sich einzureden, welches Glück es war, überhaupt am Leben zu sein. Aber die Flut seiner Panik stieg unaufhaltsam, bedrohlich, unerbittlich. Eine schwarze, böse Flut, abscheulich, ekelerregend. Schon hatte sie seine Brust erreicht, lastete auf ihm, daß er kaum atmen konnte – nun reichte sie ihm bis zum Halse, griff nach seiner Kehle, hielt seinen Nacken wie mit Zangen umklammert. Noch einen Augenblick, dann würde sein Gesicht davon bedeckt sein.

»Lalla, halt an!«

»Du willst anhalten?« fragte sie überrascht.

»Ja.«

Sie brachte den Wagen zum Stehen, und auf zitternden Beinen stolperte er nach draußen, lehnte sich an die Steinmauer und sog die frische Luft in tiefen Zügen ein.

»Ist dir schlecht, Alan?« fragte sie besorgt.

»Nein, ich mußte nur einfach aus dem Auto raus.«

»Oh«, sagte sie erleichtert. »Wenn's weiter nichts ist.«

»Wenn's weiter nichts ist?«

»Außer der Klaustrophobie. Ich dachte schon, du seist krank.«

»Und das zählt für dich nicht als Krankheit?« fragte er bitter.

»Natürlich nicht. Ich bin auch mal fast vor Angst gestorben, als mir jemand die Höhlen in Cheddar gezeigt hat. Ich war vorher noch nie in einer Höhle gewesen.« Sie hatte den Motor abgestellt und setzte sich nun, halb mit dem Rücken zu ihm, auf einen Markierungsstein. »Wenn man mal von den Kaninchenbauen absieht, die wir Höhlen nannten, als wir klein waren.« Sie bot ihm eine Zigarette an. »Ich war noch nie wirklich unter der Erde gewesen, und ich hatte mir überhaupt nichts Schlimmes dabei gedacht. Ich konnte es gar nicht abwarten, ich freute mich, und ich war schon eine gute halbe Meile vom Eingang weg, als es plötzlich über mich kam. Mir brach der Schweiß aus vor Angst. Passiert dir das oft?«

»Ja.«

»Weißt du, daß du der einzige bist, der mich noch ab und zu Lalla nennt? Wir sind ganz schön alt geworden.«

Er drehte sich um und sah sie an, und sein Gesicht entspannte sich.

»Ich habe immer gedacht, außer vor Ratten hättest du vor nichts Angst.«

»Oh doch. Ich habe ein ganzes Sortiment von Ängsten. Ich glaube, jeder hat das. Jedenfalls jeder, der nicht einfach zu beschränkt dazu ist. Ich behalte die Ruhe, weil ich ein ruhiges Leben führe und Fettpolster ansetze. Wenn ich so überarbeitet wäre, wie du das ständig bist, würde ich eine tobende Irre sein. Wahrscheinlich hätte ich Klaustrophobie und Agoraphobie gleichzeitig und würde in die Annalen der Medizin eingehen. Es wäre natürlich ein großer Trost, wenn der *Lancet* über einen berichten würde.«

Er kam von seinem Platz an der Mauer herüber und setzte sich neben sie. »Schau dir das an«, sagte er und streckte die Hand mit der Zigarette aus, damit sie sah, wie er zitterte.

»Armer Alan.«

»Armer Alan, das kann man wohl sagen. Und dazu brauche ich keine halbe Meile im Dunkeln unter dem Erdboden, ich brauche nur in offenem Gelände in einem freien Land an einem friedlichen Sonntagmorgen ein Stück in einem Auto mit weit offenen Fenstern zu fahren.«

»Daran liegt es doch gar nicht.«

»Woran denn sonst?«

»An vier Jahren ununterbrochener Überarbeitung und zuviel Gewissenhaftigkeit. Mit deinem Gewissen warst du doch schon immer ein Plagegeist. Du konntest einem damit ganz schön auf die Nerven gehen. Was ist dir denn lieber, ein bißchen Klaustrophobie dann und wann oder ein Schlaganfall?«

»Ein Schlaganfall?«

»Wenn du dich halb tot arbeitest, mußt du auf irgendeine Weise dafür bezahlen. Möchtest du dafür lieber auf die übliche körperliche Art zahlen, mit hohem Blutdruck oder Herzinfarkt? Ist doch besser, wenn man vor dem Autofahren Angst hat, als wenn man im Rollstuhl umhergeschoben wird. Wenigstens gibt es Zeiten, da spürst du von deiner Angst überhaupt nichts. Übrigens, wenn du nicht ins Auto zurückwillst, kann ich deinen Brief nach Scoone bringen und hole dich auf dem Rückweg hier ab.«

»Oh nein, ich fahre mit.«

»Ist es nicht besser, nicht dagegen anzukämpfen?«

»Hast du gebrüllt und geschrien, als du eine halbe Meile unter der Erde im Cheddar Gorge stecktest?«

»Nein. Aber ich war schließlich auch kein pathologischer Fall von Überarbeitung.«

Plötzlich lächelte er. »Es ist kaum zu glauben, was für ein Trost es sein kann, als pathologischer Fall bezeichnet zu werden. Genauer gesagt, in einem solchen Ton als pathologischer Fall bezeichnet zu werden.«

»Kannst du dich noch an den Tag in Varese erinnern, als wir ins Museum gingen, weil es regnete, und uns diese medizinischen Präparate in Gläsern ansahen?«

»Natürlich. Du mußtest dich hinterher am Bordstein übergeben.«

»Na, und du mußtest dich übergeben«, konterte sie, »als es Schafsherzen zum Essen gab, nur weil du zugesehen hattest, wie sie gefüllt werden.«

»Lalla, Liebstes«, sagte er und mußte lachen, »du bist kein bißchen erwachsener geworden.«

»Na, es ist schön, daß du überhaupt noch lachen kannst, auch wenn du mich nur auslachst«, antwortete sie, ertappt bei diesem Aufblitzen ihrer Rivalitäten aus der Kinderzeit. »Sag Bescheid, wenn du weiterfahren willst.«

»Jetzt.«

»Jetzt? Bist du sicher?«

»Absolut. Wie ich feststellen konnte, ist es ein wunderbares Heilmittel, ein pathologischer Fall genannt zu werden.«

»Na gut. Und das nächste Mal wartest du nicht, bis du halb erstickt bist«, sagte sie nüchtern.

Er wußte nicht, was ihm mehr Mut machte: daß ihr klar war, daß es eine Art von Erstickung war, unter der er litt, oder daß sie das Irrationale so sachlich zur Kenntnis nahm.

Kapitel 4

Wenn Grant geglaubt hatte, sein Chef würde angetan sein von der Aussicht auf seine raschere Genesung oder von seiner pedantischen Korrektheit, was die Sache mit der Zeitung anging, so hatte er sich getäuscht. Bryce war nach wie vor mehr Gegner als Kollege. Und die Antwort war eine seiner typischen Kombinationen aus rechtem und linkem Haken. Nur Bryce, dachte Grant, als er den Brief las, brachte das Kunststück fertig, seinen Kuchen aufzuessen und ihn gleichzeitig zu behalten. Im ersten Absatz erteilte er Grant einen Verweis für stümperhaftes Verhalten, weil er einen Gegenstand vom Schauplatz eines plötzlichen und ungeklärten Todesfalls entfernt hatte. Im zweiten Absatz bekundete er sein Erstaunen darüber, daß Grant auf die Idee kommen konnte, eine vielbeschäftigte Abteilung mit einer so trivialen Angelegenheit wie der der entwendeten Zeitung zu behelligen, vermutete aber, der Entzug der gewohnten Umgebung habe wohl zu einem gewissen Mangel an Urteilsvermögen und Sinn für Verhältnismäßigkeit beigetragen. Einen dritten Absatz gab es nicht.

Was ihm das vertraute dünne Kanzleipapier vermittelte, war das untrügliche Gefühl, daß er nicht so sehr in seine Schranken als eher des Platzes verwiesen worden war. Was der Brief wirklich sagte, war: »Ich kann mir nicht vorstellen, warum Sie, Alan Grant, uns belästigen, sei es mit einem Bericht über Ihren Gesundheitszustand, sei es mit dem Ansinnen, sich um unsere Belange zu kümmern. Ersteres interessiert uns nicht, und mit dem zweiten haben Sie nichts zu schaffen.« Er war ein Ausgestoßener. Ein Abtrünniger.

Und erst jetzt, als er diesen in schroffem Ton abgefaßten Brief las, in dem man ihm die Tür vor der Nase zuschlug, kam ihm zum Bewußtsein, daß hinter seinem gewissenhaften Bedürfnis, die Angelegenheit der entwendeten Zeitung bei seiner Dienststelle in

Ordnung zu bringen, der Wunsch gestanden hatte, B Sieben nicht aus den Augen zu verlieren. Sein Brief war nicht nur eine Entschuldigung gewesen, sondern auch ein Versuch, an Informationen heranzukommen. Es gab keine Hoffnung mehr, aus der Presse etwas zu erfahren. B Sieben war keine Meldung mehr wert. Täglich starben Menschen in Zügen. Es gab nichts daran, was die treuen Leser interessiert hätte. Was die Presse anging, so war B Sieben gleich doppelt tot, als Nachrichtengegenstand ebenso wie in Wirklichkeit. Aber Grant hatte mehr über B Sieben wissen wollen, und unbewußt hatte er gehofft, daß seine Kollegen sich in diesem Punkt gesprächig zeigen würden.

Er hätte Bryce besser kennen müssen, dachte er, als er das Blatt zerriß und in den Papierkorb warf. Aber zum Glück gab es ja noch Sergeant Williams; den getreuen Williams. Williams würde sich zwar fragen, warum jemand in seiner Stellung und mit seiner Erfahrung sich für einen unbekannten Toten, den er nur einmal für ein oder zwei Augenblicke gesehen hatte, interessierte; aber er würde wahrscheinlich die Langeweile dafür verantwortlich machen. Auf jeden Fall würde Williams sich weniger zugeknöpft zeigen. Also schrieb er an Williams. Ob Williams bitte herausfinden könne, was die gerichtliche Untersuchung über einen jungen Mann namens Charles Martin, der in der Nacht zum vergangenen Donnerstag im Nachtzug in die Highlands zu Tode gekommen war, ergeben hatte – und dazu alles, was möglicherweise sonst noch im Verlauf der Ermittlungen über den jungen Mann bekannt geworden war. Und die besten Grüße an Mrs. Williams und an Angela und Leonard.

Dann machte er es sich für zwei Tage in einer Art freudiger Ungeduld gemütlich und wartete auf Williams' Antwort. Er inspizierte den zum Angeln zu seichten Turlie, Pfütze um Pfütze; er kalfaterte das Boot am Lochan Dhu; er wanderte mit dem Schäfer Graham über die Hügel, Tong und Zang mehr oder weniger bei Fuß; er hörte sich Tommys Plan für einen privaten Golfplatz an, neun Löcher zwischen dem Haus und dem Hügel. Und am dritten Tag zog es ihn zur Postzeit mit einer Ungeduld heimwärts, wie er sie nicht mehr gekannt hatte, seit er mit neunzehn Jahren seine Gedichte an Zeitschriften geschickt hatte.

Auch seine fassungslose Ungläubigkeit, als nichts für ihn dabei war, war nicht weniger schmerzlich, als sie es in jenen Jugendjahren gewesen war.

Er tadelte sich in Gedanken für seine Unvernunft (in Grants Augen die unverzeihliche Sünde schlechthin). Die gerichtliche Untersuchung hatte nichts mit seiner Dienststelle zu tun. Er wußte nicht einmal, welche Abteilung für solche Dinge zuständig war. Das würde Williams erst herausfinden müssen. Williams hatte selbst Arbeit; Arbeit rund um die Uhr. Es war unvernünftig, von ihm zu erwarten, daß er alles fallenließ, um die abwegigen Fragen zu beantworten, mit denen ihn ein Kollege aus dem Urlaub plagte. Zwei weitere Tage mußte er ausharren, dann kam der ersehnte Brief.

Williams verlieh der Hoffnung Ausdruck, Grant sehne sich nicht nach Arbeit. Eigentlich solle er sich doch erholen, und das ganze Büro wünsche ihm, daß er die ersehnte Ruhe gefunden habe (nicht das ganze Büro! dachte Grant und erinnerte sich an Bryce) und daß er sich schon besser fühle. Er fehle ihnen sehr. Was Charles Martin angehe, so sei an der Geschichte nichts Geheimnisvolles. Auch nicht bei der Todesursache, falls Grant in dieser Hinsicht Zweifel gehabt haben sollte. Er sei mit dem Hinterkopf auf die Kante des Porzellanwaschbeckens aufgeschlagen, und obwohl er noch kurze Zeit in der Lage gewesen sei, auf Händen und Knien zu kriechen und schließlich das Bett zu erreichen, sei er bald nach dem Sturz an inneren Blutungen gestorben. Der Umstand, daß er überhaupt nach hinten gefallen sei, sei auf die Menge an purem Whisky zurückzuführen, die er konsumiert gehabt habe. Es sei zwar nicht genug gewesen, um ihn betrunken zu machen, aber es habe ausgereicht, seine Sinne zu trüben, und das Rucken des Waggons beim Richtungswechsel habe das übrige getan. Auch an dem Mann selbst sei nichts Geheimnisvolles. Er sei im Besitz der üblichen französischen Ausweispapiere gewesen, und seine Familie lebe noch an der angegebenen Heimatadresse in der Nähe von Marseille. Sie hätten ihn schon seit einigen Jahren nicht gesehen – er sei in Schwierigkeiten gekommen, weil er in einem Anfall von Eifersucht mit dem Messer auf seine Freundin losgegangen sei, und sei dann von zu Hause fortgegangen –, aber sie hätten Geld für die Beerdigung geschickt, damit er nicht in einem Armengrab beigesetzt werden müsse.

All dies regte Grants Appetit eher an, als daß es ihn stillte.

Er wartete, bis sich Williams, wenn er es richtig abschätzte, mit Pfeife und Zeitung wohlig in einem Sessel niedergelassen hatte, während Mrs. Williams die Wäsche versorgte und Angela und Leonard ihre Hausaufgaben machten, und meldete ein Telefongespräch mit ihm an.

Es war zwar nie auszuschließen, daß Williams unterwegs war, um einen Übeltäter in den entlegeneren Winkeln von seinem Revier aufzuspüren, aber es gab doch auch die Möglichkeit, daß er zu Hause war.

Er war zu Hause.

Nachdem er sich gebührend für den Brief bedankt hatte, kam Grant zur Sache: »Sie haben gesagt, seine Leute hätten Geld für die Beerdigung geschickt. Ist denn keiner gekommen, um ihn zu identifizieren?«

»Nein; sie haben ihn nach einem Foto identifiziert.«

»Ein Foto nach dem Leben?«

»Nein, das nicht. Eine Fotografie der Leiche.«

»In London hat sich niemand finden lassen, der ihn identifizieren konnte?«

»Keine Menschenseele, wie's scheint.«

»Merkwürdig.«

»So merkwürdig auch wieder nicht, wenn er ein windiger Bursche war. Ganoven wollen keinen Ärger.«

»Gab es irgendwelche Anzeichen, daß er kriminell war?«

»Nein, ich glaube nicht.«

»Was war er denn von Beruf?«

»Mechaniker.«

»Hatte er einen Paß?«

»Nein, nur die üblichen Papiere. Und Briefe.«

»Er hatte Briefe dabei?«

»Ja, die zwei, drei, die man so mit sich rumträgt. Einer war von einem Mädchen – schrieb, sie würde auf ihn warten. Die wird wohl 'ne ganz schöne Zeit warten müssen.«

»Waren die Briefe auf Französisch?«

»Ja.«

»Was hatte er für Geld bei sich?«

»Moment mal, da muß ich schauen, wo ich meine Notizen habe. Hm-m-m. Zweiundzwanzig Pfund, zehn Shilling in verschiedenen Banknoten; achtzehn Shilling und zweieinhalb Pence in Münzen.«

»Nur englisches Geld?«

»Ja.«

»Der fehlende Paß und das englische Geld deuten darauf hin, daß er schon eine ganze Weile im Lande war. Ich frage mich, warum sich niemand nach ihm erkundigt hat.«

»Vielleicht wissen die noch gar nicht, daß er tot ist. Die Zeitungen haben nicht viel berichtet.«

»Hatte er eine Adresse in Großbritannien?«

»Man hat keine Adresse bei ihm gefunden. Die Briefe steckten nicht in Umschlägen, nur einfach so in der Brieftasche. Seine Freunde werden sich wahrscheinlich noch irgendwann melden.«

»Hat man denn herausgefunden, wohin er wollte? Oder warum?«

»Nein, offenbar nicht.«

»Was für Gepäck hatte er?«

»Einen Handkoffer. Hemd, Socken, Schlafanzug und Hausschuhe. Keine Wäschereizeichen.«

»W a s ? Wieso denn das? Waren die Sachen neu?«

»Nein, das nicht.« Williams schien sich über Grants unverhohlenen Argwohn zu amüsieren. »Ziemlich abgetragen.«

»Herstellerangabe in den Hausschuhen?«

»Nein; handgearbeitet, aus dickem Leder – die Dinger, die man in Nordafrika auf Basaren findet, oder in Mittelmeerhäfen.«

»Und weiter?«

»Im Koffer? Ein Neues Testament auf Französisch und ein Taschenbuch, gelber Umschlag, ein Roman, auch auf Französisch. Beide ziemlich abgegriffen.«

»Ihre drei Minuten sind um«, schaltete sich die Vermittlung ein.

Grant ließ sich noch einmal drei Minuten geben, aber er kam in dieser Zeit einer Lösung des Rätsels B Sieben keinen Schritt näher.

Abgesehen davon, daß er keine Vorstrafen hatte, weder in Frankreich (die Messergeschichte war anscheinend eine rein private Angelegenheit gewesen) noch in England, war nichts über ihn bekannt. Es paßte zu ihm, daß die einzige eindeutige Aussage über ihn eine Negation war.

»Ach übrigens«, sagte Williams, »als ich Ihnen schrieb, habe ich ganz vergessen, auf Ihr Postskriptum zu antworten.«

»Was für ein Postskriptum?« fragte Grant und erinnerte sich dann, daß er noch einige Zeilen nachträglich zu seinem Brief hinzugesetzt hatte:

Wenn Sie irgendwann nichts Besseres zu tun haben, dann könnten Sie beim Sicherheitsdienst nachfragen, ob dort irgendein Interesse an einem Mann namens Archibald Brown besteht. Schottischer Patriot. Fragen Sie nach Ted Hanna, und richten Sie ihm bitte aus, daß ich mich erkundigt habe.

»Ach ja, natürlich. Die Sache mit dem Patrioten. Hatten Sie Zeit, sich darum zu kümmern? Es war nicht so wichtig.«

»Nun, zufällig traf ich Ihren Bekannten vorgestern im Bus nach Whitehall. Er sagt, gegen Ihren Vogel liege nichts vor, aber sie wüßten sehr gerne, wer seine Raben sind. Können Sie sich vorstellen, was er gemeint hat?«

»Ich glaube schon«, erwiderte Grant amüsiert. »Ich werde mein Bestes tun, um es herauszufinden. Einfach als Hausaufgabe über die Ferien, können Sie ihm sagen.«

»Eigentlich sollten Sie lieber nicht an Ihre Arbeit denken und sich so gut erholen, daß Sie zurückkommen können, bevor hier ohne Sie alles zusammenbricht.«

»Die Schuhe, die er anhatte: woher kamen die?«

»Die wer anhatte? Ach so. Ja. Aus Karatschi.«

»Woher?«

»Aus Karatschi.«

»Dann habe ich Sie doch richtig verstanden. Er scheint ganz schön weit herumgekommen zu sein. Kein Name auf dem Deckblatt der Bibel?«

»Glaub' ich nicht. Ich kann mich nicht erinnern, daß ich mir da was aufgeschrieben habe, als ich den Bericht las. Moment mal. Doch, hier ist doch was. Kein Name.«

»Und keine Vermißtenmeldung, die auf ihn paßt?«

»Nein. Nichts. Nicht einmal annähernd, wie's scheint. Er wird nirgends vermißt.«

»Nun, es war sehr nett von Ihnen, daß Sie sich für mich all die Mühe gemacht haben, statt mir zu sagen, ich solle in meinem Bach angeln. Ich werde mich irgendwann revanchieren.«

»Beißen denn die Fische in Ihrem Bach?«

»Vom Bach ist kaum noch etwas zu sehen, und die Fische verkriechen sich in den hintersten Ecken der paar Pfützen, die noch da sind. Deshalb bleibt mir auch gar nichts anderes übrig, als mich um Sachen zu kümmern, die an einem so geschäftigen Ort wie S.W. 1 keine Menschenseele interessieren würden.«

Aber er wußte, daß das nicht stimmte. Nicht die Langeweile hatte ihn dazu gebracht, sich mit B Sieben zu beschäftigen. Sich mit ihm – fast hätte er gesagt – zu verbrüdern. Auf eine seltsame Weise fühlte er sich mit B Sieben verbunden. Es war nicht ganz Identifikation, aber das Gefühl gemeinsamer Interessen. Bedenkt man, daß er ihn nur ein einziges Mal gesehen hatte und nicht das Geringste über ihn wußte, so erschien das als ausgesprochen unvernünftig. War es vielleicht die Vorstellung, daß auch B Sieben mit Dämonen gerungen hatte? Hatte sich von da her das persönliche Interesse entwickelt, machte er sich deswegen zu seinem Fürsprecher?

Er hatte vermutet, daß für B Sieben das Paradies im Vergessen lag. Auf diese Idee war er gekommen, weil das Abteil vom Whiskydunst durchdrungen gewesen war. Aber nun stellte sich heraus, daß der junge Mann gar nicht sinnlos betrunken gewesen war. Nicht einmal übermäßig betrunken. Nur ein wenig beschwipst. Daß er rücklings auf das harte runde Waschbecken gestürzt war, das war ein Unfall, der jedermann hätte passieren können. Das Vergessen war also nicht sein Paradies gewesen, dessen Wächter so fremd anmuteten.

Er richtete seine Aufmerksamkeit wieder auf das, was Williams sagte.

»W a s haben Sie da gesagt?«

»Ich hatte vergessen zu erwähnen, daß der Schlafwagenschaffner der Meinung ist, Martin sei von jemandem zum Bahnhof Euston begleitet worden.«

»Wieso fällt Ihnen das erst jetzt ein?«

»Ach, soviel ich weiß, war dieser Kerl ohnehin keine große Hilfe. Der Sergeant, der bei ihm war, sagte, er habe die ganze Sache anscheinend als persönliche Beleidigung aufgefaßt.«

Der alte Joghurt war offenbar in Höchstform gewesen.

»Was hat er gesagt?«

»Er sagte, als er in Euston den Gang entlangging, habe Martin jemanden bei sich im Abteil gehabt. Einen zweiten Mann. Er hat den Mann nicht gesehen, weil Martin ihm gegenüberstand und die Tür halb geöffnet war; er konnte nur sehen, daß Martin mit jemandem redete. Die beiden schienen sich gut zu verstehen und machten einen fröhlichen Eindruck. Sie sprachen davon, daß sie ein Hotel überfallen wollten.«

»W a s!«

»Na, da staunen Sie, wie? Der Coroner hat auch ›Was?‹ gesagt. Dieser Schaffner behauptete, sie hätten von ›Raub‹ und ›Caley‹ gesprochen. Und da sie doch wohl kaum die Calies hätten berauben wollen, die Fußballmannschaft, müsse es sich um ein Hotel gehandelt haben. Es scheint, daß alle Hotels in Schottland, die nicht Waverley heißen, auf den Namen Caledonian hören, im Volksmund ›Caley‹ genannt. Es sei ihnen aber wohl kaum ernst damit gewesen, meinte er.«

»Und das war alles, was er von dem Begleiter gesehen hat?«

»Das war alles.«

»Vielleicht war es gar nicht jemand, der ihn zum Bahnhof gebracht hat. Es hätte ein Freund sein können, der ihm im Zug über den Weg gelaufen ist. Hat seinen Namen vielleicht auf der Passagierliste gesehen oder ihn im Vorbeigehen entdeckt.«

»Könnte sein; nur hätte man von einem Freund erwartet, daß er am Morgen wieder auftaucht.«

»Nicht unbedingt. Schon gar nicht, wenn er ganz am anderen Ende des Zuges war. Und die Leiche ist vermutlich so diskret abtransportiert worden, daß wahrscheinlich keiner der Passagiere überhaupt bemerkt hat, daß jemand gestorben war. Die Reisenden hatten den Bahnhof längst verlassen, als der Krankenwagen kam. Ich weiß das, weil die ganze Aufregung um den Krankenwagen erst begann, als ich schon fast mit dem Frühstück fertig war.«

»Na ja. Der Schaffner meinte, er habe gar keinen Zweifel gehabt, daß der andere Mann jemand war, der Martin zum Bahnhof begleitet hatte, weil er in Hut und Mantel war. Er sagt, daß Reisende, die im Zug flanieren gehen, in der Regel den Hut abnehmen. Das ist immer das erste, was sie tun, sagt er: Sie werfen den Hut auf die Ablage. Wenn sie in ihr Abteil kommen, meine ich natürlich.«

»Wo wir gerade von den Namen auf der Passagierliste sprechen – wie wurde das Bett gebucht?«

»Telefonisch; aber er hat die Fahrkarte persönlich abgeholt. Zumindest wurde sie von einem schlanken dunkelhaarigen Mann abgeholt. Er hat eine Woche im voraus gebucht.«

»In Ordnung. Erzählen Sie mehr vom alten Joghurt.«

»Von wem?«

»Von dem Schlafwagenschaffner.«

»Oh. Ach so. Er hat gesagt, als er etwa zwanzig Minuten nach der Abfahrt von Euston seine Runde machte, um die Fahrkarten einzusammeln, sei Martin auf der Toilette gewesen, aber sein Schlafwagenticket und der Teil der Fahrkarte für die Hinfahrt nach Scoone hätten auf der Ablage unter dem Spiegel bereitgelegen. Er hat sie mitgenommen und in seinem Buch abgehakt, und als er an der Toilette vorbeiging, hat er an die Tür geklopft und gefragt: ›Sind Sie in B Sieben, Sir?‹ Martin hat mit ja geantwortet. Der Schaffner sagte: ›Ich habe mir Ihre Tickets genommen. Vielen Dank, Sir. Wollen Sie am Morgen eine Tasse Tee?‹ Und Martin sagte: ›Nein danke; gute Nacht.‹ «

»Er hatte also eine Rückfahrkarte.«

»Ja, der Abschnitt für die Rückfahrt war in seiner Brieftasche.«

»Tja, da scheint ja wirklich nichts Außergewöhnliches dran zu sein. Sogar daß sich niemand nach ihm erkundigt oder den Leichnam abgeholt hat, läßt sich möglicherweise damit erklären, daß er auf Reisen war und niemand damit rechnete, von ihm zu hören.«

»Das und die Tatsache, daß es kaum bekannt geworden ist. Ich glaube nicht, daß seine Familie sich überhaupt die Mühe gemacht hat, eine Anzeige in eine englische Zeitung zu setzen; die hat wahrscheinlich nur in ihrem eigenen Lokalblättchen gestanden, da, wo die Leute ihn gekannt haben.«

»Was hat die Obduktion ergeben?«

»Ach, das Übliche. Leichte Mahlzeit etwa eine Stunde vor dem Tod, große Quantität Whisky im Magen und eine ziemliche Menge im Blut. Mehr als genug, um ihn betrunken zu machen.«

»Keine Anzeichen, daß er ein Säufer war?«

»Oh nein. Keinerlei chronische Krankheiten. Ältere Kopf- und Schulterverletzungen, aber ansonsten ein gutes gesundes Exemplar. Um nicht zu sagen zäh.«

»Er war also früher einmal verletzt worden?«

»Ja, aber das liegt lange zurück. Ich meine, das hatte auf keinen Fall etwas mit dieser Sache zu tun. Irgendwann hatte er einen Schädelbruch und ein gebrochenes Schlüsselbein. Fänden Sie es eigentlich sehr unhöflich oder sehr indiskret von mir, wenn ich wissen wollte, warum Sie so viel Interesse an einem so einfachen Fall zeigen?«

»So wahr mir Gott helfe, Sergeant, wenn ich das wüßte, würde ich's Ihnen sagen. Ich glaube, ich werde kindisch.«

»Ich könnte mir eher vorstellen, daß Sie sich einfach nur langweilen«, sagte Williams voller Mitgefühl. »Ich bin selbst auf dem Land aufgewachsen, und ich hatte nie viel dafür übrig, das Gras wachsen zu sehen. Völlig überschätzt, das Landleben. Alles ist viel zu weit weg. Wenn Ihr Bach erst mal wieder Wasser hat, werden Sie Martin vergessen. Hier gießt es in Strömen, da werden Sie wahrscheinlich auch nicht mehr lange auf Regen warten müssen.«

Im Tal des Turlie regnete es zwar auch in jener Nacht nicht, aber dafür geschah etwas anderes. Die strahlend kalte Stille wich einem leichten Wind. Der Wind war sanft und warm, zwischen einzelnen Böen drückte die Luft schwer und feucht, der Boden war naß und glitschig, und von den Höhen kam das Schmelzwasser und füllte den Fluß von Ufer zu Ufer. Und in dem reißenden braunen Wasser stiegen die Fische auf, das Licht ließ sie silbern blitzen, wenn sie über die scharfen Felskanten sprangen, aufwärts in der heftigen Strömung zwischen den Felsbrocken hindurch. Pat nahm seine wertvolle Erfindung aus seinem Fliegenbehälter (wo sie ein spezielles Fach für sich allein hatte) und überreichte sie Grant mit dem feierlichen Wohlwollen eines Schulleiters, der ein Zeugnis aushändigt. »Du wirst doch gut auf sie aufpassen, oder?« sagte er. »Ich habe sehr lange gebraucht, bis ich sie fertig hatte.« Das Ding war, wie seine Mutter angekündigt hatte, ein furchterregendes Objekt. Grant schien es eher wie etwas auszusehen, das man an einen Damenhut steckte; aber er war sich bewußt, daß er ein Erwählter war, der einzige, der dieser Ehre für würdig erachtet wurde, und er nahm die Fliege mit gebührender Dankbarkeit in Empfang. Er verwahrte sie sicher in seinem eigenen Behälter und hoffte, daß Pat seine Unternehmungen nicht in einem solchen Maße überwachen würde, daß er gezwungen wäre, sie zum Einsatz zu bringen. Doch jedesmal, wenn er in den folgenden Tagen eine neue Fliege auswählte, erblickte er das furchterregende Objekt, und ihm wurde warm ums Herz beim Gedanken an die Anerkennung, die sein kleiner Cousin ihm gezollt hatte.

Er verbrachte die Tage am Turlie, glücklich und gelöst am braunen wirbelnden Wasser. Das Wasser war klar wie Bier, die Gischt schäumte weiß; seine Ohren waren mit Musik erfüllt und seine Tage mit Freude. Die sanfte feuchte Luft legte sich in winzigen Tauperlen auf seinen Tweedanzug, und die Haselzweige tropften ihm in den Nacken.

Fast eine Woche lang beherrschte der Fisch seine Gedanken, seine Gespräche, seine Mahlzeiten.

Und dann, eines Abends, an seiner Lieblingsstelle unterhalb der Brücke, wurde er jäh aus seiner Selbstzufriedenheit gerissen.

Er erblickte im Wasser das Gesicht eines Mannes.

Sein Herz schlug ihm bereits bis zum Halse, ehe er gewahr wurde, daß das Gesicht nicht unter der Wasseroberfläche lag, sondern daß es in seinem eigenen Kopf steckte. Es war das tote bleiche Gesicht mit den verwegenen Augenbrauen.

Mit einem Fluch schleuderte er seinen Jock Scott, der dabei wütend zischte, zum anderen Ufer. Er war fertig mit B Sieben. Sein Interesse an B Sieben war aus einem völligen Mißverständnis der Lage entstanden. Er hatte geglaubt, B Sieben sei wie er von Dämonen gehetzt gewesen. Er hatte sich ein vollkommen falsches Bild von B Sieben gemacht. Das Säuferparadies im Abteil von B Sieben hatte sich als nichts weiter als eine umgestürzte Whiskyflasche entpuppt. B Sieben interessierte ihn nicht mehr: ein ganz gewöhnlicher junger Mann, strotzend vor Gesundheit, um nicht zu sagen zäh, der während einer nächtlichen Reise einen über den Durst getrunken und sein Leben auf höchst würdelose Art verloren hatte, indem er hintenüberfiel und dann auf Händen und Knien umherkroch, bis er zu atmen aufhörte.

»Aber er hat diese Verse über das Paradies geschrieben«, sagte eine innere Stimme.

»Das hat er nicht«, antwortete er der Stimme. »Es gibt nicht den geringsten Anhaltspunkt, daß er etwas Derartiges getan hat.«

»Und was ist mit seinem Gesicht? Kein gewöhnliches Gesicht. Das Gesicht hat dich zuerst in Bann geschlagen. Lange bevor du überhaupt an sein Paradies zu denken begannst.«

»N i c h t s hat mich in Bann geschlagen«, sagte er. »In meinem Beruf interessiert man sich unwillkürlich für Menschen.«

»So? Du meinst also, wenn der Insasse jenes whiskydurchtränkten Abteils ein dicker Handelsvertreter mit einem teigigen Gesicht und einem Schnurrbart wie einer schlecht gepflegten Hecke gewesen wäre, hättest du dich trotzdem für ihn interessiert?«

»Vielleicht.«

»Du verdammter scheinheiliger Lügner. Du warst auf B Siebens Seite von dem Augenblick an, als du sein Gesicht sahst und mit ansehen mußtest, wie übel Joghurt mit ihm umsprang. Du hast ihn aus Joghurts Klauen gerissen und seine Jacke glattgestrichen, wie eine Mutter einen Schal um ihr Baby hüllt.«

»Laß mich in Ruhe.«

»Es stimmt gar nicht, daß du mehr über ihn wissen wolltest, weil du dachtest, bei seinem Tod sei vielleicht etwas nicht mit rechten Dingen zugegangen. Du hast dich einfach für ihn interessiert – deswegen wolltest du mehr über ihn wissen. Er war jung und tot, und er hatte gelebt und war ein Draufgänger gewesen. Du wolltest wissen, was für ein Mensch er gewesen war, als er noch lebendig und wagemutig war.«

»Na gut, ich war neugierig. Ich wüßte auch gerne, wer den Favoriten im Lincolnshire-Rennen reitet, wie meine Aktien heute stehen und wie June Kayes nächster Film heißen wird; aber keine dieser Fragen bereitet mir eine schlaflose Nacht.«

»Das nicht; und du siehst auch nicht plötzlich June Kayes Gesicht über dem Wasser schweben.«

»Am liebsten würde ich überhaupt kein Gesicht über dem Wasser schweben sehen. Nichts soll zwischen mir und dem Fluß stehen. Ich bin zum Angeln hierher gekommen, und ich lasse mir meinen Spaß nicht verderben.«

»Auch B Sieben ist in den Norden gekommen, um irgend etwas hier zu tun. Was mag das gewesen sein?«

»Woher soll ich das denn wissen?«

»Jedenfalls kam er nicht zum Angeln her.«

»Warum bist du dir da so sicher?«

»Keiner, der fünf- oder sechshundert Meilen zum Angeln fährt, fährt ohne seine Ausrüstung. Wenn ihm soviel daran lag, hätte er wenigstens einige ausgesuchte Fliegen mitgenommen, selbst wenn er sich die Rute geliehen hätte.«

»Stimmt.«

»Vielleicht war Tir nan Og sein Paradies. Du weißt doch, das gälische Paradies. Das würde passen.«

»Wieso würde das passen?«

»Tir nan Og soll weit draußen im Westen liegen, noch jenseits der äußersten Inseln. Das Land der Jugend. Das Land ewiger Jugend, das ist das gälische Paradies. Und was ›bewacht den Weg‹ dorthin? Inseln mit singendem Sand offenbar. Inseln, auf denen Steine aufrecht stehen wie wandelnde Menschen.«

»Und Tiere, die reden? Gibt es die etwa auch auf den Äußeren Hebriden?«

»Allerdings.«

»Allerdings? Und was sind das für Tiere?«

»Seehunde.«

»Ach, laß mich in Ruhe. Ich habe zu tun. Ich angle.«

»Du sitzt vielleicht hier mit der Angelrute, aber bisher hast du noch keinen einzigen Fisch gefangen. Du könntest deinen Jock Scott genausogut im Hutband stecken haben. Jetzt hör mir mal zu!«

»Ich höre dir nicht zu. Gut, auf den Hebriden gibt es singenden Sand! Gut, es gibt Steine, die wandeln! Meinetwegen, es gibt geschwätzige Seehunde! Aber das geht mich nichts an. Und mit B Sieben hat es wahrscheinlich sowieso nichts zu tun.«

»Wirklich nicht? Warum ist er dann in den Norden gereist?«

»Um einen Verwandten zu begraben, um mit einer Frau zu schlafen, um auf einen Felsen zu klettern! Woher soll ich das denn wissen? Und was geht mich das an?«

»Irgendwo wollte er in einem Caledonian Hotel absteigen.«

»Wollte er nicht.«

»Woher willst du denn wissen, wo er absteigen wollte?«

»Ich weiß es nicht. Niemand weiß das.«

»Warum sollte einer von beiden vom ›Raub im Caley‹ gesprochen haben, wenn er im Waverley absteigen wollte?«

»Wenn er nach Cladda gewollt hätte – und ich wette, auf Cladda gibt es kein Hotel mit einem Namen, der so sehr nach dem Süden klingt wie ›Caledonian‹ –, wenn er nach Cladda gewollt hätte, wäre er über Glasgow und Oban gefahren.«

»Nicht unbedingt. Die Route über Scoone ist genauso schnell und genauso bequem. Wahrscheinlich konnte er Glasgow nicht ausstehen. Das geht ja vielen Leuten so. Warum rufst du nicht, wenn du heute abend wieder zu Hause bist, das Caledonian in Scoone an und fragst, ob sie einen Charles Martin erwarteten?«

»Ich werde nichts dergleichen tun.«

»Wenn du so ins Wasser schlägst, verscheuchst du sämtliche Fische im Fluß.«

Am Abend kehrte er in sehr schlechter Stimmung zum Haus zurück. Er hatte nichts gefangen, und er hatte seinen Seelenfrieden verloren.

Wenn die Arbeit des Tages getan und die Kinder zu Bett gebracht waren, war das Wohnzimmer von schläfrigem Schweigen erfüllt. Grant ertappte sich immer wieder dabei, daß sein Blick vom Buch, in dem er las, zum Telefon auf der anderen Seite des Zimmers wanderte. Es stand auf Tommys Schreibtisch, herausfordernd mit seiner Andeutung verborgener Macht, mit den unendlichen Möglichkeiten, die in seiner bloßen Gegenwart lagen. Er brauchte nur den Hörer abzunehmen, dann konnte er mit einem Mann an der Westküste Amerikas sprechen, mit einem Mann in der Wüste des atlantischen Ozeans, mit einem Mann zwei Meilen über dem Erdboden.

Er konnte mit einem Mann im Caledonian Hotel in Scoone sprechen.

Mit zunehmender Verärgerung widerstand er diesem Gedanken eine Stunde lang. Dann verließ Laura das Zimmer, um einen Schlummertrunk zuzubereiten, Tommy brachte die Hunde nach draußen, und Grant stürzte sich mit einem Sprung auf das Telefon, der eher an die Attacke eines Rugbyspiels erinnerte als an eine zivilisierte Methode, von einem Ende des Zimmers an das andere zu gelangen.

Er hatte den Hörer schon abgenommen, als ihm einfiel, daß er die Nummer nicht wußte. Er legte auf und hatte das Gefühl, er sei noch einmal davongekommen. Er drehte sich um und wollte zu seinem Buch zurückgehen, aber statt dessen nahm er das Telefonbuch zur Hand. Er würde erst wieder zur Ruhe kommen, wenn er sich im Caledonian in Scoone erkundigt hatte; wenn er sich dabei ein wenig dumm vorkam, dann war das ein geringer Preis für die Aussicht, danach seine Ruhe zu haben.

»Scoone 1460 … Caledonian Hotel? Ich hätte gerne eine Auskunft: Hat ein Mr. Charles Martin irgendwann in den letzten vierzehn Tagen bei Ihnen ein Zimmer gebucht? … Ja, danke, ich warte … Nicht? Niemand mit diesem Namen … Oh … Haben Sie vielen Dank. Entschuldigen Sie, daß ich Sie belästigt habe.«

Das wäre erledigt, dachte er und knallte den Hörer auf die Gabel. Was ihn anging, war damit der Fall B Sieben endgültig abgeschlossen.

Er trank seinen hübschen beruhigenden Schlummertrunk, ging zu Bett und lag dann hellwach da, die Augen zur Decke gerichtet. Er schaltete das Licht aus und versuchte es mit seinem speziellen Mittel gegen Schlaflosigkeit: Er tat so, als müsse er unbedingt wachbleiben. Er hatte diese Methode schon vor Jahren aus der simplen Erkenntnis entwickelt, daß die menschliche Natur stets dasjenige am liebsten tut, was ihr verboten ist. Bisher hatte sie noch nie versagt. Er brauchte sich nur einmal zu sagen, daß er um keinen Preis einschlafen dürfe, dann senkten sich die Lider bereits. Mit diesem Trick wurde mit einem Schlag das Haupthindernis einzuschlafen beseitigt: die Angst, man könne es nicht; also lag der Strand bereit für die hereinkommende Flut.

Auch heute senkten sich wieder die Lider, aber ein Vers drehte und drehte sich in seinem Kopf wie eine Ratte im Käfig:

> Tiere, die reden,
> Ströme im Stand,
> Steine, die wandeln,
> Der singende Sand...

Wo gab es Ströme im Stand? Gab es auf den Inseln etwas, was zu diesen Worten paßte?

Keine gefrorenen Flüsse. Auf den Inseln schneite oder fror es fast nie. Was konnte es sonst sein? Flüsse, die im Sande verliefen? Nein. Zu weit hergeholt. Ströme im Stand. Ströme im Stand?

Ein Bibliothekar wüßte vielleicht etwas darüber. Es mußte doch in Scoone eine annehmbare öffentliche Bibliothek geben.

»Ich dachte, das interessiere dich nicht mehr?« sagte die Stimme.

»Scher dich zum Teufel.«

Ein Mechaniker war er also gewesen. Was hatte man sich darunter vorzustellen? *Mechanicien.* Da gab es unendlich viele Möglichkeiten.

Aber womit auch immer er sich seinen Lebensunterhalt verdient hatte, er hatte es sich leisten können, in einer britischen Eisenbahn erster Klasse zu fahren. Heutzutage mußte man dazu ja beinahe ein Millionär sein. Und das viele Geld hatte er für etwas ausgegeben, was, seinem Köfferchen nach zu urteilen, nur eine Stippvisite werden sollte.

Zu einem Mädchen vielleicht? Das Mädchen, das versprochen hatte, auf ihn zu warten?

Aber das mußte eine Französin gewesen sein.

Eine Frau? Kein Engländer würde einer Frau wegen fünfhundert Meilen reisen, aber ein Franzose vielleicht schon. Ein Franzose, der seine Freundin niedergestochen hatte, als sie einmal einen Blick auf einen anderen riskierte.

> Tiere, die reden,
> Ströme im Stand ...

Um Himmels willen, nicht schon wieder! Ene mene mu, und aus bist du. Fischers Fritz fängt frische Fische. Ein Männlein steht im Walde –. Die Phantasie mußte erst einmal in Gang gebracht sein, bevor man den Drang verspürte, etwas niederzuschreiben. Wer eine lebhafte Phantasie hatte, konnte in einen Zustand geraten, in dem er einer Idee völlig ausgeliefert war. Ein Zustand, in dem sie zu einer *idée fixe* wurde. Die Eleganz einer Flucht von Tempelstufen auf einem Bild konnte einen so gefangennehmen, daß man jahrelang dafür arbeitete, Geld und Freizeit genug zu bekommen, um dorthin zu reisen. In extremen Fällen wurde es zwanghaft, man ließ alles stehen und liegen und wandte sich dem zu, was einen verzaubert hatte: ein Berg, ein grüner Steinkopf in einem Museum, ein unerforschter Fluß, ein Stück Segeltuch.

Wie weit war B Sieben von seinem Traum getrieben worden? Schon so weit, daß er auf die Reise gegangen war? Oder nur so weit, daß er davon gedichtet hatte?

Denn er war der Dichter jener Bleistiftzeilen.

Natürlich war er das.

Sie gehörten ebenso zu B Sieben wie seine Augenbrauen. Genau wie die Großbuchstaben dieser Schuljungenschrift.

»Diese englischen Großbuchstaben?« fragte die Stimme herausfordernd.

»Jawohl, diese englischen Buchstaben.«

»Aber er stammte aus Marseille.«

»Er könnte in England erzogen worden sein, oder?«

»In zwei Sekunden erzählst du mir, daß er überhaupt kein Franzose war.«

»In zwei Sekunden.«

Aber damit betrat man das Reich der Phantasie. Es gab nichts Geheimnisvolles an B Sieben. Er hatte eine Identität, ein Zuhause, eine Familie, ein Mädchen, das auf ihn wartete. Er war nachweislich Franzose, und die Tatsache, daß er englische Verse in einer englischen Handschrift verfaßte, war völlig nebensächlich dabei.

»Wahrscheinlich ist er in Clapham zur Schule gegangen«, antwortete er der Stimme ärgerlich, und im gleichen Atemzug schlief er ein.

Kapitel 5

Am Morgen erwachte er mit Rheuma in der rechten Schulter. Er blieb noch ein wenig liegen und machte sich amüsiert seine Gedanken darüber. Es war kaum zu glauben, was das Unbewußte und der Körper zusammen fertigbrachten. Sie konnten für jeden Vorwand sorgen, den man gerade brauchte. Einen ausgezeichneten, anständigen Vorwand. Er kannte Ehemänner, die Fieber und sämtliche Symptome der Grippe entwickelten, sobald ihre Frau sich anschickte, Verwandte zu besuchen. Er kannte Frauen, die ohne mit der Wimper zu zucken einer Messerstecherei zusehen konnten, und die doch in die tiefste Ohnmacht fielen, sobald man ihnen eine unangenehme Frage stellte. (»Wurde die Angeklagte durch die Verhörmethoden der Polizei so unter Druck gesetzt, daß sie für fünfzehn Minuten das Bewußtsein verlor?« – »Ohne Zweifel lag eine Ohnmacht vor.« – »Eine vorgetäuschte Ohnmacht kann wohl ausgeschlossen werden, nicht wahr? Der Arzt sagt aus, er sei zur fraglichen Zeit zugegen gewesen und habe erhebliche Schwierigkeiten gehabt, die Angeklagte wieder zu sich zu bringen. Dieser Zusammenbruch war eine unmittelbare Folge des polizeilichen Kreuzverhörs, dem sie –« und so weiter.) Oh ja. Es gab unzählige Dinge, die das Unbewußte und der Körper zusammen ausbrüten konnten. Und heute hatten sie sich für ihn etwas ausgedacht, was ihn daran hindern würde, angeln zu gehen. Sein Unbewußtes hatte für diesen Tag vorgesehen, daß er nach Scoone fuhr und dort mit dem Bibliothekar der Stadtbibliothek ein Schwätzchen hielt. Sein Unbewußtes hatte sich sogar daran erinnert, daß Markttag war und daß Tommy mit dem Wagen dorthin fahren würde. Also hatte sich das Unbewußte mit dem stets treu ergebenen Körper zusammengetan, und gemeinsam hatten sie die erschöpfte Schultermuskulatur in einen Zustand versetzt, daß sie sich kaum noch bewegen ließ.

Gute Arbeit.

Er stand auf, kleidete sich an – wobei er jedesmal, wenn er einen Arm hob, zusammenzuckte – und ging hinunter, um Tommy zu fragen, ob er mitfahren könne. Seine Krankheit betrübte Tommy zutiefst, wohingegen er die Aussicht auf Gesellschaft zu schätzen wußte, und an diesem warmen Frühlingsmorgen hatten sie soviel Spaß miteinander, und Grant war so erfüllt von der Freude, die es ihm immer machte, Dinge auszukundschaften, daß sie bereits durch die äußeren Vororte von Scoone fuhren, als ihm auffiel, daß er in einem Auto saß. Daß er in einem Auto eingeschlossen war.

Er war hocherfreut.

Er verabredete sich mit Tommy zum Mittagessen im Caledonian und machte sich auf die Suche nach der Stadtbibliothek. Aber kurz darauf kam ihm eine neue Idee. Erst vor wenigen Stunden mußte der *Flying Highlander* mit dem üblichen Klicken über die Weichen in den Bahnhof eingerollt sein. Jahraus, jahrein machte der *Flying Highlander* alle vierundzwanzig Stunden diese nächtliche Reise und traf am Morgen in Scoone ein. Und da die Zugbesatzung meist zusammenblieb und sie in bestimmten Schichten arbeitete, gab es zumindest die Chance, daß einer derjenigen, die an diesem Morgen mit dem *Flying Highlander* nach Scoone gekommen waren, Murdo Gallacher war.

Also machte er kehrt und ging statt zur Bibliothek zum Bahnhof.

»Waren Sie im Dienst, als der Postzug aus London heute morgen ankam?« fragte er einen der Träger.

»Ich nicht«, antwortete dieser, »aber Lachie war da.« Er zog die Mundwinkel auseinander und stieß einen Pfiff aus, der einer Lokomotive Ehre gemacht hätte, legte seinen Kopf ein wenig zurück, um so einen weit entfernt stehenden Kollegen heranzurufen, und wandte sich dann wieder der Sportseite des *Clarion* zu.

Grant ging dem langsam näherkommenden Lachie entgegen und stellte ihm dieselbe Frage.

Jawohl, Lachie hatte schon Dienst gehabt.

»Können Sie mir sagen, ob Murdo Gallacher einer der Schlafwagenschaffner war?«

Jawohl, sagte Lachie, der Alte Sauertopf war dabei gewesen.

Und wußte Lachie auch, wo der Alte Sauertopf im Augenblick zu finden war?

Lachie blickte hinauf zur Bahnhofsuhr. Es war elf vorbei.

Jawohl, Lachie wußte, wo er war. Er würde in der Eagle Bar sitzen und darauf warten, daß ihm jemand einen ausgab.

Also machte sich Grant zur Eagle Bar auf, die an der Rückseite des Bahnhofs von Scoone lag, und konnte dort feststellen, daß Lachie alles in allem recht gehabt hatte. Joghurt war tatsächlich dort und saß verträumt über einem kleinen Glas Bier. Grant bestellte für sich einen Whisky und sah, wie Joghurt die Ohren spitzte.

»Guten Morgen«, begrüßte er Joghurt freundlich. »Mir war das Anglerglück hold, seit wir uns das letzte Mal gesehen haben.« Mit Freuden sah er das hoffnungsvolle Leuchten auf Joghurts Gesicht.

»Das freut mich, Sir«, antwortete er und gab vor, sich an Grant zu erinnern, »das freut mich sehr. Im Tay, nicht wahr?«

»Nein, im Turlie. Woran ist eigentlich der junge Mann neulich morgens gestorben? Der, den Sie wecken wollten, als ich Sie verließ.« Feindseligkeit begann die freudige Erwartung auf Joghurts Gesicht zu verdrängen. »Wollen Sie mir nicht Gesellschaft leisten?« fügte Grant hinzu. »Ein Whisky vielleicht?« Joghurt entspannte sich.

Von da an war alles einfach. Joghurt war noch immer voller Empörung über die Unannehmlichkeiten, die man ihm bereitet hatte. Er hatte sogar in seiner Freizeit der gerichtlichen Untersuchung beiwohnen müssen. Mit Joghurt, dachte Grant, war ebenso leicht umzugehen wie mit einem Kleinkind, das eben laufen gelernt hat. Man brauchte ihn nur mit einem sanften Druck in die richtige Richtung zu lenken.

Für Joghurt war nicht nur die Tatsache Anlaß zum Haß, daß er der Untersuchung beiwohnen mußte, er hatte auch die Untersuchung selbst gehaßt und jede Menschenseele, die dabei zugegen gewesen war. Sein Haß und zwei doppelte Whiskys sorgten dafür, daß Grant über alles und jeden die umfassendsten Informationen bekam, die er sich wünschen konnte. Soviel Gegenwert hatte Grant noch nie für sein Geld bekommen. Joghurt war bei der Geschichte von der ersten bis zur letzten Minute dabeigewesen, vom ersten Auftauchen B Siebens auf dem Bahnhof Euston bis zum Urteilsspruch des Kommissionsvorsitzenden. Alle seine Informationen kamen aus erster Hand, und er sprudelte wie ein Zapfhahn.

»Hatten Sie ihn eigentlich irgendwann vorher schon einmal als Fahrgast?« fragte Grant.

Nein, Joghurt hatte ihn nie zuvor gesehen, und er war froh, daß er ihn auch nie wiedersehen würde.

An dieser Stelle verwandelte sich Grants Zufriedenheit plötzlich in Überdruß. Eine halbe Minute mehr von Joghurt, und ihm würde übel werden. Er verließ die Theke der Eagle Bar und machte sich wieder auf die Suche nach der Stadtbibliothek.

Die Bibliothek war so abscheulich, daß man nach Worten rang: ein Monstrum aus rotbraunem Stein; aber nach Joghurt erschien es wie der Gipfel der Zivilisation. Die Angestellten waren freundlich, und der Bibliothekar war ein dünnes kleines Männchen von verblaßter Eleganz, seine Krawatte nicht breiter als das schwarze Seidenband, an dem sein Zwicker hing. Man hätte sich kein besseres Gegengift gegen Murdo Gallacher wünschen können.

Der kleine Mr. Tallisker war ein Orkney-Schotte – und das hieß, wie er Grant aufklärte, er war überhaupt kein Schotte –, und er interessierte sich nicht nur für die Inseln, er kannte sich dort auch aus. Über den singenden Sand auf Cladda wußte er alles. Angeblich gab es singenden Sand auch anderswo (wenn eine der Inseln etwas Neues hatte, ganz gleich, ob es eine Legende oder ein Landungssteg war, dann wollte jede andere es auch haben), aber der Sand auf Cladda war der originale. Er lag, wie fast alle Sandstrände der Hebriden, dem Atlantik zugewandt; vor ihm nichts als der weite Ozean. Den Blick nach Tir nan Og gewandt. Was, wie Mr. Grant vielleicht wußte, der gälische Himmel war. Das Land der ewigen Jugend. War es nicht seltsam, wie jedes Volk sich seine eigene Idee vom Himmel bildete? Die einen als Lustgarten voller schöner Frauen, die anderen als Vergessen, manche als beständige Musik ohne Arbeit, manche als ewige Jagdgründe. Aber die Gälen, fand Mr. Tallisker, hatten die schönste Vorstellung davon. Das Land der Jugend.

Grant unterbrach die vergleichenden Betrachtungen über den Begriff der Seligkeit und fragte, was es denn sei, was an diesem Sand singe.

Das sei ein strittiger Punkt, erklärte Mr. Tallisker. Beide Meinungen hätten etwas für sich. Er sei selbst dort entlanggewandert. Endlose Meilen von reinem weißen Sand, davor die glitzernde See. Wenn man darauftrat, ›sang‹ der Sand, auch wenn er persönlich ›quietschen‹ für eine angemessenere Bezeichnung hielte. Andererseits wurde an jedem Tag, an dem ein gleichmäßiger Wind herrschte – und solche Tage waren auf den Inseln nicht gerade selten – die feine, beinahe unsichtbare oberste Sandschicht die weiten Strände entlanggeweht, und dieser Sand ›sang‹ dann tatsächlich.

Vom Sand brachte Grant ihn auf die Seehunde (anscheinend waren die Inseln voller Seehundsgeschichten; die Verwandlung von Menschen in Seehunde und umgekehrt; würde man ihnen Glauben schenken, so müßte die Hälfte der Inselbewohner Seehundsblut in den Adern haben) und von den Seehunden auf die wandelnden Steine, und zu all diesen Themen wußte Mr. Tallisker Interessantes und Informatives zu berichten. Aber bei den Flüssen war auch er am Ende mit seinem Latein. Die Flüsse schienen das einzige auf Cladda zu sein, was sich in nichts von denen in anderen Teilen der Welt unterschied. Sah man einmal davon ab, daß sie sich zu oft zu kleinen Lochs weiteten oder im Moor versickerten, waren die Flüsse auf Cladda nichts weiter als Flüsse – Wasser, das anderem Wasser zustrebte.

Na, dachte Grant auf dem Weg zu Tommy und der Verabredung zum Mittagessen, in gewissem Sinne waren das ja ›Ströme im Stand‹. Sie verströmten in einem stehenden Gewässer; oder sie kamen im Moor zum Halt. B Sieben hatte diesen Ausdruck vielleicht nur benutzt, weil er einen Reim benötigte. Er brauchte einen Reim auf ›Sand‹.

Er hörte nur mit halbem Ohr dem Gespräch zweier weiterer Schafzüchter zu, die Tommy zum Essen mitgebracht hatte. Er beneidete sie um ihren unbeirrten Blick und das Bild grenzenloser Gelassenheit, das sie abgaben. Diese großgewachsenen Männer mit ihrem wohlgeordneten Leben, die ließen sich von nichts hetzen. Dann und wann dezimierten Schicksalsschläge ihre Herden – gewaltige Schneestürme oder eine ansteckende Krankheit. Aber sie selbst blieben ruhig und klar, wie die Hügel, auf denen sie großgeworden waren. Starke, bedächtige Männer, immer zu einem kleinen Scherz bereit, fähig, sich an den kleinen Dingen zu freuen. Das machte Grant um so mehr bewußt, daß seine Obsession mit B Sieben eine ausgesprochen irrationale Angelegenheit war, abwegig, ein Symptom seiner Krankheit. Daß er bei klarem Kopf auf B Sieben keinen weiteren Gedanken verschwendet hätte. Er verachtete diese Obsession und klammerte sich doch daran. Sie war sein Verderben und doch seine Zuflucht.

Trotzdem war seine Laune, als er mit Tommy zurückfuhr, noch übermütiger, als sie auf der Hinfahrt gewesen war. Es gab nun so gut wie nichts mehr über die gerichtliche Untersuchung zum Fall Charles Martin, des Mechanikers aus Frankreich, was er nicht wußte. Um soviel war er weitergekommen. Und das war ein schönes Stück.

Nach dem Abendessen legte er das Buch über europäische Politik beiseite, das sich am Vorabend sein Interesse mit Tommys Telefon geteilt hatte, und suchte die Regale nach einem Buch über die Inseln ab.

Laura blickte von der *Times* auf und fragte: »Suchst du etwas Bestimmtes, Alan?«

»Ich suche etwas über die Inseln.«

»Die Hebriden?«

»Ja. Da gibt es doch sicher ein Buch drüber.«

»Haha«, machte Laura sich über ihn lustig. »Ob es ein Buch darüber gibt! Es gibt eine regelrechte Hebriden-Literatur. Es ist eine Auszeichnung für einen Schotten, nicht über die Inseln geschrieben zu haben.«

»Habt ihr welche davon?«

»Wir haben fast alle. Jeder, der zu Besuch kommt, hat eins im Gepäck.«

»Und warum nehmen sie sie nicht wieder mit zurück?«

»Das wirst du schon verstehen, wenn du sie dir angeschaut hast. Sie sind in der untersten Reihe, ein ganzes Regalbrett voll.«

Er ging die Bücher eins nach dem anderen durch, mit professionellem Blick für das gesuchte Detail.

»Woher kommt denn das plötzliche Interesse an den Hebriden?« fragte Laura.

»Dieser singende Sand, von dem Wee Archie erzählt hat, geht mir nicht mehr aus dem Kopf.«

»Das muß das erste Mal sein, daß Wee Archie irgend etwas gesagt hat, was jemandem im Gedächtnis geblieben ist.«

»Ich nehme an, seine Mutter hat das erste Wort, das er sprach, behalten«, ließ Tommy sich hinter dem *Clarion* vernehmen.

»Es scheint, als liege Tir nan Og nur einen Schritt westlich vom singenden Sand.«

»Genau wie Amerika«, sagte Laura. »Und das ist eher das, was die Leute auf den Inseln sich unter dem Paradies vorstellen, eher als Tir nan Og.«

Grant griff Mr. Talliskers Worte von den unterschiedlichen Vorstellungen vom Paradies auf und erzählte ihnen, die Gälen seien das einzige Volk, das sich den Himmel als ein Land ewiger Jugend vorstelle; und das sei ein liebenswerter Zug.

»Sie sind das einzige der Wissenschaft bekannte Volk, in deren Sprache es kein Wort für ›nein‹ gibt«, konterte Laura ungerührt, »und das sagt mehr über ihren Charakter als alle Jenseitsvorstellungen.«

Grant kam mit einem Armvoll Bücher zum Kamin zurück und ging sie nun in Ruhe durch.

»Das kann man sich kaum vorstellen, einen Verstand, der niemals einen Begriff für das Wort ›nein‹ entwickelt hat, nicht wahr?« sagte sie nachdenklich und wandte sich dann wieder der *Times* zu.

Das Spektrum der Bücher reichte vom Wissenschaftlichen über Romantisches zum rein Phantastischen. Von der Pottasche aus Seetang zu den Helden und Heiligen. Vom Vogelkundler zum Seelenpilger. Die Bandbreite reichte auch vom Hochgeistigen, aber Unlesbaren zum hanebüchenen Unsinn. Es schien, daß keiner, der jemals die Inseln besucht hatte, der Versuchung hatte widerstehen können, über sie zu schreiben. Die Bibliographien auf den letzten Seiten der seriöseren Bände hätten einem Werk über das römische Weltreich Ehre gemacht. In einem Punkt jedoch war man sich einig: Über den Inseln lag ein Zauber. Die Inseln waren die letzte Zuflucht der Zivilisation in einer Welt, die aus den Fugen geraten war. Die Inseln waren von einer unvorstellbaren Schönheit; bedeckt mit einem Teppich aus wilden Blumen, umgeben von einer See, die sich smaragdschillernd über die silbernen Strände ergoß. Ein Land voll von strahlendem Sonnenlicht, voll von wohlgestalteten Menschen und einer Musik, die einem zu Herzen ging. Wilde, liebliche Musik, seit undenklichen Zeiten von Generation zu Generation weitergereicht, Musik aus einer Zeit, als die Götter noch jung waren. Und für jeden, der es sich selbst ansehen wollte, gab es die Fahrpläne von MacBrayne im Anhang, Seite drei.

Grant vergnügte sich mit den Büchern, bis es Zeit war schlafenzugehen. Über seinem Schlummertrunk sagte er: »Ich glaube, ich möchte mir die Inseln ansehen.«

»Das wäre doch was fürs nächste Jahr«, stimmte Tommy ihm zu. »Auf Lewis kann man sehr schön angeln.«

»Nein, ich meine, jetzt gleich.«

»Um diese Jahreszeit!« sagte Laura. »So etwas Verrücktes habe ich ja noch nie gehört.«

»Warum nicht? Ich kann erst wieder angeln, wenn es meiner Schulter besser geht, da kann ich mich doch in der Zwischenzeit ein wenig umsehen.«

»Wenn ich deine Schulter versorge, geht es ihr in zwei Tagen besser.«

»Wie kommt man nach Cladda?«

»Von Oban aus, nehme ich an«, sagte Tommy.

»Alan Grant, du bist übergeschnappt. Wenn du ein- oder zwei Tage lang nicht fischen kannst, gibt es doch hundert andere Dinge, die du machen kannst, statt dich mitten im März über den Minch schaukeln zu lassen.«

»Es heißt, der Frühling komme früh auf den Inseln.«

»Aber nicht auf dem Minch, das kann ich dir versichern.«

»Man könnte natürlich fliegen«, kommentierte Tommy, der die Angelegenheit mit der freundlichen Sachlichkeit betrachtete, mit der er jede Frage erwog, die ihm begegnete. »Du könntest an einem Tag hin- und am nächsten zurückfliegen, wenn du willst. Die Verbindungen sind gut.«

Es herrschte einen Augenblick lang Schweigen, während sich Grants Blick mit dem seiner Cousine traf. Sie wußte, daß er nicht fliegen konnte, und sie wußte, warum.

»Laß das bleiben, Alan«, sagte sie mit freundlicherem Ton. »Es gibt so viele schönere Dinge, die du tun könntest, statt an einem Märztag auf dem Minch über der Reling zu hängen. Wenn du für eine Weile von Clune weg willst, dann miete dir doch einfach ein Auto – es gibt eine gute Garage in Scoone –, und schau dir ein wenig die Gegend an, eine Woche lang vielleicht. Jetzt, wo das Wetter wärmer geworden ist, wird es im Westen schon grün sein.«

»Es geht mir nicht drum, daß ich von Clune weg will. Im Gegenteil. Ich würde ganz Clune mitnehmen, wenn ich könnte. Aber ich werde den Gedanken an diesen Sand nicht mehr los.«

Er sah, daß Laura die Sache nun von einer anderen Seite betrachtete, und er konnte sich ihre Gedanken gut ausmalen. Wenn es das war, was sein krankes Hirn sich wünschte, dann wäre es grundfalsch, wenn man es ihm ausreden wollte. Ein Ort, an dem er noch nie vorher gewesen war, wäre das ideale Mittel, ihn vom übermäßigen Nachdenken über sich selbst abzuhalten.

»Da mußt du in Bradshaws Kursbuch nachsehen, nehme ich an. Wir haben eins, aber wir benutzen es hauptsächlich als Türstopper oder um draufzusteigen, wenn man etwas aus dem obersten Regalbrett braucht. Es ist nicht gerade die neueste Ausgabe.«

»Bei den Fähren zu den Äußeren Hebriden spielt es keine Rolle, wie alt er ist«, sagte Tommy. »Die Fahrpläne von MacBrayne stehen so unverrückbar fest wie die Gesetze der Meder und der Perser. Irgend jemand hat einmal gesagt, sie sind vielleicht nicht für die Ewigkeit gemacht, aber sie überdauern doch beinahe die Zeit.«

Also holte sich Grant den Bradshaw als Bettlektüre.

Und am Morgen borgte er sich von Tony einen kleinen Handkoffer und packte das Notwendigste ein, das er für etwa eine Woche brauchen würde. Es hatte ihm schon immer Spaß gemacht, mit leichtem Gepäck zu reisen, und er war immer froh, wenn er von irgendwo für sich allein aufbrechen konnte, selbst von Menschen, die er liebte (ein Zug an ihm, der viel dazu beigetragen hatte, daß er unverheiratet geblieben war). Er ertappte sich dabei, daß er leise vor sich hinpfiff, als er sein weniges Gepäck in dem Köfferchen verstaute. So hatte er nicht mehr gepfiffen, seit der Schatten des Irrationalen sich auf ihn gelegt und ihm die Sonne verdunkelt hatte.

Er würde wieder unbeschwert sein. Frei. Was für ein wundervoller Gedanke.

Laura hatte ihm versprochen, ihn rechtzeitig nach Scoone zu fahren, so daß er dort den Zug nach Oban bekam, aber Graham kam später als erwartet mit dem Wagen aus Moymore zurück, und es war lange nicht abzusehen, ob sie den Zug überhaupt erwischen würden. Am Ende schafften sie es eine halbe Minute vor Abfahrt. Atemlos schob ihm Laura noch ein Bündel Zeitungen durchs Fenster, als der Zug schon anfuhr, und keuchte: »Ich wünsch' dir viel Spaß, mein Guter. Seekrankheit wirkt Wunder für die Leber.«

Das Abteil hatte er ganz für sich. Er ließ die weite, karge Landschaft, die allmählich immer grüner wurde, je weiter sie nach Westen kamen, an sich vorbeiziehen und saß schläfrig und zufrieden da, die Zeitschriften ungelesen neben sich. Er hatte keine Ahnung, was ihn nach Cladda zog. Er reiste jedenfalls ganz sicher nicht dorthin, um im üblichen Sinne Beweismaterial zu sammeln. Er reiste – um B Sieben zu finden. Präziser konnte er es nicht in Worte fassen. Er wollte diese Insel sehen, die so sehr der Landschaft glich, die das Gedicht beschrieb. Ob B Sieben wohl jemals einem Menschen von seinem Paradies erzählt hatte? überlegte er in wohligem Halbschlaf. Es würde nicht zu seiner Handschrift passen. Diese engen Bögen der Ms und Ns wiesen zu sehr auf eine defensive Grundhaltung hin, als daß sie von einem gesprächigen Menschen hätten stammen können. Aber es spielte ja auch keine Rolle, wie vielen Leuten er vielleicht davon erzählt haben mochte, wenn es keine Möglichkeit gab, zu diesen Leuten Verbindung aufzunehmen. Schließlich konnte er schlecht eine Zeitungsanzeige aufgeben: Wer kennt dieses Gedicht? – Bitte melden.

Aber warum eigentlich nicht?

Alle Schläfrigkeit fiel von ihm ab, als er sich diese neue Idee durch den Kopf gehen ließ.

Er ließ sie sich den ganzen Weg nach Oban durch den Kopf gehen.

Dort angekommen, ging er in ein Hotel, gönnte sich ein Glas auf diese Idee und schrieb, während er sich daran gütlich tat, Briefe an sämtliche Londoner Tageszeitungen. Jeder der Briefe enthielt einen Scheck und die Bitte, die folgende Notiz unter die Kleinanzeigen zu setzen:

Tiere, die reden, Ströme im Stand, Steine, die wandeln, der singende Sand ... Wer diese Zeilen wiedererkennt, möge sich melden bei A. Grant, postlagernd, Moymore, Comrieshire.

Die beiden einzigen Zeitungen, denen er keine solchen Briefe schickte, waren die *Times* und der *Clarion*. Er wollte nicht, daß man in Clune das Gefühl bekam, er habe vollends den Verstand verloren.

Während er durch den Hafen den Weg zu jener Nußschale ging, in der er den Wellen des Minch trotzen sollte, dachte er bei sich: »Es geschähe mir ganz recht, wenn mir jemand schriebe, das seien doch die bekannten Zeilen aus demunddem Xanadu-Gedicht von Coleridge und ich müsse ja ein völliger Analphabet sein, daß ich die nicht gekannt hätte!«

Kapitel 6

Die Tapete zeigte ein Muster aus entschieden zu schweren Rosen, die an einem entschieden zu leicht gebauten Spalier hingen, und das Gefühl von Unsicherheit, das sie dem Betrachter vermittelte, wurde noch verstärkt durch die Tatsache, daß sie nicht nur von der Wand herunterhing, sondern dazu in der Zugluft hin- und herschwang. Es war nicht leicht auszumachen, woher diese Zugluft kam, denn das kleine Fenster war nicht nur fest verschlossen, es verharrte auch ohne Zweifel in diesem Zustand, seit es um die Jahrhundertwende angefertigt und in dieses Gebäude eingesetzt worden war. Der kleine Schwenkspiegel auf der Kommode machte zwar dem ersten Teil seines Namens alle Ehre, dem zweiten aber dafür um so weniger. Er ließ sich mühelos um dreihundertsechzig Grad schwenken; ein Spiegelbild jedoch zeigte er in keinem nennenswerten Grade. Ein zweimal gefalteter Kalender des Vorjahres sorgte dafür, daß seine Rotation nicht überhand nahm, aber ein Mittel, die Intensität seiner Spiegelkraft zu erhöhen, gab es natürlich nicht.

Zwei der vier Schubladen der Kommode ließen sich herausziehen. Die dritte hatte ihren Griff zum Öffnen verloren, die vierte den Willen dazu. Über dem schwarzen gußeisernen Kamin, dessen Verzierung aus rotem Kreppapier im Alter braun geworden war, hing ein Stich, der eine spärlich bekleidete Venus zeigte, wie sie einem gänzlich unbekleideten Amor Trost zusprach. Wäre die Kälte Alan Grant nicht ohnehin schon in sämtliche Knochen gefahren gewesen, dieses Bild hätte endgültig für seine Unterkühlung gesorgt.

Er betrachtete von seinem winzigen Fenster aus den kleinen Hafen, die Ansammlung von Fischerbooten, die graue See, die trübe gegen den Wellenbrecher schlug, und den grauen Regen, der auf die Pflastersteine klatschte, und er dachte an das Kaminfeuer im Wohnzimmer von Clune. Er spielte mit dem Gedanken, zu Bett zu gehen, was noch die beste Methode schien, warm zu werden, doch ein zweiter Blick auf das Bett brachte ihn wieder davon ab. Es war dünn wie eine Bohle – ein Eindruck, der durch den spärlichen Überwurf aus weißer, waffelgemusterter Baumwolle noch verstärkt wurde. Am Fußende war eine türkischrote ebenfalls baumwollene Decke, die vielleicht für einen Puppenwagen groß genug gewesen wäre, kunstvoll zusammengefaltet. An den vier Enden dräute die erlesenste Kollektion verschiedener Messingknöpfe, die Grant jemals das Glück gehabt hatte zu sehen. Cladda Hotel. Das Tor zum Tir nan Og.

Er ging nach unten und stocherte das qualmende Feuer im Aufenthaltsraum auf. Sein Erfolg hielt sich in Grenzen, hatte doch jemand das Feuer mit den Kartoffelschalen vom Mittagessen bedeckt. Doch seine Wut kam ihm zu Hilfe, und er zog den Glockenstrang mit aller Macht. Irgendwo in der Wand hörte man die Drähte rasseln, ein wirrer Tanz, aber keine Glocke ertönte. Er ging hinaus in die Eingangshalle, wo der Wind heulend unter der Tür hindurch blies, und brüllte. Nie zuvor, nicht einmal in seinen besten Tagen auf dem Exerzierplatz, hatte er seine Stimme mit einer solchen verbissenen Entschlossenheit eingesetzt, um ein bestimmtes Ziel zu erreichen. Ein junges Wesen weiblichen Geschlechts erschien aus den tieferen Regionen des Hauses und starrte ihn an. Sie hatte das Gesicht einer eher praktisch veranlagten Madonna und Beine, die genauso lang wie ihr Körper waren.

»Ham Sie gebrüllt?« fragte sie.

»Nein, ich habe nicht gebrüllt. Was Sie da gehört haben, war das Klappern meiner Zähne. Da, wo ich herkomme, ist ein Wohnzimmerfeuer zum Wärmen da und nicht dazu, den Abfall zu verbrennen.«

Sie stand noch eine Weile da und schaute ihn an, so als sei sie dabei, seinen Satz in ein ihr geläufigeres Idiom zu übersetzen, dann kam sie näher, um das Feuer zu begutachten.

»Oh je«, sagte sie, »da wird nichts mehr draus. Sie bleiben hier, und ich hol' Ihnen 'n bißchen Feuer.«

Sie verließ ihn und kehrte mit einer Schaufel zurück, auf der das, was wohl ein Großteil des Küchenfeuers war, brannte. Bevor er zwischen den Abfällen und Gemüseresten Platz schaffen konnte, hatte sie den züngelnden Klumpen daraufgeworfen.

»Ich mache Ihnen 'nen Tee, dann wird Ihnen wieder warm«, sagte sie. »Mr. Todd ist unten am Anleger und schaut, ob die

Sachen mit dem Boot mitgekommen sind. Der ist gleich wieder da.«

Sie sagte es mit einem so tröstenden Tonfall, daß man hätte meinen können, die bloße Gegenwart des Eigentümers werde für Wärme sorgen. Grant nahm an, daß es als Entschuldigung dafür gemeint war, daß ihm als Gast keine offizielle Begrüßung zuteil geworden war.

Er saß da und sah zu, wie das Küchenfeuer allmählich verzagte, als es bemerkte, daß es auf ein Bett aus Kartoffelschalen geworfen worden war. Er tat sein Bestes, um etwas von der feuchten schwarzen Masse herauszurechen und so für einen aufmunternden Luftzug zu sorgen, aber das Feuer sackte doch zu einem traurigen Häuflein zusammen. Er sah zu, wie die Glut erlosch, bis nur noch rotglimmernde Würmchen über die geschwärzten Kohlen stoben, wenn der Wind Luft aus dem Zimmer den Schornstein hinaufsog. Er erwog den Gedanken, seinen Regenmantel anzuziehen und im Regen spazierenzugehen; es konnte eine Wohltat sein, im Regen spazierenzugehen. Aber der Gedanke an heißen Tee ließ ihn da bleiben, wo er war.

Beinahe eine Stunde lang hatte er dem Feuer Gesellschaft geleistet, und noch immer war von Tee nichts zu sehen. Immerhin kam ›Eigentümer: N. Todd‹ vom Hafen zurück, begleitet von einem Jungen in marineblauem Pullover, der einen Schubkarren voll mit großen Pappkartons schob, und er kam und begrüßte seinen Gast. Um diese Jahreszeit erwarteten sie keine Gäste, erklärte er. Er habe ihn an Land gehen sehen, aber er habe gedacht, er werde wohl jemanden auf der Insel besuchen wollen. Um Volkslieder zu sammeln oder so etwas.

Es war etwas in der Art, wie er vom Volksliedersammeln sprach – ein distanzierter Tonfall, der für sich genommen beinahe schon ein Kommentar war –, die Grant sicher sein ließ, daß es sich um keinen Einheimischen handelte.

Nein, antwortete Mr. Todd, als er ihn danach fragte, er stamme nicht von hier. Er habe in den Lowlands ein hübsches kleines Hotel für Geschäftsreisende gehabt, aber dies hier sei mehr nach seinem Geschmack. Als er die Überraschung im Gesicht seines Gastes sah, fügte er hinzu: »Ehrlich gesagt, Mr. Grant, ich hatte die Nase voll von Leuten, die auf die Theke trommeln. Sie wissen, was ich meine: Die Leute, die keine Minute Geduld haben. Hier draußen käme nie einer auf die Idee, auf die Theke zu trommeln. Heute, morgen, nächste Woche, das macht für die Leute auf der Insel keinen Unterschied. Ab und zu geht es einem ein wenig auf die Nerven, wenn man selbst etwas hat, was getan werden soll, aber die meiste Zeit lebt man glücklich und zufrieden damit. Mein Blutdruck ist fast schon wieder normal.« Sein Blick fiel auf das Feuer. »Das ist aber ein ärmliches Feuer, das Katie-Ann Ihnen da gemacht hat. Da kommen Sie besser mit in mein Büro und wärmen sich auf.«

In diesem Augenblick steckte Katie-Ann ihren Kopf zur Tür herein; sie ließ wissen, sie habe bis jetzt für das Teewasser gebraucht, weil ihr das Küchenfeuer ausgegangen sei, und fragte, ob Mr. Grant vielleicht den Tee gleich zum Abendessen haben wolle. Mr. Grant beglückwünschte sie zu diesem Vorschlag, und nachdem sie sich zur Vorbereitung der Mahlzeit zurückgezogen hatte, bat er seinen Wirt um einen Schnaps.

»Die Gemeinde hat meinem Vorgänger die Schanklizenz entzogen, und bis jetzt habe ich sie noch nicht zurückbekommen. Wenn der Rat das nächste Mal tagt, soll's soweit sein. Also darf ich Ihnen keinen Alkohol verkaufen. Auf der ganzen Insel gibt's keine einzige Schanklizenz. Aber wenn Sie mit in mein Büro kommen, spendiere ich Ihnen gerne einen Whisky.«

In dem winzigen Büro herrschte eine stickige, geradezu tropische Hitze. Grant gab sich diesem Klima dankbar hin und trank den schlechten Whisky pur, so, wie er angeboten wurde. Er setzte sich auf den ihm angewiesenen Stuhl und streckte seine Füße dem Feuer entgegen.

»Dann wissen Sie also nicht allzuviel über die Insel?« fragte er.

Mr. Todd grinste. »In mancher Beziehung weiß ich eine ganze Menge«, sagte er schalkhaft. »Aber wahrscheinlich nicht die Dinge, die Sie gerne wissen wollen.«

»Zu wem sollte ich denn gehen, um mehr über die Insel zu erfahren?«

»Nun, da gibt es zwei Autoritäten. Pater Heslop und den Reverend Mr. MacKay. Alles in allem würde ich eher Pater Heslop empfehlen.«

»Sie meinen, er weiß mehr?«

»Das nicht; in der Beziehung steht der eine dem anderen nicht nach. Aber zwei Drittel der Inselbewohner sind Katholiken. Wenn Sie zum Priester gehen, haben Sie nur ein Drittel der Leute gegen sich, statt zwei Drittel. Natürlich gibt das Drittel Presbyterianer weitaus unangenehmere Feinde ab, aber wenn Sie nach der Zahl gehen, sollten Sie Pater Heslop nehmen. Ich empfehle Ihnen ohnehin Pater Heslop.« Er grinste von neuem und goß nach. »Persönlich bin ich ja ein Heide, das heißt, ich gehöre weder zur einen noch zur anderen Fraktion. Aber Pater Heslop befürwortet die Schanklizenz, und Mr. MacKay kämpft verbissen dagegen.«

»Ich nehme an, der Priester sähe das Zeug lieber offen verkauft als heimlich getrunken.«

»Genau.«

»Haben Sie jemals einen Besucher namens Charles Martin hier gehabt?«

»Martin? Nein. Nicht zu meiner Zeit. Aber Sie können gern das Gästebuch durchsehen; es liegt auf dem Wohnzimmertisch.«

»Wenn ein Besucher nicht im Hotel wohnt, wo würde er dann übernachten? In einem Pensionszimmer?«

»Nein, auf der Insel gibt es niemanden, der Zimmer vermietet. Dazu sind die Häuser zu klein. Ein Besucher müßte dann entweder bei Pater Heslop oder beim Reverend wohnen.«

Als Katie-Ann kam und verkündete, das Abendessen warte im Wohnzimmer auf ihn, floß das Blut wieder ungehindert durch Grants ehedem fast leichenstarre Adern, und er war hungrig. Er freute sich auf seine erste Mahlzeit in dieser »winzigen Oase der Zivilisation in einer barbarischen Welt« (siehe *Dream Islands* von H. G. F. Pynche-Maxwell, Beal & Batter, fünfzehn Shilling Sixpence). Er hoffte, daß es kein Lachs und keine Seeforelle sein würden, denn beides hatte er in den letzten acht oder neun Tagen reichlich genießen können. Er würde zwar zu gegrillter Seeforelle nicht nein sagen. Gegrillt mit etwas selbstgemachter Butter. Aber er hoffte, daß es Hummer geben würde – die Insel war berühmt für ihren Hummer – oder wenigstens einen fangfrischen Hering, in Hafermehl paniert und gebraten.

Sein erstes Mahl auf den Inseln der Freude bestand aus zwei leuchtendorangen Bücklingen, in Aberdeen schlecht geräuchert und großzügig gefärbt; das Brot stammte aus Glasgow; es gab Haferplätzchen, die in einer Fabrik in Edinburgh hergestellt und seitdem nicht wieder aufgebacken worden waren; die Marmelade stammte aus Dundee, die Butter aus Kanada. Ein in der Form dem Haggis nachempfundener bleicher Kloß aus Hafergrütze war der einzige einheimische Bestandteil des Essens, eine weiße, krümelige Resteverwertung, die nach nichts roch und schmeckte.

Im Schein der nackten Glühbirne wirkte der Salon noch weniger einladend als im trüben Nachmittagslicht, und Grant floh auf sein winziges eiskaltes Zimmer. Er forderte zwei Wärmflaschen und schlug Katie-Ann vor, sie solle, da er der einzige Gast sei, die Decken aus sämtlichen anderen Zimmern stiebitzen und ihm überlassen. Sie tat das mit der typisch keltischen Freude am Unerlaubten, überhäufte sein Bett mit den entwendeten Prachtstücken und erstickte dabei fast vor Kichern.

Er streckte sich unter den fünf ärmlichen Tüchern aus, auf die er noch seinen Mantel und den Regenmantel gepackt hatte, und tat so, als sei das alles zusammen ein gutes englisches Federbett. Als ihm wärmer wurde, kam ihm zu Bewußtsein, wie muffig das Zimmer war. Das war nun wirklich zuviel, und mit einem Mal begann er zu lachen. Er lag da und lachte, wie er schon bald ein Jahr lang nicht mehr gelacht hatte. Lachte, bis ihm die Tränen kamen, lachte, bis er so erschöpft war, daß er nicht mehr konnte, und dann lag er da, müde, glücklich und frei unter seiner erlesenen Bettzeugkollektion.

Das Lachen mußte Wunder für die Körpersäfte wirken, dachte er, denn ein wohltuender lebensspendender Strom durchflutete ihn. Ganz besonders, wenn man über sich selbst lachte. Über die eigene wundervolle Lächerlichkeit, wenn man sich in Relation zur übrigen Welt sah. Sich nach dem Tor zum Tir nan Og aufzumachen und dann im Cladda Hotel zu landen, das war von einer köstlichen Lächerlichkeit. Selbst wenn die Inseln nichts weiter für ihn bereithalten sollten, empfände er sich als reich belohnt.

Er kümmerte sich nicht mehr um das muffige Zimmer und die zweifelhafte Qualität der Bettdecken. Er betrachtete die rosenüberladene Tapete und wünschte, er könne sie Laura zeigen. Es fiel ihm ein, daß sie ihm noch immer nicht das neugestrichene Schlafzimmer in Clune gegeben hatte, das Zimmer, in dem er bisher immer gewohnt hatte. Erwartete Laura noch einen weiteren Besucher? War es denkbar, daß sie die neueste Kandidatin in Herzensdingen unter demselben Dach wie ihn beherbergen wollte? Bisher war ihm alle weibliche Gesellschaft erspart geblieben; die Abende in Clune waren friedliche und gemütliche Familienabende gewesen. Hatte Laura sich nur zurückgehalten, bis er in der richtigen Verfassung war, die Kandidatin zu begutachten? Es war verdächtig, wie sehr sie bedauert hatte, daß er nicht bei der Eröffnung des neuen Saals in Moymore dabeisein würde. Und unter normalen Umständen hätte sie mit seiner Teilnahme an einer solchen Veranstaltung gar nicht erst gerechnet. Hatte sie einen weiteren Gast dazu erwartet? Für Lady Kentallen konnte das Zimmer kaum gedacht sein, denn die würde von Angus herüberkommen und am selben Tag zurückfahren. Für wen also war es neu hergerichtet worden, für wen wurde es bereitgehalten?

In Gedanken war er noch immer bei dieser kleinen Frage, als der Schlaf ihn überkam. Und erst am Morgen ging ihm auf, daß ihm das geschlossene Fenster nur zuwider gewesen war, weil das Zimmer muffig war – nicht, weil es geschlossen war.

Er wusch sich mit den zwei Tassen lauwarmen Wassers, die Katie-Ann ihm gebracht hatte, und ging dann in bester Laune nach unten. Die ganze Welt konnte ihm nichts anhaben. Er verspeiste das um einen weiteren Tag gealterte Glasgower Brot, die Haferplätzchen aus Edinburgh, die Marmelade aus Dundee und die kanadische Butter, dazu einige Würstchen aus den Midlands, und es schmeckte ihm. Als er erst einmal seine Hoffnung auf urtümlichen Luxus aufgegeben hatte, kam er mit der neuzeitlichen Armut gut zurecht.

Er bemerkte mit Genugtuung, daß trotz dem kalten Wind, dem nassen Wetter und dem spärlich bedeckten harten Bett sein Rheumatismus völlig verschwunden war – sein Unbewußtes benötigte ihn nicht weiter als Vorwand. Noch immer heulte der Wind im Schornstein, und am Wellenbrecher spritzte das Wasser in die Höhe, aber es hatte aufgehört zu regnen. Er zog seinen wetterfesten Mantel an und ging am Hafen vorbei zum Laden. Es gab nur zwei Geschäfte in der Häuserzeile, die den Hafen einrahmte: ein Postamt und einen Lebensmittelladen. Diese beiden zusammen versorgten die Insel mit allem, was sie brauchte. Das Postamt diente gleichzeitig als Zeitungsladen, und der Kaufmann handelte auch mit Gemüse, Eisenwaren, Kurzwaren, Porzellan und Tabak, er war Drogist, Schuster und Schiffsausrüster. Ballen von geblümtem Baumwollstoff, aus dem man Vorhänge oder Kleider machen konnte, lagen im Regal neben Keksdosen, und von der Decke hingen Schinken zwischen Bündeln von Interlock-Unterwäsche. An diesem Tag gab es, wie Grant auffiel, auch ein großes hölzernes Tablett mit Hefegebäck zu zwei Pence, das, wenn man der Banderole glauben konnte, die die Rosinenkuchen zierte, aus Oban stammte. Sie machten einen angeschlagenen und niedergedrückten Eindruck, so, als seien sie in einem der Pappkartons hin-

und hergeschüttelt worden, die eine so wichtige Rolle für das Leben auf der Insel spielten, und sie strömten einen leichten Paraffingeruch aus; aber wahrscheinlich waren sie doch eine Abwechslung gegenüber dem Brot aus Glasgow.

Im Laden fand er eine Reihe von Männern von den Fischerbooten, die im Hafen lagen, und einen kleinen rundlichen Mann in schwarzem Regenmantel, bei dem es sich nur um den Priester handeln konnte. Das war eine glückliche Fügung. Selbst das presbyterianische Drittel konnte ihm wohl kaum einen Vorwurf daraus machen, daß er ihm zufällig in einem öffentlichen Laden begegnete. Er stellte sich neben Seiner Hochwürden an und wartete mit ihm, während die Fischer bedient wurden. Von da an ging alles wie von selbst. Es war der Priester, der ihn ansprach, und es gab fünf Mann, die das bezeugen konnten. Außerdem bezog Pater Heslop leutselig den Ladenbesitzer ins Gespräch mit ein, einen gewissen Duncan Tavish, und daraus, daß Pater Heslop ihn Mr. Tavish nannte und nicht Duncan, schloß Grant, daß der Kaufmann wohl nicht zu seinen Schäfchen gehörte. Unter solch glücklichen Umständen teilte er sich gerecht unter die Inselbewohner auf, zwischen den Paraffinkuchen und der Margarine, und es würde keinen Vernichtungskrieg um die Anrechte auf seine Person geben.

Er trat zusammen mit Pater Heslop hinaus in den Sturm und begleitete ihn nach Hause. Genauer gesagt kämpften sie gemeinsam gegen den Wind an, kamen mühsam Schritt um Schritt vorwärts und versuchten mit den Bemerkungen, die sie sich zubrüllten, gegen das Flattern ihrer Kleider anzukommen. Grant hatte gegenüber seinem Begleiter den Vorteil, daß er keinen Hut trug; andererseits saß bei Pater Heslop nicht nur der Schwerpunkt tiefer, auch seine strömungsgünstige Körperform war einem Leben im Sturm in idealer Weise angepaßt.

Es war eine Wohltat, aus diesem Toben in die Stille zu kommen, in die Wärme seines Torffeuers.

»Morag!« rief Pater Heslop in die Tiefe des Hauses hinein, »eine Tasse Tee für mich und meinen Freund hier. Und vielleicht ein Scone dazu, sei so lieb.«

Aber Morag war nicht zum Backen gekommen, genausowenig wie Katie-Ann. Sie brachte ihnen Kekse aus der Dose, die im feuchten Inselklima ein wenig weich geworden waren. Aber der Tee war wunderbar.

Grant wußte, daß Pater Heslop, ebenso wie jeder andere Bewohner der Insel, beinahe vor Neugier platzte, und er erzählte ihm, er sei zum Angeln zu Verwandten nach Schottland gekommen, habe es aber wegen Rheuma in der Schulter aufgeben müssen. Und da ihm die Hebriden, vor allem der singende Sand auf Cladda, nicht mehr aus dem Kopf gegangen seien, habe er seine Chance genutzt, sie sich anzusehen – eine Chance, die sich ihm vielleicht nie wieder bieten würde. Pater Heslop, nahm er an, kannte den Sand gut?

Oh ja, natürlich kannte Pater Heslop den Sand. Er war bereits seit fünfzehn Jahren auf der Insel. Er lag auf der Westseite, dem Atlantik zugewandt. Man brauchte nicht lange, um von einer Seite der Insel zur anderen zu gelangen. Grant konnte, wenn er wollte, noch diesen Nachmittag hinübergehen.

»Ich warte lieber auf besseres Wetter. Im Sonnenlicht ist der Sand doch sicher am schönsten.«

»Um diese Jahreszeit müssen Sie vielleicht Wochen auf Sonne warten.«

»Ich dachte, der Frühling komme früh zu den Inseln?«

»Oh, ich glaube, das ist nur so eine Vorstellung von den Leuten, die Bücher über die Inseln schreiben. Das ist mein sechzehnter Frühling auf Cladda, und bis jetzt habe ich noch nie erlebt, daß er vor seiner Zeit kam. Der Frühling ist selbst ein Inselbewohner«, fügte er mit dem Anflug eines Lächelns hinzu.

Sie sprachen über das Wetter, über die Winterstürme (im Vergleich zu denen, wenn man Pater Heslop glauben konnte, der heutige Wind der reinste Zephyr war), über die alles durchdringende Feuchtigkeit und über die gelegentlichen idyllischen Sommertage.

Warum denn ein Ort mit so wenigen Attraktionen auf so viele Menschen einen so großen Eindruck gemacht habe, wollte Grant wissen.

Nun, zum Teil mochte das daran liegen, daß sie die Inseln nur im Hochsommer kannten, zum Teil aber auch daran, daß die, die kamen und enttäuscht waren, es sich selbst oder ihren Freunden zu Hause nicht eingestehen wollten. Sie machten ihre Enttäuschung durch große Worte wett. Pater Heslops eigener Theorie zufolge waren die meisten, die auf die Inseln kamen, Menschen, die, ohne es zu wissen, vor dem Leben davonliefen und die auf den Inseln genau das fanden, was sich ihre Phantasie im voraus ausgemalt hatte. In ihren Augen waren die Inseln tatsächlich schön.

Grant dachte über diese Erklärung nach und fragte dann den Priester, ob er jemals einen Mann namens Charles Martin kennengelernt habe; er habe sich für den singenden Sand interessiert.

Nein; soweit er sich erinnern könne, sei Pater Heslop ein Charles Martin nie begegnet. Ob er auf Cladda gewesen sei?

Das wußte Grant nicht.

Er trat wieder hinaus in den Sturm und wurde in einem nicht gerade gemessenen Trab zum Hotel zurückgeweht, auf den Zehenspitzen taumelnd wie ein in die Jahre gekommener Säufer. In der kahlen Eingangshalle des Hotels roch es nach einem nicht näher zu identifizierenden warmen Essen, und der Wind, der pfeifend unter der Türe hindurchkam, sang wie ein Chor. Aber im Wohnzimmer hatte man ein Feuer zustandegebracht, das wirklich nach einem Feuer aussah. Begleitet vom Heulen des Windes im Eingang und zum Jaulen des Windes im Schornstein verzehrte er Rindfleisch aus Südamerika und Kartoffeln aus Moray. Die Möhren kamen in Dosen aus Lincolnshire, der Pudding in der Tüte aus Nordlondon, das Obst in einem Glas aus dem Vale of Evesham. Jetzt, wo er nicht mehr auf Erlesenes eingestellt war, füllte er sich den Magen dankbar mit dem, was ihm vorgesetzt wurde. Hatte Cladda ihm auch die geistige Erquickung versagt, so sorgte es doch immerhin für einen ausgezeichneten Appetit.

»Backen Sie eigentlich gar keine Scones, Katie-Ann?« fragte er, als er die Zeit für den Nachmittagstee vereinbarte.

»Wollen Sie denn Scones?« entgegnete sie überrascht. »Klar, wenn Sie welche haben wollen, backe ich Ihnen welche. Aber wir haben Kuchen vom Bäcker für Ihren Tee. Und Plätzchen und Ingwerkekse. Würden Sie etwa lieber Scones haben?«

Grant erinnerte sich an den ›Kuchen vom Bäcker‹ und beteuerte enthusiastisch, er hätte sehr gerne Scones.

»Aber sicher«, sagte sie freundlich. »Natürlich backe ich Ihnen Scones.«

Eine Stunde lang marschierte er, die ebene graue Straße durch eine ebene graue Einöde entlang. Zu seiner Rechten, in der Ferne im Nebel auszumachen, ragte ein Hügel auf – die einzige sichtbare Erhebung. Der ganze Ausflug war so erquicklich wie ein Gang durch die Fens an einem regnerischen Januartag. Bisweilen ergriff ihn der Wind so heftig von der Seite, daß er ganz von der Straße herunterstolperte, und halb ärgerlich, halb amüsiert kämpfte er sich wieder zurück. Dann und wann stieß er auf einzelne Häuser, eng an den Boden gedrückt, fensterlos, wie Schneckenhäuser, ohne jedes Anzeichen menschlichen Lebens. Bei einigen war das Dach zum Schutz gegen die Unbilden des Windes mit Steinen, die an Schlaufen herunterhingen, beschwert. Nirgends fanden sich Zaun, Stall, Busch oder Garten. Hier gab es nur Leben in seiner einfachsten Form; vier Wände und sonst nichts; alle Luken dicht.

Und dann, plötzlich, roch der Wind nach Salz.

Und nach noch nicht einmal einer weiteren halben Stunde war er am Ziel. Ohne Vorwarnung lag die Küste vor ihm, hinter einer öden nassen grünen Wiese, die im Sommer mit Blumen übersät sein mußte. Es hatte so ausgesehen, als würde sich das weite Flachland mit seinen Wiesen endlos weit bis an den Horizont erstrecken; alles floß ineinander über in dieser grauen, flachen, grenzenlosen moorigen Welt. Er hatte sich darauf eingestellt gehabt, bis zum Horizont weiterzumarschieren, und er war überrascht, den Horizont zehn Meilen draußen im Meer zu finden. Da lag er nun vor ihm, der Atlantik; er mochte keine Schönheit sein, aber er war eindrucksvoll in seiner Weite und Gradlinigkeit. Das schmutziggrüne Wasser schlug tosend auf das Land und zerstob in gewaltiger weißer Gischt. Rechts und links erstreckten sich, soweit das Auge reichte, die Brandung und der bleiche Sand. Die ganze Welt schien aus nichts anderem zu bestehen als aus grüner aufgewühlter See und aus Sand.

Er stand da und betrachtete das Schauspiel, und er rief sich ins Bewußtsein, daß es kein Land zwischen hier und Amerika gab. Seit er in der Wüste Nordafrikas gestanden hatte, hatte er dieses unheimliche Gefühl, das den Betrachter angesichts eines endlosen Raumes befällt, nicht mehr verspürt. Dieses Gefühl, mit dem der Mensch in seine Schranken verwiesen wird. Er hatte so plötzlich vor dem Meer gestanden, so überwältigend waren das Tosen und die Weite der See, daß er eine ganze Weile regungslos dort gestanden hatte, bis ihm klarwurde, daß dies der Sand war, dessentwegen er mitten im März an den äußersten Rand der westlichen Welt gereist war. Dies war der singende Sand.

Alles, was an diesem Tage sang, waren der Wind und der Atlantik. Zusammen klang es wie ein wagnerianischer Tumult, der einen beinahe ebenso körperlich packte wie der Sturm und die Gischt. Die ganze Welt bestand aus einem einzigen wahnsinnigen Tosen aus Graugrün und Weiß und wildem Lärm.

Er ging über den feinen weißen Sand bis an die Brandung hinunter und ließ sich von dem Getöse umbrausen. Von nahem betrachtet hatte es etwas Sinnloses, das sein Gefühl der eigenen Bedeutungslosigkeit aufhob; nun fühlte er sich wieder menschlich; überlegen. Beinahe mit Verachtung wandte er der See den Rücken zu, so, wie man das mit einem schlechterzogenen Kind tun würde, das die Aufmerksamkeit auf sich ziehen will. Es war ihm warm und lebendig zumute, und er hatte sein Leben selbst in der Hand; er war bewundernswert intelligent und in hinreichendem Maße in der Lage, Gefühle zu empfinden. Als er über den Sand zurücklief, war er in geradezu lächerlicher Weise überglücklich, ein lebendiger Mensch zu sein. Als er dem vor Salz unfruchtbaren Seewind den Rücken zukehrte, erschien ihm die Luft auf der Landseite sanft und warm. Es war, als öffnete man die Tür eines Hauses. Er ging seinen Weg durch das flache Grasland, ohne auch nur einmal zurückzublicken. Der Wind trieb ihn über das Moor voran, aber nun hatte er ihn im Rücken, und der Salzgeruch war verschwunden. Statt dessen sog er tief den angenehmen Duft der feuchten Erde ein, den Geruch der Fruchtbarkeit.

Er war glücklich.

Als er schließlich wieder beim Weg hinunter zum Hafen angekommen war, schaute er noch einmal zum Hügel hinauf, der dort im Nebel lag. Morgen, beschloß er, würde er ihn besteigen.

Er war völlig ausgehungert, als er wieder im Hotel eintraf, und war hocherfreut, zu seiner Teemahlzeit gleich zwei lokale Produkte serviert zu bekommen. Das eine war ein Teller mit Katie-Anns Scones, das andere *sleeshacks*, eine Köstlichkeit, die er noch von früher her kannte. *Sleeshacks* bestanden aus Kartoffelpüree, das in Scheiben gebraten wurde, und sie trugen sehr dazu bei, die kalten Fleischreste vom Mittagessen genießbar zu machen, die das *pièce de résistance* des Mahls bildeten. Aber während er diesen ersten Gang verspeiste, stieg ihm ein Geruch in die Nase, der ihn noch viel mehr als die Bratkartoffeln an seine Jugendtage in Strathspey erinnerten. Es war ein ebenso beißendes wie feines Aroma, das ihm in nostalgischem Kitzel die Sinne umspielte. Erst als er das Messer in eines von Katie-Anns Scones steckte, wußte er, worum es sich handelte. Das Scone war gelb vor Backpulver und völlig ungenießbar. Mit Bedauern dankte er ihr in Gedanken für die Erinnerungen, die sie heraufbeschworen hatte (Teller voller gelber backpulverschwerer Scones, die im Farmhaus zum Tee für die Landarbeiter serviert wurden: Oh Tir nan Og!), vergrub zwei von Katie-Anns Scones unter den glühenden Kohlen im Kamin und begnügte sich mit dem Brot aus Glasgow.

Und an diesem Abend schlief er ein, ohne die Tapete eines Blickes zu würdigen und ohne den kleinsten Gedanken an das geschlossene Fenster.

Kapitel 7

Am nächsten Morgen begegnete er im Postamt dem Reverend Mr. MacKay, und es schien ihm, daß er seine Gunst ausgesprochen erfolgreich verteilte. Mr. MacKay war auf dem Weg hinunter zum Hafen, um nachzufragen, ob die Mannschaft des schwedischen Fischkutters, der dort lag, in zwei Tagen, wenn sie dann noch da seien, zum Gottesdienst kommen wolle. Außerdem sei, wie er gehört habe, ein holländisches Schiff angekommen, von dessen Besatzung man annehmen könne, daß sie dem presbyterianischen Glauben anhinge. Wenn sie Interesse hätte zu kommen, würde er eine englischsprachige Predigt für sie vorbereiten.

Er tröstete Grant wegen des schlechten Wetters. Es sei zu früh im Jahr für die Inseln, aber er nehme an, man müsse seinen Urlaub nehmen, wann immer man ihn bekommen könne.

»Sie sind vielleicht ein Schulmeister, Mr. Grant?«

Nein, antwortete Grant, er sei Regierungsbeamter. Das war seine übliche Antwort, wenn nach seinem Beruf gefragt wurde. Die Leute waren bereit, Beamte für menschliche Wesen zu halten; bei Polizisten jedoch war das nie der Fall. Das waren zweidimensionale Gestalten mit silbernem Rangabzeichen und Notizbuch.

»Aber Sie würden staunen, Mr. Grant, Sie, der Sie zum ersten Male hier sind, Sie würden staunen, könnten Sie die Inseln sehen, wie sie im Juni sind. Kein Wölkchen am Himmel, tagelang, und die Luft so heiß, daß Sie sie flirren sehen. Und Luftspiegelungen so unerhört, daß man sich in der Wüste glauben könnte.«

»Sie waren in Nordafrika?«

Oh ja, Mr. MacKay war als Feldprediger in Nordafrika gewesen. »Und glauben Sie mir, Mr. Grant, von meinem Fenster im Pfarrhaus sind mir Dinge zu Gesicht gekommen, seltsamer, als ich sie jemals zwischen El Alamein und Tripolis sah. Ich habe den Leuchtturm auf der Landspitze dort in der Luft schweben sehen.

Jawohl, weit oben am Himmel. Ich habe gesehen, wie der Berg dort drüben seine Form wandelte, bis er wie ein gewaltiger Pilz aussah. Und die Felsen am Meer, diese riesigen steinernen Säulen, erscheinen leicht und transparent und wandeln einher, als tanzten sie eine Quadrille.«

Das erweckte Grants Interesse, und dem Rest der Ausführungen Mr. MacKays schenkte er keine Aufmerksamkeit mehr. Als er sich längs der *Ann Loefquist* aus Göteborg von ihm verabschiedete, verlieh Mr. MacKay der Hoffnung Ausdruck, Mr. Grant werde am Abend beim *ceilidh* dabeisein. Die ganze Insel werde sich dort treffen, und er werde schönen Gesang hören können.

Er fragte seinen Wirt nach dem *ceilidh*, wo es stattfinde und was er zu erwarten habe, und Mr. Todd entgegnete, es werde die übliche Mischung aus Gesang und Vorträgen sein, mit dem üblichen Tanzvergnügen am Ende, und es fände in der Peregrine Hall statt, dem einzigen Gebäude, das die Insel für solche Veranstaltungen habe.

»Woher hat sie den Namen?«

»Benannt nach Lady Peregrine, die sie gestiftet hat. Die Lady hat früher jeden Sommer die Insel besucht, und sie wollte die Handelsbeziehungen verbessern und dafür sorgen, daß die Inselbewohner sich selbst ernähren können; also hat sie eine schöne weite Halle mit großen Fenstern und Dachfenstern gebaut, in der sie gemeinsam weben sollten, ohne sich die Augen in ihren winzigen dunklen Stuben zu verderben. Sie sollten sich zusammentun und für ihren Tweed ein Cladda-Markenzeichen erfinden, damit er genauso begehrt würde wie der von Harris. Aber die arme Lady hätte sich ihre Worte und ihre Pennies sparen können. Keiner auf der Insel würde auch nur drei Schritte zur Arbeit gehen. Die werden lieber blind, bevor sie unter einem fremden Dach arbeiten. Aber für Feste, wenn die ganze Einwohnerschaft zusammenkommt, ist der Schuppen gut zu gebrauchen. Warum schauen Sie ihn sich nicht heute abend an, wenn dort ordentlich was los ist?«

Das werde er tun, versprach Grant, und dann machte er sich auf, um den Rest des Tages mit der Besteigung des einzigen Berges von Cladda zu verbringen. Der Nebel hatte sich gelichtet, auch wenn der Wind nach wie vor voller Feuchtigkeit war, und je höher er stieg, desto weiter öffnete sich die See unter ihm mit vereinzelten Inseln und dem Streifenmuster, das die Gezeiten bildeten. Hier und da markierte eine einzelne, in diesem Arrangement der Natur unnatürlich gerade Linie den Weg, den ein Schiff genommen hatte. Von der Spitze des Berges aus konnte er die gesamte Welt der Hebriden überblicken. Eine Welt, die das Chaos noch kaum hinter sich gelassen hatte, öde und ungeformt. Blickte man auf Cladda hinunter, so war es unmöglich zu entscheiden, ob man auf ein Land voller Seen oder auf eine See voller Inseln blickte, so sehr durchdrang eins das andere. Es war eine Welt, die man am besten den Graugänsen und den Seehunden überließ.

Grant allerdings war glücklich auf seinem Hügel; er beobachtete, wie sich die Muster auf dem Meeresboden wandelten, violett und grau und grün; er beobachtete die Seevögel, wie sie hinunterstießen, um einen Blick auf ihn oder auf das Gewirr von Regenpfeifernestern weiter unten zu werfen. Er dachte an Mr. MacKays Luftspiegelungen und an die wandelnden Steine. Er dachte an B Sieben, der ihm niemals für eine längere Zeit aus dem Kopf ging. Das also war B Siebens Welt, ganz wie er sie beschrieben hatte. Der singende Sand, Tiere, die reden, wandelnde Steine, Flüsse, deren Lauf hier endete. Aber was hatte B Sieben tun wollen, wäre er hier angekommen? Hatte er lediglich herkommen und diese Welt betrachten wollen, so wie Grant es nun tat?

Eine Stippvisite, nur mit einem Handkoffer. Das konnte auf zwei Dinge deuten: Er wollte sich mit jemandem treffen, oder er wollte sich einen Eindruck verschaffen. Da ihn bisher niemand vermißt hatte, war er wohl nicht zu einem Treffen unterwegs gewesen. Also war er nach Cladda gekommen, um einen Blick darauf zu werfen. Man konnte auf vieles einen Blick werfen: ein Haus, ein Panorama, ein Gemälde. Aber wenn jemand *en route* Verse schrieb, dann war das doch ohne Zweifel ein Hinweis auf das Ziel, das er vor Augen hatte.

Womit hatte diese öde Welt B Sieben in Bann geschlagen? Hatte er zu viele Bücher von H. G. F. Pynche-Maxwell und seinesgleichen gelesen? Hatte er nicht gewußt, daß es den silbernen Sand und die Blumen und die saphirgrüne See nur kurze Zeit im Jahr gab?

Vom Gipfel des Berges von Cladda schickte Grant B Sieben seinen Gruß und seine Segenswünsche. Wäre B Sieben nicht gewesen, dann säße er jetzt nicht hier, weit über dieser erbärmlichen Welt, und fühlte sich dabei wie ein König. Wiedergeboren in seiner Selbstachtung. Er war längst mehr als nur B Siebens Fürsprecher geworden: Er war sein Schuldner. Sein Diener.

Als er die geschützte Stelle, die er sich gesucht hatte, verließ, traf ihn der Wind frontal, und er stemmte sich, wie er das als Junge gelernt hatte, auf dem Weg bergab dagegen, so daß der Wind ihn stützte und er sich auf höchst spektakuläre Weise beinahe den Abhang hinunterfallen lassen konnte, ohne dabei in Gefahr zu geraten.

»Wie lange pflegen die Stürme in dieser Gegend zu dauern?« fragte er seinen Wirt, als sie sich nach dem Abendessen in der Dunkelheit auf ihrem Weg zum *ceilidh* vorankämpften.

»Drei Tage sind das mindeste«, antwortete Mr. Todd, »aber das kommt nicht oft vor. Letzten Winter hat es einen Monat am Stück gestürmt. Dabei gewöhnt man sich so sehr an das Tosen, daß man denkt, man wäre taub geworden, wenn es mal für einen Augenblick nachläßt. Sie sollten lieber fliegen, wenn Sie zurückreisen, statt bei diesem Wetter die Überfahrt über den Minch zu machen. Die meisten Leute fliegen ohnehin heutzutage, sogar die alten, die nie eine Eisenbahn gesehen haben. Die halten es einfach für selbstverständlich, daß es Flugzeuge gibt.«

Er könnte tatsächlich zurückfliegen, kam es Grant in den Sinn. Er brauchte nur noch ein paar Tage länger zu warten, sich ein wenig mehr Zeit zu geben, um sich an sein wiedergefundenes Wohlbefinden zu gewöhnen, dann konnte der Flug ihm als Bewährungsprobe dienen. Es wäre eine reichlich harte Probe; die härteste, der er sich aussetzen könnte. Für jeden, der unter Klaustrophobie litt, bedeutete die Aussicht, in einen kleinen abgeschlossenen Raum mit ringsum nichts als Luft gesteckt zu werden, das schiere Entsetzen. Wenn er sich dieser Probe ohne zu jammern stellte und sie ohne Katastrophe überstand, dann könnte er sich als geheilt betrachten. Dann würde er wieder ein normaler Mensch sein.

Aber er würde noch ein wenig warten; noch war es zu früh, um sich auf die Probe zu stellen.

Das *ceilidh* war bereits seit etwa zwanzig Minuten im Gange, als sie dort ankamen, und sie stellten sich zu den übrigen männlichen Inselbewohnern, die sich im Hintergrund hielten. Nur Frauen und Greise waren auf den Stühlen im Saal zu finden. Sah man einmal von einer Reihe männlicher Köpfe weit vorne ab, da, wo die Honoratioren der Insel saßen (Duncan Tavish, der Ladenbesitzer und ungekrönte König von Cladda, die beiden Gottesmänner und einige nicht ganz so bedeutende Herrschaften), dann fand sich die männliche Besucherschaft entlang der hinteren Wände, und besonders drängte sie sich rund um den Eingang. Es war, wie Grant auffiel, als die Draußenstehenden ihnen den Weg freimachten, eine außergewöhnlich kosmopolitische Versammlung; die Schweden und die Holländer waren in großer Zahl gekommen, und auch ein Dialekt, der zur Küste von Aberdeenshire gehörte, war zu vernehmen.

Ein Mädchen sang mit dünner Sopranstimme. Sie sang hübsch und ungekünstelt, aber es fehlte der Ausdruck. Es war, als suche sich jemand eine Melodie auf der Flöte zusammen. Dann folgte ein selbstbewußter jüngerer Mann, den die Ovationen, mit denen er bedacht wurde, mit einem solchen Stolz erfüllten, daß es schon komisch wirkte; man wartete darauf, daß sich wie bei einem Vogel die Brustfedern aufplusterten. Er war, wie es schien, der erklärte Liebling aller Gälen, die südlich der Grenze im Exil lebten, und er verbrachte mehr Zeit damit, sich dort Zugaben entlocken zu lassen, als er für seinen vernachlässigten Bauernhof fand. Mit seiner ungeschulten, überanstrengten Tenorstimme schmetterte er ein munteres Liedchen und bekam einen Applaus, daß der ganze Saal dröhnte. Es erstaunte Grant ein wenig, daß er sich nie die Mühe gemacht hatte, auch nur die Grundbegriffe des Gesangs zu erlernen. Er mußte bei seinen Ausflügen in den Süden doch echten Sängern begegnet sein, die gelernt hatten, ihre Stimme einzusetzen, und selbst bei einem so eitlen Menschen war es verblüffend, daß er niemals das Bedürfnis gehabt hatte, sich auch nur das geringste von dem anzueignen, was doch sein Beruf sein sollte.

Eine weitere Frau sang mit tiefer Altstimme ein weiteres ausdrucksloses Lied, und dann gab ein Mann eine witzige Geschichte zum besten. Abgesehen von ein paar Wendungen, die er als Kind bei den alten Leuten in Strathspey gelernt hatte, verstand Grant kein Gälisch, und er hörte zu, wie er einer Veranstaltung in italienischer oder tamilischer Sprache zugehört hätte. Hätten nicht die Anwesenden soviel Freude an dieser Feier gehabt, wäre es eine reichlich langweilige Angelegenheit gewesen. Musikalisch gesehen waren die Lieder nicht der Rede wert, manche klangen geradezu jämmerlich. Wenn das die Lieder waren, um derentwillen die Leute auf die Hebriden kamen, dann lohnten sie das

Sammeln kaum. Die wenigen inspirierten Lieder hatten sich, wie inspirierte Dinge das stets zu tun pflegen, längst aus eigener Kraft in der Welt verbreitet. Bei den ärmlichen Nachahmungen war es besser, man überließ sie ihrem Schicksal.

Während des gesamten Konzerts gab es ein beständiges Kommen und Gehen unter den Männern am hinteren Ende des Saals, aber Grant hatte es nur als eine Art Begleitmusik wahrgenommen, bis sich eine Hand auf seinen Arm legte und jemand ihm ins Ohr flüsterte: »Sie könnten vielleicht auch ein kleines Tröpfchen vertragen, oder?«, und es wurde ihm klar, daß ihm die Insel in ihrer Gastfreundschaft etwas vom Rarsten anbot, das es im hiesigen Wirtschaftsgefüge überhaupt gab. Es wäre unfreundlich gewesen, nein zu sagen, und er dankte seinem Wohltäter und folgte ihm hinaus in die Dunkelheit. Dort war an der windabgewandten Mauer des Saales eine repräsentative Minderheit der männlichen Einwohnerschaft von Cladda in zufriedenem Schweigen versammelt. Eine flache Flasche wurde ihm in die Hand gedrückt. »*Slainte!*« sagte er und nahm einen Schluck daraus. Eine Hand, die von einem Auge geführt wurde, das besser dem Dunkel angepaßt war als das seine, nahm die Flasche zurück, und eine Stimme wünschte ihm ebenfalls Gesundheit. Dann wurde er von seinem unbekannten Freund zurück ins Licht des Saales geführt. Kurz darauf sah er, wie Mr. Todd verstohlen am Ärmel gefaßt wurde, und auch Mr. Todd ging hinaus in die Nacht, um sich mit einem Schluck aus der Flasche zu stärken. So etwas konnte es nirgendwo sonst auf der Welt geben, dachte Grant. Höchstens in den Staaten während der Prohibition. Was wunderte es einen da, daß die Schotten so albern waren, so neckisch und verschämt, wenn es um Whisky ging. (Außer natürlich in Strathspey, wo er hergestellt wurde. In Strathspey stellte man, wie jeder Engländer das tun würde, die Flasche offen auf den Tisch, wenn auch ein wenig stolzer als dieser.) Aber es war kein Wunder, daß es ihnen vorkam, als sei etwas besonders Gewagtes, ja beinahe Verruchtes an einem Schluck Whisky. Das wunderliche, anzügliche Grinsen, mit dem ein Schotte von seinem Nationalgetränk sprach, konnte nur aus der jahrhundertelangen Erfahrung der Prohibition kommen: entweder der Unterdrückung durch das Gesetz oder derjenigen durch die Kirche.

Von seinem Schluck aus der flachen Flasche gewärmt, fiel es ihm leichter, Duncan Tavish zu ertragen, der sich vertraulich und umständlich in gälischen Worten erging. Er stellte einen Gast vor, der von weither angereist war, um zu ihnen zu sprechen. Ein Gast, über den weder er noch irgend jemand sonst viele Worte verlieren müsse, dessen Erfolge für sich selbst sprächen. (Nichtsdestotrotz verlor Duncan darüber eine beträchtliche Menge Worte.) Grant hatte den gälischen Namen des Gastes nicht verstanden, aber es fiel ihm auf, daß sich bei den Bravorufen, mit denen Mr. Tavishs Ausführungen bedacht wurden, selbst die Abtrünnigen von draußen in den Saal drängten. Entweder war dieser Vortragsredner die eigentliche Attraktion des Abends, oder die Whiskyvorräte waren zu Ende gegangen.

In müßiger Neugier betrachtete er den kleinen Mann, der sich in der vordersten Reihe erhob, unter Zuhilfenahme des Pianos das Podium erkletterte und dann in dessen Mitte trat.

Es war Wee Archie.

Auf Cladda wirkte Wee Archie noch exotischer als auf dem Moor von Clune; seine Statur noch schmächtiger, sein pfauenhaftes Kleid noch fremdartiger. Auf den Inseln trug man keinen Kilt, und unter all den Männern in ihrer dicken, warmen Bekleidung in erdigen Farben wirkte er mehr denn je wie ein Püppchen aus dem Andenkenladen. Ohne sein fesches Käppi mit dem üppigen Grün, das daraus hervorsproß, machte er einen etwas nackten Eindruck, wie ein Polizist ohne seinen Helm. Sein Haar war schütter, und er hatte es in dünnen Strähnen nach oben gekämmt, um die beginnende Glatze zu verbergen. Er sah aus wie ein nicht gerade großzügiges Weihnachtsgeschenk.

Was allerdings die Begrüßung, die man ihm bereitete, in keiner Weise beeinträchtigte. Abgesehen von der königlichen Familie, höchstselbst und *in toto*, konnte Grant sich niemanden vorstellen, der einen solchen Empfang hätte erwarten können. Selbst wenn man die Wirkung des Umtrunks auf der windabgewandten Seite in Rechnung zog, war diese Begrüßung überraschend. Und die Stille, die sich einstellte, als Archie zu reden begann, konnte ihm schon schmeicheln. Grant wünschte, er könnte die Gesichter sehen. Er erinnerte sich, daß Bella, die von Lewis stammte, für Archies Vorträge an der Hintertür wenig übrig gehabt hatte; und was Pat Rankin von ihm hielt, das hätte kein Zensor durchgehen lassen. Aber was hielten diese Inselbewohner von ihm, abgeschnitten von der Welt und von der Vielfalt des Lebens, die allein einem Menschen Urteilsfähigkeit verleiht? Hier hatte er das

Publikum, das Archie sich erträumte; ahnungslos, raffgierig, unsicher, egozentrisch. Diese Inselbewohner konnte man keiner fremden Herrschaft unterwerfen, denn sie hatten niemals eine wirkliche Herrschaft gekannt. Für sie war eine Regierung dazu da, dieser Subventionen abzugaunern und sie um ihre Steuern zu beschwindeln. Aber die Abgelegenheit der Inseln konnte man ausnützen, um Unfrieden zu stiften; ihren Opportunismus konnte man noch verstärken, indem man ihnen ihren Profit ausmalte. Auf Cladda war Wee Archie nicht der lästige Niemand, der er am Lochan Dhu gewesen war; hier war er eine potentielle Macht. Genau betrachtet waren schließlich Cladda und die umliegenden Inseln mögliche Stützpunkte für Unterseeboote, Schmugglerhäfen, Anlegestellen, Wachtürme, Flugplätze, Ausgangspunkte für Erkundungsflüge. Was hielten die Inselbewohner von Gilleasbuig Mac-a'-Bruithainn und seinem Credo? Er wünschte, er hätte ihre Gesichter sehen können. Eine halbe Stunde lang sprach Wee Archie in seiner dünnen, zornigen Stimme zu ihnen, leidenschaftlich und ohne Pause, und sie lauschten ihm mäuschenstill. Aber dann warf Grant einen Blick auf die Sitzreihen zu Archies Füßen, und es schien ihm, als seien sie lichter geworden seit dem frühen Abend. Das aber war eigentlich so unwahrscheinlich, daß er seine Aufmerksamkeit von Archie ab- und diesem Phänomen zuwandte. Es fiel ihm eine verstohlene Bewegung zwischen den Reihen fünf und sechs auf, der er mit den Augen bis ans Ende der Reihe folgte. Dort richtete sich jemand auf und nahm die Gestalt von Katie-Ann an. Ohne zu zögern tauchte Katie-Ann, die Augen noch immer starr auf den Redner gerichtet, zwischen den dort Stehenden unter und verschwand nach draußen.

Grant beobachtete das Phänomen noch eine Weile lang und kam zu dem Schluß, daß das Publikum auf den Sitzplätzen und auch bei den hinten stehenden Männern kontinuierlich abbröckelte. Direkt unter Archies Nase schmolz die Zuhörerschaft allmählich dahin. Das kam Grant so seltsam vor – auf dem Lande wartet ein Publikum immer, bis eine Veranstaltung zu Ende ist, so langweilig sie auch sein mag –, daß er sich zu Mr. Todd umwandte und flüsterte: »Warum gehen die alle?«

»Sie wollen sich das Ballett ansehen.«

»Das Ballett?«

»Im Fernsehen. Das ist ihr größtes Vergnügen. Was sie sonst im Fernsehen sehen, sind immer nur Dinge, die sie in anderer

Form schon kennen. Theater, Gesang, solche Sachen. Aber das Ballett, das haben sie noch nie zuvor gesehen. Nichts und niemandem zuliebe würden sie das Ballett verpassen ... Was finden Sie so lustig daran?«

Aber Grant amüsierte sich nicht über Claddas Ballett-Begeisterung. Er hatte seinen Spaß an dieser höchst ungewöhnlichen Weise, auf die Wee Archie entwaffnet wurde. Der arme Archie. Der arme kleine irregeleitete Archie. Eine Arabeske hatte ihn zu Fall gebracht, ein *entrechat* seine Pläne vereitelt, ein *plié* ihn besiegt. Es war auf groteske Weise angemessen.

»Und die sehen wir allesamt nicht wieder?«

»Oh doch, zum Tanz sind alle wieder da.«

Und das waren sie, in voller Stärke. Es gab niemanden auf der Insel, der nicht beim Tanz dabei war. Die alten Leute saßen rings um die Tanzfläche, und die aktiven Tänzer deckten mit ihrem Jauchzen beinahe das Dach der Halle ab. Der Tanz selbst war weniger lebhaft als derjenige, den Grant aus dem Süden kannte, weniger graziös; für Highland-Tänze brauchte man einen Kilt und Schuhe mit weichen Sohlen, die auf dem Boden keinen Ton von sich gaben und in denen ein Mann wie eine Flamme zwischen den Schwertspitzen tanzen konnte. Der Tanz der Inseln hingegen hatte viel von irischen Tänzen an sich; viel von der traurigen irischen Unbewegtheit, bei der das Tanzen nur eine Sache der Füße war und nicht jenes Aufrauschen von Freude, das den Tänzer bis in die Fingerspitzen der emporgereckten Hände durchflutete. Aber wenn es auch dem stampfenden Tanz an Kunst und Eleganz mangelte, war er doch Anlaß zu einer allgemeinen ausgelassenen Fröhlichkeit. Wenn man etwas zusammenrückte, gab es Platz für drei Achtergruppen, und im Laufe der Zeit wurde jeder, auch die Schweden und die Holländer, in diese orgiastische Turnveranstaltung hineingezogen. Eine Fiedel und ein Klavier sorgten für den herrlich pulsierenden Rhythmus (eigentlich hätte man dazu eine Militärkapelle gebraucht, dachte Grant, während er Katie-Ann in die Arme eines begeisterten Schweden schleuderte, man brauchte den doppelten Trommelschlag und die Pausen dazwischen; es war vielleicht nicht ganz stilecht, aber mit Sicherheit war es wirkungsvoll), und diejenigen, die gerade nicht tanzten, klatschten den Takt dazu. Der Wind heulte in den Dachfenstern, die Tänzer jauchzten, die Fiedel sägte, das Klavier stampfte, und jedermann amüsierte sich prächtig.

Alan Grant eingeschlossen.

Er schwankte durch den nadelscharfen Hagel nach Hause, den ein erbarmungsloser Südwestwind gestählt hatte, und fiel trunken vor Tanzfreude und frischer Luft ins Bett. Es war ein wundervoller Tag gewesen.

Auch ein einträglicher Tag. Er hatte etwas, was er Ted Hanna erzählen konnte, wenn er wieder nach London kam. Er wußte nun, wer Archie Browns ›Raben‹ waren.

An diesem Abend warf er keinen mißbilligenden Blick auf das geschlossene Fenster. Aber an diesem Abend hatte er es auch nicht vergessen. Er blickte das geschlossene Fenster an und war froh, daß es geschlossen war. Er hatte sich ganz den Standpunkt der Insel zu eigen gemacht, daß ein Fenster dazu da war, die Witterung abzuhalten.

Er vergrub sich in sein Nest aus Baumwolldecken, geborgen vor Wind und Wetter, und sank in einen tiefen traumlosen Schlaf.

Kapitel 8

Wee Archie reiste am nächsten Morgen mit ›dem Boot‹ weiter, all den anderen finsteren Orten des Archipels sein Licht zu bringen. Wie sich nun herausstellte, war er Gast des Reverend Mr. MacKay gewesen. Grant fragte sich, was dieser wackere Feldprediger eines Highland-Regiments wohl sagen würde, wüßte er, was er da unter seinem Dach beherbergt hatte. Oder sollte auch der Reverend Mr. MacKay von Archie Browns Übel angekränkelt sein?

Aber das hielt Grant für unwahrscheinlich.

Mr. MacKay genoß bereits alle Autorität, die ein Sterblicher sich wünschen konnte; er konnte seine Eitelkeit jeden Sonntagvormittag befriedigen; er hatte die Welt kennengelernt, den Tod und das Leben und die menschliche Seele im Verhältnis zu beiden, und er würde wohl kaum obskure Ehren anstreben. Er war einfach nur Gastgeber für eine schottische Berühmtheit gewesen. Denn in einem kleinen Land wie Schottland war Archie eine Berühmtheit, und Mr. MacKay empfand es zweifellos als eine große Ehre, ihn zu beherbergen.

Nun hatte Grant also die Insel wieder für sich allein, und fünf Tage lang durchmaß er sein düsteres Königreich, den heulenden Wind als Begleitung. Es war, als sei man mit einem schlecht erzogenen Hund unterwegs; ein Hund, der auf engen Pfaden an einem vorbeistürmt, einen anspringt vor Begeisterung, so daß man beinahe das Gleichgewicht verliert, und der einen in eine andere Richtung zieht als die, in die man eigentlich gehen will. Die Abende verbrachte er, die Beine am Feuer ausgestreckt, in Mr. Todds Büro und ließ sich Geschichten aus dessen Zeit als Gastwirt in den Lowlands erzählen. Er aß ungeheure Mengen, und man sah es ihm an. Er schlief ein, sobald sein Kopf das Kissen berührte, und erwachte erst am Morgen wieder. Und am Ende des fünften Tages hätte er lieber hundert Flugreisen über sich ergehen lassen, als daß er noch einen weiteren halben Tag auf der Insel geblieben wäre.

Also stand er am sechsten Morgen auf der weiten weißen Sandpiste bereit und erwartete das kleine Flugzeug, das ihn auf dem Rückweg von Stornoway auflesen sollte. Und das flaue Gefühl, das er irgendwo in seinem Inneren verspürte, war kaum der Rede wert, bedenkt man, welche alles durchdringende Furcht er für diesen Augenblick vorhergesehen hatte. Mr. Todd leistete ihm Gesellschaft, und neben ihnen stand im Sand sein Handkoffer. Im Gras am Ende der Straße war der Wagen des Cladda Hotels geparkt, das einzige Automobil der Insel und das einzige seiner Art weltweit. So standen sie da, vier winzige schwarze Punkte in der weißen Einöde, und betrachteten das kleine Ding, das wie ein Vogel aus dem Himmel zu ihnen herunterstieß.

Näher als hier, dachte Grant, konnte man heute dem ursprünglichen Gefühl des Fliegens nicht mehr kommen. Als der Mensch begann, vom Fliegen zu träumen, da malte er sich, wie irgend jemand einmal gesagt hatte, sich selbst auf seinen eigenen silbernen Schwingen am blauen Firmament aus; aber dann war alles ganz anders gekommen. Zuerst wurde man hinaus auf ein Feld geschaukelt, dann in eine Kiste eingeschlossen, man ängstigte sich zu Tode, es wurde einem übel, und schließlich war man in Paris. Am Strand des Ozeans, am äußersten Rand der Welt von einem Vogel mitgenommen zu werden, der sich wie zufällig dort niedersetzte, das war die größte Annäherung an jene alte Vorstellung des Menschen, unbeschwert durch die Lüfte zu schweben.

Der große Vogel kam über den Sand herangerollt, und einen Augenblick lang geriet Grant in Panik. Letzten Endes war es eine Kiste, da gab es nichts drum herum zu reden. Eine Falle, in der man festsaß. Aber alles ging so zwanglos vonstatten, daß sich seine steifen Muskeln ebenso rasch wieder entspannten, wie sie sich verkrampft hatten. In der peinlichen Ordnung eines Flughafens, wo alles seinen geregelten Gang ging, hätte ihn die Panik vielleicht überwältigt. Aber hier, auf dem weiten Sand, stand der Pilot lässig an der Treppe und hielt ein Schwätzchen mit Mr. Todd, die Möwen schrien, man roch das Meer, und es stand einem frei, einzusteigen oder es bleiben zu lassen. Es gab keinerlei Zwang, vor dem man sich hätte fürchten müssen.

Und als es soweit war, daß er seinen Fuß auf die letzte Treppenstufe setzte, da war ein etwas erhöhter Pulsschlag das einzige, was er verspürte. Und bevor er sich überhaupt Gedanken machen konnte, wie er sich fühlte, als die Tür geschlossen wurde, wurde seine Aufmerksamkeit auf etwas anderes gelenkt. Schräg vor ihm auf der anderen Seite des Ganges saß Wee Archie.

Wee Archie machte den Eindruck, als sei er eben erst aus dem Bett gekommen, und zwar mit einiger Eile. Seine ungepflegte Pracht wirkte mehr denn je so, als handle es sich dabei eigentlich um die Kleider eines anderen. Archie sah aus wie eine ausgemusterte Kleiderpuppe, der jemand ein Kostüm übergeworfen hatte. Er begrüßte Grant wie einen alten Freund, sprach mitleidsvoll über dessen mangelnde Kenntnis der Inseln, empfahl ihm, Gälisch zu lernen (eine Sprache, die das Studium wert sei), und schlief dann wieder ein. Grant setzte sich und betrachtete ihn.

Der kleine Bastard, dachte er. Der eitle nichtsnutzige kleine Bastard.

Archies Mund stand offen, und die schwarzen Strähnen hatten die kahle Stelle freigegeben. Die Knie über den dicken bunten Socken sahen eher aus wie Modelle für eine Anatomievorlesung, nicht wie Mittel, die zur Fortbewegung eines lebenden Wesens gedacht waren. Das waren keine Knie; das war ›das Kniegelenk‹. Die Anbindung des Wadenbeins war besonders interessant.

Der eitle niederträchtige kleine Bastard. Er hatte einen Beruf gehabt, mit dem er sich sein tägliches Brot verdienen konnte, einen Beruf, mit dem er ein gewisses Ansehen genossen hätte, einen Beruf, der ihm innere Befriedigung hätte bieten können. Aber das war seiner selbstsüchtigen Seele nicht genug gewesen. Er hatte das Rampenlicht gebraucht. Und solange er in diesem Licht herumstolzieren konnte, kümmerte er sich einen Dreck darum, wer die Beleuchtung bezahlte.

Grant hing noch immer seinen Gedanken über die entscheidende Rolle nach, die die Eitelkeit in der Psyche des Kriminellen spielte, als sich unter ihm ein geometrisches Muster wie eine japanische Papierblume im Wasser entfaltete. Er wandte seine Aufmerksamkeit von Fragen der Psychologie ab, um sich mit diesem Auftreten eines euklidischen Phänomens in der Natur zu beschäftigen, und stellte fest, daß sie bereits über dem Flughafen kreisten. Er war per Flugzeug von Cladda zurückgekehrt und hatte es kaum bemerkt.

Er kletterte auf den Asphalt hinunter und überlegte, was wohl geschehen würde, wenn er auf der Stelle einen Freudentanz aufführte. Am liebsten hätte er jauchzend und hüpfend das ganze Aerodrom umrundet wie ein Kind auf seinem ersten Steckenpferd. Statt dessen ging er zu den Telefonhäuschen und fragte Tommy, ob er ihn in etwa zwei Stunden im Caledonian in Scoone abholen könne. Tommy konnte und tat es gern.

Das Essen im Flughafenrestaurant schmeckte, als stamme es von Lucas-Carton, dem Tour d'Argent, und La Crémaillière zusammengenommen. Der Mann am Nebentisch beschwerte sich bitterlich darüber. Aber der feierte natürlich auch nicht seine Wiedergeburt nach fünf Monaten Hölle und sieben Tagen Katie-Ann.

Als Tommys rundes, freundliches Gesicht in der Halle des Caledonian auftauchte, wirkte es runder und freundlicher als je zuvor.

Kein Lüftchen wehte.

Keinerlei Wind.

Die Welt war wundervoll.

Was für eine schreckliche Antiklimax, dachte er, wenn er jetzt mit Tommy ins Auto stiege und das alte Entsetzen ihn wieder überkäme. Es wartete dort vielleicht nur auf ihn und fletschte bereits die Zähne.

Aber nichts wartete im Auto auf ihn. Da gab es nur ihn und Tommy und die fröhliche, entspannte Stimmung, in der sie miteinander umzugehen pflegten. Sie fuhren hinaus in die Landschaft, die merklich grüner geworden war in den letzten zehn Tagen, und die Abendsonne kam hervor und strich mit langen goldenen Fingern über die stillen Felder.

»Was ist denn aus der Feier in Moymore geworden?« fragte er. »Dem Überreichen des Blumenstraußes?«

»Meine Güte, erinnere mich nicht daran!« Tommy deutete einen Mann an, der sich den Schweiß von der Stirn wischt.

»Hat er ihn nicht überreicht?«

»Wenn man es so definiert, daß der Blumenstrauß aus seinem in ihren Besitz überging, dann hat er ihn, formal gesehen, wohl überreicht. Er hat ihn ihr in die Hand gedrückt und dabei eine selbstverfaßte Rede gehalten.«

»Und worum ging es da?«

»Ich glaube, er hatte das Ganze von Anfang an als großen Auftritt für sich geplant, seit wir ihn überhaupt dazu überredet haben, indem wir Zoë Kentallen zu einer Art Rebellin erklärten.

Lauras Idee übrigens, nicht meine. Nun, als sie sich zu ihm herunterbeugte, um das riesige Bündel Nelken entgegenzunehmen – sie ist sehr groß –, hielt er die Blumen einen Augenblick lang zurück und sagte mit fester Stimme: ›Den bekommen Sie von mir nur, weil wir beide Revolutionäre sind.‹ Sie nahm ihn entgegen, ohne mit der Wimper zu zucken, und sagte: ›Ja natürlich; wie nett von dir‹, obwohl sie keine Ahnung hatte, wovon er sprach. Sie hat ihn übrigens völlig umgehauen.«

»Wie das?«

»Nach guter alter Frauenart. Pat erlebt gerade die Qualen der ersten Liebe.«

Grant freute sich darauf, dieses Phänomen näher zu studieren.

Clune lag in tiefem Frieden in seiner Niederung, und Grant betrachtete es mit den Augen eines Mannes, der aus siegreicher Schlacht heimkehrt. Das letzte Mal, daß er diese Sandpiste entlanggefahren war, hatte er in Ketten gelegen; heute war er ein freier Mann. Er war auf die Suche nach B Sieben gegangen und hatte dabei sich selbst gefunden.

Laura trat ihm an der Haustüre entgegen und fragte: »Alan, bist du etwa nebenbei Buchmacher geworden?«

»Nein. Wie kommst du darauf?«

»Oder ein Briefkastenonkel oder so was?«

»Nein.«

»Mrs. Mair sagt nämlich, am Postamt liegt ein ganzer Sack Post für dich.«

»Oh. Woher weiß Mrs. Mair, daß die Briefe für mich sind?«

»Sie sagt, du bist der einzige A. Grant in ihrem Bezirk. Du hast doch nicht etwa eine Heiratsanzeige aufgegeben?«

»Nein«, sagte er und trat mit ihr ins Wohnzimmer, »nur eine Suchanzeige; eine Information, die ich haben wollte.«

Das Zimmer wurde in der beginnenden Abenddämmerung vom Licht des Kamins beherrscht und von den tanzenden Schatten, die es warf. Er dachte, es sei niemand darin, aber dann sah er, daß jemand in dem Ohrensessel beim Feuer saß. Eine Frau; so hochgewachsen und so schlank, daß ihre Formen fließend wie die Schatten wirkten, und er mußte ein zweites Mal hinsehen, bevor er sicher war, daß es nicht wirklich ein Schatten war.

»Lady Kentallen«, stellte Lauras Stimme sie aus dem Hintergrund vor. »Zoë ist für ein paar Tage nach Clune zurückgekommen, zum Angeln.«

Die Frau beugte sich vor, um ihm die Hand zu geben, und er sah, daß sie noch jung war.

»Mr. Grant«, sagte sie und begrüßte ihn. »Laura sagt, Sie werden nicht gern bei Ihrem Titel genannt.«

»Da hat sie recht. ›Inspektor‹, das hat außer Dienst einen zu grimmigen Klang.«

»Auch ein wenig unwirklich«, sagte sie mit ihrer sanften Stimme. »Als ob es aus einer Detektivgeschichte stammte.«

»Genau. Die Leute erwarten dann, daß man fragt: ›Wo waren Sie am Abend des soundsovielten dieses Monats?‹« Wie konnte eine so jungfräuliche Gestalt die Mutter dreier Söhne sein, der älteste fast schon fertig mit der Schule? »War Ihnen das Anglerglück hold?«

»Heute morgen habe ich einen hübschen jungen Lachs gefangen. Den bekommen Sie zum Abendessen.«

Sie hatte die Art von Schönheit, die es einer Frau erlaubt, ihr Haar eng am Kopf anliegend und in der Mitte gescheitelt zu tragen. Ein dunkler zierlicher Kopf auf einem langen grazilen Hals.

Plötzlich fiel ihm das neu hergerichtete Schlafzimmer wieder ein. Für Zoë Kentallen war es also gewesen, nicht für Lauras neueste Heiratskandidatin. Das war eine große Erleichterung. Es war schlimm genug, Lauras jeweilige Kandidatinnen vorgeführt zu bekommen, aber wenn er mit dieser neuesten tatsächlich unter einem Dach hätte wohnen sollen, hätte er das doch, um es vorsichtig auszudrücken, als anstrengend empfunden.

»Da muß der Zug aus Oban ja ausnahmsweise pünktlich gewesen sein«, kommentierte Laura die Tatsache, daß er früher als erwartet angekommen war.

»Oh, er ist mit dem Flugzeug gekommen«, sagte Tommy und warf ein weiteres Scheit aufs Feuer. Er sagte es beiläufig, ohne zu wissen, wie bedeutsam diese Tatsache war.

Grant blickte zu Laura herüber und sah, daß sie vor Glück strahlte. Sie drehte sich zu ihm herüber, um sein Gesicht im Schatten zu finden, bemerkte, daß er sie anschaute, und lächelte. So viel hatte es ihr also bedeutet? Wie lieb Lalla doch war, wie gut, wie verständnisvoll.

Das Gespräch kam nun auf die Inseln. Tommy steuerte eine schöne Geschichte von einem Mann bei, dem auf Barra, als er an Bord eines Bootes ging, der Hut vom Kopfe geblasen wurde, und als er am Anleger in Mallaig ankam, wartete der Hut dort schon auf ihn. Laura amüsierte sich darüber, wie unmöglich es sei, sich in einer Sprache zu unterhalten, in der selbst die jüngsten Worte zweihundert Jahre alt seien. Sie malte sich aus, wie man etwa über einen Verkehrsunfall sprechen würde. (»Bla-bla Fahrrad bla-bla Kurve bla-bla Bremsen bla-bla Traktor bla-bla Krankenwagen bla-bla Trage bla-bla Narkose bla-bla Einzelzimmer bla-bla Fieberkurve bla-bla Chrysanthemen Freesien Ranunkeln Nelken Narzissen ...«) Zoë war als Kind auf den Inseln gewesen und war Expertin im Lachswildern; es war eine Kunst, die ihr ein talentierter Einheimischer direkt unter der Nase des Wildhüters ihrer Gastgeber beigebracht hatte.

Es freute Grant, daß die familiäre Stimmung in Clune durch die Gegenwart dieses Gastes nicht im geringsten gestört wurde. Sie schien sich ihrer Schönheit nicht bewußt zu sein und keine spezielle Aufmerksamkeit zu erwarten. Kein Wunder, daß sie Pat ›völlig umgehauen‹ hatte.

Erst als er seine Schlafzimmertür endgültig hinter sich geschlossen hatte und allein war, wandten sich seine Gedanken wieder dem Sack voller Briefe zu, der im Postamt von Moymore auf ihn wartete. Ein ganzer Sack voll! Nun, so völlig überraschend kam das allerdings nicht. Ein Leben lang Dienst bei der Kriminalpolizei hatte ihn gelehrt, daß der Briefeschreiber ein Faktor war, mit dem man zu rechnen hatte. Es gab Menschen, deren einziger Lebensinhalt es war, Briefe zu schreiben. Briefe an Zeitungen, an Schriftsteller, an Fremde, an Stadtverwaltungen, an die Polizei. Es spielte kaum eine Rolle, an wen diese Briefe gingen; die Befriedigung des Schreibens schien alles zu sein, worauf es ankam. Sieben Achtel in jenem Berg von Briefen würde das Produkt von Leuten sein, die das Briefeschreiben als Freizeitbeschäftigung betrieben.

Aber es blieb das übrige Achtel.

Was würde ihm das übrige Achtel zu sagen haben?

Am Morgen sah er zu, wie Lady Kentallen ihr Angelzeug zurechtlegte, und wünschte sich, er könnte mit an den Fluß kommen; aber der Wunsch, zum Postamt von Moymore zu kommen, war noch größer. Sie machte sich ohne Aufhebens, unabhängig und unauffällig, auf den Weg, und Grant betrachtete sie, wie sie die Einfahrt hinunterging. Mehr wie ein junger Bursche als wie eine zukünftige Viscount-Mutter, dachte er. Sie trug eine hochelegante Hose und dazu eine verschlissene alte Wolljacke, und Grant bemerkte zu Tommy, sie sei eine der wenigen Frauen, die wirklich gut in Hosen aussähen.

»Sie ist die einzige Frau der Welt«, entgegnete Tommy, »die in Gummistiefeln eine Schönheit ist.«

Also ging Grant nach Moymore, um zu sehen, was Mrs. Mair für ihn bereithielt. Sie brachte die Hoffnung zum Ausdruck, er habe eine Sekretärin, und sie schenkte ihm einen Brieföffner. Es war ein schlankes Messer aus stark angelaufenem Silber, und am oberen Ende prangte ein Amethyst in Form einer Distel. Er wollte ihn nicht annehmen; das Schmuckstück sei aus gestempeltem Silber und heutzutage von nicht unbeträchtlichem Wert, und er könne sich nicht von fremden Frauen teure Geschenke machen lassen; aber sie sagte:

»Mr. Grant, ich habe das Ding seit fünfundzwanzig Jahren in meinem Laden. Es ist ein Geschenkartikel aus der Zeit, als die Menschen noch lesen konnten. Heute können sie nur noch sehen und hören. Seit einem Vierteljahrhundert sind Sie der erste Mensch, der mir begegnet und der wirklich einen Brieföffner braucht. Bis Sie all die Briefe, die in dem Sack stecken, geöffnet haben, brauchen Sie wahrscheinlich mehr als nur einen Brieföffner. Egal, das ist das erste und letzte Mal, daß ich in meinem Postamt einen ganzen Sack Post für einen einzelnen Adressaten habe, und das möchte ich gerne feiern. Und Sie nehmen das kleine Messer!«

Er nahm es dankbar an, wuchtete den Sack ins Auto und machte sich auf den Rückweg nach Clune.

»Der Sack ist Posteigentum«, rief sie ihm noch nach, »also denken Sie daran, und bringen Sie ihn zurück!«

Er nahm den Sack mit auf sein Zimmer, polierte das kleine Messer, bis es dankbar und zufrieden schimmerte, so, als sei es froh, nach all den Jahren zur Kenntnis genommen zu werden, leerte dann den Sack auf den Fußboden und öffnete den ersten Brief, der ihm in die Finger kam. Der erste Brief wollte von ihm wissen, wie er es wagen konnte, die Zeilen, die die Schreiberin im Frühjahr 1911 unter solchen Schmerzen und Herzensqualen auf Befehl ihres Schutzgeistes Azul niedergeschrieben hatte, vor dem Auge der Öffentlichkeit zu entblößen. Ihre erlesenen Zeilen so schamlos ans Licht zu zerren, das sei, als habe er sie nackt zur Schau gestellt.

Dreizehn weitere Briefschreiber behaupteten, das Gedicht verfaßt zu haben (ohne übersinnlichen Beistand) und fragten, ob etwas für sie dabei herausspringe. Fünf schickten zum Beweis ihrer Autorschaft das vervollständigte Gedicht – fünf verschiedene Gedichte. Drei beschuldigten ihn der Gotteslästerung, sieben sagten, sein Gedicht sei ein Plagiat der Offenbarung. Ein Brief lautete: »Herzlichen Dank für einen unterhaltsamen Abend, alter Junge. Und wie macht sich das Fischen am Turlie dieses Jahr?« Einer verwies ihn auf die Apokryphen, einer auf Tausendundeine Nacht, einer auf Rider Haggard, einer auf die Theosophie, einer auf den Grand Canyon, fünf auf verschiedene Orte in Mittel- und Südamerika. Neunmal wurden ihm Mittel gegen Alkoholismus empfohlen, zweiundzwanzig Mal hatte er Rundschreiben esoterischer Kulte erhalten. Zwei Briefe boten ihm Abonnements von Lyrikzeitschriften an, einer versprach, ihm beizubringen, wie man marktgerechte Verse schreibt. In einem Brief hieß es: »Wenn Sie der A. Grant sind, mit dem ich seinerzeit den Monsun in Bishenpur durchgehalten habe – hier ist meine heutige Adresse.« In einem anderen: »Wenn Sie der A. Grant sind, mit dem ich eine Nacht in einer Pension in Amalfi verbracht habe – ich wollte nur mal hallo sagen, und ich wünschte, mein Mann wäre genauso gut.« Ein Brief nannte ihm die Bedingungen, zu denen er Mitglied der Clan Grant Association werden konnte. Neun waren obszön. Drei waren nicht zu entziffern.

Insgesamt waren es einhundertsiebzehn Briefe.

Derjenige, der ihm am meisten Spaß machte, lautete: »Ich habe Deinen Code geknackt, Du verfluchter Verräter, und ich werde Dich dem Geheimdienst melden.«

Nicht einer davon war auch nur von geringstem Nutzen.

Nun gut. Er hatte es auch nicht wirklich erwartet. Es war ein Schuß ins Blaue gewesen.

Immerhin hatte es ihm einiges Vergnügen bereitet. Nun konnte er sich für den Rest seines Genesungsurlaubs in Ruhe dem Angeln widmen. Er überlegte, wie lange Zoë Kentallen wohl bleiben würde.

Beim Mittagessen war sie nicht dabei; sie hatte Butterbrote mitgenommen. Aber am Nachmittag nahm Grant sein Angelzeug und folgte ihr hinunter an den Fluß. Sie kannte sich im Revier von Clune wahrscheinlich bereits gut aus, aber vielleicht noch nicht ganz so gut wie er. Sie wäre vielleicht froh, einige unaufdringliche Ratschläge zu bekommen. Natürlich war das Gespräch mit ihr nicht der Hauptgrund dafür, daß er zum Fluß hinunterging. Er ging zum Angeln. Aber zuerst mußte er sehen, welchen Teil sie für sich mit Beschlag belegt hatte. Und wenn er sie gefunden hatte, konnte er ja wohl kaum mit einem lässigen Winken an ihr vorbeispazieren.

Natürlich ging er überhaupt nicht vorbei. Er setzte sich ans Ufer und schaute zu, wie sie ihren Green Highlander nach dem Prachtexemplar auswarf, das sie mit verschiedenen Ködern schon seit einer Stunde verfolgte. »Er macht mir nur eine lange Nase«, sagte sie. »Es hat sich zu einer privaten Auseinandersetzung zwischen uns beiden entwickelt.« Sie ging mit der Angelrute mit einer Leichtigkeit um, die nur jemand hat, der schon als Kind zu fischen begonnen hat; beinahe geistesabwesend, wie auch Laura das tat. Es war eine Freude, ihr zuzusehen.

Eine Stunde später zog er den Fisch für sie an Land, und sie saßen zusammen im Gras und verspeisten den Rest ihrer Butterbrote. Sie fragte ihn nach seiner Arbeit, und sie tat das nicht, als ob sie etwas Ungewöhnliches daran fände, sondern so, wie sie ihn gefragt hätte, wenn er ein Architekt oder ein Lokomotivführer gewesen wäre; und sie erzählte von ihren drei Jungs, von den Berufen, die sie ergreifen wollten. Nichts konnte ihre ungekünstelte Art erschüttern, und ihre Unbefangenheit war vollkommen, wie bei einem Kind.

»Nigel wird grün vor Neid sein, wenn er hört, daß ich im Turlie gefischt habe«, sagte sie. Sie sagte das, wie ein Mädchen es von einem Bruder sagen würde, der noch zur Schule geht; und er schloß daraus, daß das die richtige Beschreibung für ihr Verhältnis zu ihren Söhnen sein mußte.

Der Tag war noch längst nicht zu Ende, aber keiner von ihnen machte Anstalten, wieder an den Fluß hinunter zu gehen. Sie saßen da, betrachteten das braune Wasser und redeten. Grant überlegte, wer ihr von seinen zahlreichen Bekannten ähnlich sein mochte, aber es fiel ihm niemand ein. Keine der schönen Frauen, die ihm im Laufe seines Lebens begegnet waren, hatte so sehr dem Bild einer Feenkönigin entsprochen wie sie; keine hatte wie sie eine Aura zeitloser Jugend umgeben. Ein verirrtes Lamm aus Tir nan Og. Es war kaum zu glauben, dachte er, daß sie, vernünftig betrachtet, genauso alt sein mußte wie Laura.

»Haben Sie Laura auf der Schule gut gekannt?«

»Wir waren nicht gerade Freundinnen. Ich hatte nämlich furchtbare Ehrfurcht vor ihr.«

»Ehrfurcht? Vor Laura?«

»Hatte ich. Sie war sehr klug, müssen Sie wissen, gut in jedem Fach, und ich, ich konnte nicht einmal zwei und zwei zusammenzählen.«

Da ihre Faszination für ihn zum guten Teil von dem Kontrast zwischen ihrer Erscheinung, die die Illustration zu einem Andersen-Märchen hätte abgeben können, und ihrem praktischen Verstand ausging, schloß er, daß sie übertrieb. Aber es stimmte schon, daß ihr sozusagen die Äste fehlten. Das Blattwerk, mit dem sie die Welt in sich hätte aufnehmen können. Im Grunde ihres Wesens war sie unkritisch. Ihre Äußerungen hatten nichts von Lauras Kommentaren, ihren Einsichten, ihrem schnellen und scharfen Verstand.

»Es war ein großes Glück für uns«, sagte sie, als sie von den Angelerlebnissen ihrer Jugend sprachen, »für Sie und Laura und mich, daß wir als Kinder die Highlands gesehen haben. Das ist es, was ich mir für Kinder am meisten wünsche. Ein schönes Land, in dem sie groß werden können. Als David – mein Mann – umkam, wollte man mich zwingen, Kentallen zu verkaufen. Wir hatten nie viel Geld, und die Erbschaftssteuern haben das wenige aufgezehrt, mit dem wir es bewirtschaften konnten. Aber ich wollte wenigstens dort bleiben, bis Nigel und Timmy und Charles erwachsen sind. Es wird schrecklich für sie sein, das Haus aufzugeben, aber wenigstens werden sie die Jahre, auf die es ankommt, in einem wunderschönen Land verbracht haben.«

Er betrachtete sie, während sie ihr Angelzeug säuberlich, mit der Aufmerksamkeit eines ordentlichen Kindes, verstaute, und er überlegte, daß die Lösung ihres Problems zweifellos eine neue Ehe wäre. Das West End, in dem er sich so gut auskannte, quoll über vor eleganten Männern in großen Autos, für die Kentallen zu unterhalten nicht mehr Mühe bedeuten würde, als einen japanischen Garten in einem der Zimmer anzulegen, die sie Salons nannten. Die Schwierigkeit, nahm er an, lag darin, daß Geld in Zoë Kentallens Welt weder eine Empfehlung noch eine Entschuldigung war.

Der Frühlingstag ging zu Ende, und der Himmel verfärbte sich. Die Hügel, wie Laura es einmal als Kind gesagt hatte, gingen fort und legten sich schlafen, und in diesen acht einfachen Worten hatte sie damit das ganze Bild und die ganze Atmosphäre eines Abends mit beständigem Wetter eingefangen, eines Abends, auf den wieder ein wundervoller Tag folgen würde.

»Wir sollten zurückgehen«, sagte Zoë.

In diesem einen Nachmittag am Turlie, dachte er, als er das Angelgerät aus dem Gras aufnahm, hatte mehr Zauber gelegen als auf den ganzen vielgepriesenen Hebrideninseln zusammengenommen.

»Sie lieben Ihre Arbeit, nicht wahr?« fragte sie, als sie den Berg hinauf nach Clune zurückgingen. »Laura sagt, Sie hätten schon vor Jahren den Dienst quittieren können, wenn Sie gewollt hätten.«

»Das stimmt«, sagte er, ein wenig verwundert. »Ich hätte mich wohl zur Ruhe setzen können. Die Schwester meiner Mutter hat mir etwas hinterlassen. Sie hatte einen Mann geheiratet, der in Australien zu Geld kam, und sie hatten keine Kinder.«

»Was würden Sie tun, wenn Sie den Dienst quittierten?«

»Keine Ahnung. Die Idee ist mir noch nie gekommen.«

Kapitel 9

Doch an diesem Abend machte er sich tatsächlich Gedanken darüber. Nicht, daß er es ernstlich vorgehabt hätte; aber er versuchte doch sich auszumalen, was für ein Leben er führen würde, wenn er den Dienst quittierte. Quittierte, solange er noch jung genug war, etwas Neues anzufangen. Was würde dieses neue Leben für ihn bereithalten? Würde er Schafzüchter werden, wie Tommy? Damit könnte man seine Tage beschaulich zubringen. Aber wäre er zufrieden, so ganz auf dem Lande? Da hatte er seine Zweifel. Wenn das nicht das Richtige war, was konnte er sonst noch anfangen?

Es war ein schönes neues Spielzeug, mit dem er spielte, bis er einschlief, und am nächsten Morgen nahm er es mit hinunter an den Fluß. Zu den faszinierendsten Seiten des Spiels gehörte der Gedanke an das Gesicht, das Bryce machen würde, wenn er sein Entlassungsgesuch in die Finger bekäme. Bryce würde nicht nur für ein oder zwei Wochen einen Mann zu wenig haben; er würde von nun an und für alle Zeit ohne den wertvollsten seiner Untergebenen auskommen müssen. Es war ein wunderbarer Gedanke.

Zum Angeln ging er an seinen Lieblingsplatz unterhalb der kleinen Brücke und unterhielt sich dabei köstlich mit Bryce. Denn sie würden natürlich auf alle Fälle miteinander reden müssen. Er würde sich die Freude nicht nehmen lassen, Bryce sein Gesuch höchstpersönlich auf den Schreibtisch zu legen. Dann würden einige Worte gewechselt werden, die für ihn ausgesprochen befriedigend ausfallen würden, und er würde als freier Mann hinaus auf die Straße treten. Aber was würde er mit seiner Freiheit anfangen? Er wäre sein eigener Herr; niemand könnte ihm Vorschriften machen, was er zu tun und was er zu lassen hätte.

Er würde Dinge tun können, die er immer hatte tun wollen und für die er nie Zeit gefunden hatte. Etwa mit einem Boot unterwegs sein und erst zurückkommen, wenn er genug davon hatte.

Heiraten vielleicht.

Ja; er konnte heiraten. Wenn er erst mehr Freiheit hatte, würde er auch mehr Zeit haben, sein Leben mit jemandem zu teilen. Zeit zu lieben und geliebt zu werden.

Mit diesem Gedanken brachte er eine weitere Stunde sehr glücklich zu.

Gegen Mittag hatte er plötzlich das Gefühl, er sei nicht allein. Er schaute auf und sah, daß ein Mann auf der Brücke stand und ihn beobachtete. Er stand nur ein kurzes Stück vom Ufer entfernt, und da die Brücke sich nicht bewegte, mußte er schon eine ganze Weile so dagestanden haben. Die Brücke bestand aus den üblichen Stahlseilen mit Holzbohlen darauf; sie war so leicht gebaut, daß selbst der Wind sie bewegen konnte, und Grant war dem Fremden dankbar, daß er nicht bis in die Mitte gegangen war und dort mit seinem Schaukeln weit und breit die Fische verscheucht hatte.

Er dankte dem Mann mit einem freundlichen Nicken.

»Heißen Sie Grant?« fragte dieser.

Nachdem er die Redeweise eines Volkes kennengelernt hatte, das so weitschweifig dachte, daß es kein Wort für ›nein‹ hatte, war es eine Wohltat, eine unverblümte Frage in einfachem Englisch gestellt zu bekommen.

»Ja«, antwortete er ein wenig verwundert. Seiner Sprache nach konnte der Mann Amerikaner sein.

»Sind Sie der Knabe, der diese Anzeige in die Zeitung gesetzt hat?«

Kein Zweifel, ein Amerikaner.

»Bin ich.«

Der Mann schob den Hut tiefer in den Nacken und sagte mit einem Unterton von Resignation. »Na ja. Ich bin ja wahrscheinlich genauso verrückt, sonst stünde ich jetzt nicht hier.«

Grant begann, die Leine einzurollen.

»Wollen Sie nicht zu mir herunterkommen, Mr. –?«

Der Mann verließ die Brücke und kletterte die Böschung hinab.

Er war relativ jung, gut gekleidet und machte einen sympathischen Eindruck.

»Mein Name ist Cullen«, sagte er. »Tad Cullen. Ich bin Pilot. Frachtpilot bei der OCAL. Sie wissen schon, die Oriental Commercial Airlines Ltd.«

Es hieß, alles was man haben müsse, um für die OCAL zu fliegen, sei ein Pilotenschein; alles, was man nicht haben dürfe, Symptome von Lepra. Aber das war übertrieben. Es grenzte sogar an üble Nachrede. Man mußte ein guter Pilot sein, um für die OCAL fliegen zu dürfen. Wenn man bei einer der großen Passagierlinien einen Fehler machte, bekam man einen Verweis. Machte man einen Fehler bei der OCAL, dann saß man auf der Straße. Die OCAL konnte sich ihre Leute aus einer endlosen Zahl von Bewerbern aussuchen. Bei der OCAL spielten Hautfarbe, Vorfahren, Manieren, Nationalität, Aussehen und Grammatik keine Rolle, solange jemand ein guter Pilot war. Aber ein guter Pilot mußte man sein. Grant betrachtete Mr. Cullen mit doppeltem Interesse.

»Also, Mr. Grant. Ich weiß, daß diese Sache, diese Worte in der Zeitung – ich weiß, daß die einfach nur 'ne Art Zitat waren, wo Sie wissen wollten, von wem 's stammt oder irgendwas in der Richtung. Und da weiß ich natürlich auch nichts drüber. Mit Büchern hab' ich mich nie abgegeben. Ich bin nicht hergekommen, weil ich Ihnen helfen kann. Ganz im Gegenteil, könnte man sagen. Aber ich hab' mir solche Sorgen gemacht, und da dachte ich, 's ist weit hergeholt, aber man kann's ja mal probieren. Bill hat nämlich solche Worte mal gesagt, eines Abends, als er 'n Schluck getrunken hatte – Bill ist mein Kumpel –, und ich dachte, 's ist vielleicht ein Ort. Ich meine, das könnte die Beschreibung von 'nem Ort sein. Auch wenn's ein Zitat ist. Ich fürchte, ich drücke mich nicht gerade verständlich aus.«

Nein, sagte Grant mit dem Anflug eines Lächelns, noch nicht ganz; ob er sich nicht zu ihm setzen und es ihm erklären wolle. »Soll das heißen, Sie sind hergekommen, um mich zu besuchen?«

»Allerdings. Ich bin sogar schon seit gestern abend hier. Das Postamt war schon zu, also hab' ich mir ein Zimmer im Gasthaus genommen. Moymore heißt es. Und dann bin ich heute morgen zum Postamt rüber und habe gefragt, wo ich den A. Grant finden kann, der die vielen Briefe gekriegt hat. Ich hab' mir nämlich gedacht, daß Sie 'ne Menge Briefe gekriegt haben würden, auf die Anzeige. Und die Dame sagte, oh ja, wenn ich Mr. Grant finden wollte, der wäre sicher irgendwo am Fluß. Also bin ich hergekommen, und die einzige andere Person weit und breit war 'ne Dame, und da dachte ich mir, daß Sie's wohl sein müßten. Ich hätt' Ihnen nicht schreiben können, weil ich ja nichts hatte, was in 'nem Brief nach was ausgesehen hätte. Ich meine, ’s war ja bloß ’ne blödsinnige Hoffnung, irgendwie. Und Sie hätten sich vielleicht gar nicht die Mühe gemacht, drauf zu antworten – wo es doch nichts mit Ihnen zu tun hatte, meine ich.« Er hielt einen Augenblick lang inne und fügte dann in halb erwartungsvollem, halb hoffnungslosem Ton hinzu: »Es ist kein Nachtclub, oder?«

»Was ist kein Nachtclub?« fragte Grant verblüfft.

»Na, der Ort mit den sprechenden Tieren an der Tür. Das klingt doch alles, als ob’s ein Rummelplatz wär’. Wissen Sie, was ich meine? Man fährt mit ’nem Boot durch ’nen Tunnel, alles ist dunkel, und plötzlich tauchen irgendwelche lustigen oder schrecklichen Sachen auf. Aber so was wäre Bill zu albern gewesen. Deshalb bin ich drauf gekommen, daß es vielleicht ein Nachtclub ist. Einer, der mit irgendwelchen Gruseldingern aufgemacht ist, damit er die Gäste beeindruckt. Das würde eher zu Bill passen. Besonders in Paris. Und in Paris wollte ich mich ja mit ihm treffen.«

Ein erster Funken Verständnis begann zu glimmen.

»Sie meinen, Sie waren mit diesem Bill verabredet? Und er ist nicht gekommen?«

»Er hat überhaupt nichts von sich hören lassen. Und das paßt ganz und gar nicht zu Bill. Wenn Bill einem was verspricht oder sich mit einem verabredet oder sagt, er will an was denken, dann tut er das auch, da können Sie Gift drauf nehmen. Deshalb mache ich mir ja solche Sorgen. Kein einziges Wort von ihm. Keine Nachricht im Hotel hinterlassen oder so was. Die könnten natürlich vergessen haben, sie aufzuschreiben; man weiß ja, wie das in Hotels geht. Aber selbst wenn sie’s vergessen hätten, hätte er sich irgendwie wieder gemeldet. Ich meine, wenn ich nichts von mir hätte hören lassen, dann hätte Bill angerufen und gefragt: ›Wo bleibst du denn, alter Knabe, hast du meine Nachricht nicht gekriegt?‹ Aber nichts dergleichen. Ist doch seltsam, oder, daß einer ’n Hotelzimmer bucht und dann nicht aufkreuzt, um drin zu wohnen, und kein Wort von sich hören läßt, keine Erklärung?«

»Höchst seltsam, das kann man wohl sagen. Zumal Ihr Freund ja, wie Sie sagen, verläßlich war. Aber wie kam es, daß meine Anzeige Ihre Aufmerksamkeit erregte? Ich meine, was genau hat meine Anzeige mit Bill zu tun? Bill – wie heißt er eigentlich?«

»Bill Kenrick. Pilot, genau wie ich. Bei der OCAL. Wir sind schon ein oder zwei Jahre befreundet. Er ist der beste Freund, den ich habe, das kann ich ruhig sagen. Nun, und dann passierte das, Mr. Grant. Als er nicht auftauchte und keiner wußte, wo er geblieben war – und er hatte keine Verwandten in England, denen ich hätte schreiben können –, habe ich überlegt, wie man sonst noch mit jemandem Kontakt aufnehmen kann. Außer Telefon und Briefen und Telegrammen und solchen Sachen. Und dann fielen mir die Suchanzeigen ein, in den Zeitungen. Also habe ich mir die Pariser Ausgabe des *Clarion* besorgt – das heißt, ich ging in ihr Pariser Büro und habe die alten Nummern durchgesehen –, aber da war nichts. Dasselbe habe ich bei der *Times* getan, und wieder nichts. Es war ja schon 'ne Weile her, und ich mußte die alten Nummern durchgehen, aber da war nichts zu finden. Ich wollt's schon aufgeben, weil ich dachte, mehr englische Zeitungen mit Pariser Ausgaben gibt's nicht, aber dann sagte jemand, ich sollte 's doch mal bei der *Morning News* versuchen. Also ging ich zur *News*, aber auch da war nichts zu finden, was von Bill sein konnte. Aber Ihre Anzeige, die hab' ich gefunden, und an irgendwas erinnerte mich das. Wenn Bill nicht verschwunden wäre, wäre ich wahrscheinlich nie drauf gekommen, aber ich hatte Bill mal was sagen hören, was ungefähr so klang, und deshalb ist es mir aufgefallen. Und da wollte ich mehr wissen. Wie Bill immer sagt – können Sie mir folgen?«

»Vollkommen. Erzählen Sie weiter. Wann war das, daß Bill von dieser seltsamen Landschaft sprach?«

»Er hat überhaupt nicht davon gesprochen. Er hat nur vor sich hin geplappert, an 'nem Abend, wo wir alle 'n bißchen betrunken waren. Bill ist kein Säufer, Mr. Grant, nicht, daß Sie das denken. Kein gewohnheitsmäßiger Säufer. 'n paar von den Jungs tun das bei uns, muß ich zugeben, aber die werden bei der OCAL nicht alt. Die werden sowieso nicht alt. Deshalb setzt die OCAL sie ja auch an die Luft. Denen kann's ja egal sein, wenn die sich den Hals brechen, aber die Kisten sind verdammt teuer. Aber ab und zu machen wir mal einen drauf, genau wie jeder andere. Und einmal hat Bill dabei angefangen zu erzählen. Wir waren alle 'n bißchen blau, deswegen kann ich mich nicht mehr so genau erinnern. Ich weiß, daß wir auf Leute tranken, und wir hatten schon so ziemlich auf jeden getrunken, der uns einfiel. Und reihum mußte sich jeder was Ungewöhnliches ausdenken, wo wir dann drauf trinken konnten. Sachen wie ›Auf die dritte Tochter des Bürgermeisters von Bagdad‹ oder ›Auf June Kayes linke kleine Zehe.‹ Und Bill sagte ›Aufs Paradies!‹ und brabbelte dann von redenden Tieren und singendem Sand und allem möglichen.«

»Hat denn keiner gefragt, was das für ein Paradies sein sollte?«

»Ach was! Der nächste wartete ja schon drauf, daß er an die Reihe kam. 's hat sowieso keiner aufgepaßt, was der andere gesagt hat. Die andern fanden Bills Trinkspruch nur ziemlich langweilig. Ich hätt' bestimmt auch nicht mehr dran gedacht, wenn ich nicht in der Zeitung drauf gestoßen wäre, wo ich den Kopf voll mit Gedanken über Bill hatte.«

»Und er hat nie wieder davon gesprochen? Wenn er nüchtern war, sprach er wohl nie über solche Dinge?«

»Nein. Er redet sowieso nicht viel.«

»Meinen Sie, wenn er an irgend etwas sehr interessiert gewesen wäre, daß er es dann für sich behalten hätte?«

»Oh ja, ganz sicher, so ist er. Nicht verschlossen, aber bleibt 'n bißchen für sich. Meist ist er der zugänglichste Junge, den man sich vorstellen kann. Großzügig, wenn's ums Geld geht, macht kein großes Aufhebens mit seinen Sachen, immer bereit, was für einen zu tun. Aber wenn es was Persönliches ist – wissen Sie, was ich meine? –, dann macht er irgendwie die Tür hinter sich zu.«

»Hatte er eine Freundin?«

»Nicht mehr und nicht weniger als wir alle. Aber da sehen Sie, was ich vorhin sagen wollte. Wenn die anderen ausgehen, dann nehmen die jede, die sie kriegen können. Aber Bill, der geht allein weg, in irgend'n anderes Viertel, wo er eine hat, die mehr nach seinem Geschmack ist.«

»Welche Stadt?«

»Na, jede Stadt, in der wir zufällig sind. Kuwait, Maskat, Katif, Mukalla. Alles zwischen Aden und Karatschi, könnte man sagen. Die meisten von uns fliegen feste Routen, aber manche fliegen auch, was gerade anfällt. Die bringen jedes Stück an jeden Ort.«

»Welche Routen flog – fliegt Bill denn so?«

»Alle möglichen. Aber die letzte Zeit ist er immer zwischen dem Golf und der Südküste geflogen.«

»Der Südküste Arabiens.«

»Genau. 'ne verdammt langweilige Route, aber Bill mochte sie wohl. Ich denke ja, er hat's übertrieben damit. Wenn einer zu lange ein- und dieselbe Route fliegt, dann wird er sonderbar.«

»Warum meinen Sie, er sei zuviel dort geflogen? Hatte er sich verändert?«

Mr. Cullen zögerte. »Das nicht. Er war immer noch der alte, freundlich und gutgelaunt. Aber er war so weit, daß er gar nicht mehr davon loskam.«

»Von seiner Arbeit, meinen Sie?«

»Genau. Die meisten von uns – eigentlich alle sogar –, die denken nicht mehr an die Arbeit, wenn sie die Mühle erst mal dem Bodenpersonal übergeben haben. Wir verschwenden keinen Gedanken mehr dran, bis wir am nächsten Morgen dem Mechaniker, der Dienst hat, hallo sagen. Aber Bill war so weit, daß er über den Karten mit seiner Route hing, als wenn er da noch nie vorher langgeflogen wäre.«

»Was meinen Sie, warum hat er sich so sehr für die Route interessiert?«

»Ich denke mir, er hat vielleicht rausfinden wollen, wie man um die Gebiete rumkommt, wo das Wetter schlecht ist. Er fing damit an – daß er sich so für Karten interessierte, meine ich –, nachdem er mal sehr spät wieder zurückgekommen war. Er war vom Kurs abgekommen, in einem dieser Wirbelstürme – die kommen ja in der Gegend von einer Minute zur anderen auf. Wir hatten ihn schon so gut wie aufgegeben.«

»Fliegen Sie denn nicht über den Wolken?«

»Natürlich, wenn's 'n langes Stück ist. Aber wenn man Fracht fliegt, dann muß man an den unmöglichsten Orten runter. Da ist man immer dem Wetter ausgeliefert, mehr oder weniger.«

»Verstehe. Und Sie meinen, nach diesem Zwischenfall hat Bill sich verändert?«

»Nun, ich glaube, die Sache hat ihre Spuren hinterlassen. Ich war dabei, als er zurückkam. Mit dem Flugzeug, meine ich. Ich habe auf dem Rollfeld auf ihn gewartet. Und mir kam's vor, als wenn er 'n bißchen – durcheinander gewesen wäre, wenn Sie wissen, was ich meine.«

»Er stand unter Schock.«

»Genau. Er war noch gar nicht ganz zurück, wenn Sie wissen, was ich meine. Hörte gar nicht zu, wenn ich was sagte.«

»Und danach begann er also, Landkarten zu studieren. Um eine bessere Route zu suchen, meinen Sie.«

»Genau. Von da an ging ihm diese Sache ständig durch den Kopf, und sonst legt man so was zusammen mit seinem Overall ab. Von da an kam er auch dauernd zu spät. Als wenn er rumfliegen und nach 'ner besseren Route suchen würde.« Er hielt einen Augenblick inne, dann fügte er hastig und beschwörend hinzu: »Verstehen Sie mich nicht falsch, Mr. Grant. Ich will nicht sagen, Bill hätte eine Nervenkrise gehabt.«

»Natürlich nicht.«

»Glauben Sie mir, wenn einer die Nerven verliert, dann benimmt er sich ganz anders. Ganz im Gegenteil, der will dann überhaupt nicht mehr ans Fliegen denken. Er wird ungeduldig, er trinkt zu viel und zu früh am Tag, er sieht zu, daß er die kurzen Flüge bekommt, er fühlt sich elend, wenn ihm eigentlich gar nichts fehlt. Wenn einer die Nerven verliert, Mr. Grant, da ist nichts Geheimnisvolles dran. Das steht ihm in großen Lettern auf der Stirn geschrieben, wie 'ne Reklame über der Ladentür. Aber so was hatte Bill nicht – kann mir auch nicht vorstellen, daß er das je bekommt. Es war nur einfach diese Geschichte, die ihm nicht mehr aus'm Kopf ging.«

»Es wurde zu einer fixen Idee bei ihm.«

»So kann man's nennen, glaube ich.«

»Hatte er andere Interessen?«

»Er hat gelesen«, sagte Mr. Cullen mit einem entschuldigenden Unterton, so, als verrate er einen peinlichen Charakterzug seines Freundes. »Und selbst dabei hat es ihn nicht in Ruhe gelassen.«

»Was hat ihn nicht in Ruhe gelassen?«

»Na, 's waren nicht mehr die üblichen Bücher mit Geschichten drin; statt dessen hat er Bücher über Arabien gelesen.«

»Aha?« sagte Grant nachdenklich. Seit zum ersten Mal das Wort ›Arabien‹ gefallen war, hatte Grant dem Fremden aufmerksam zugehört.

Das erste, woran alle Welt dachte, wenn von Arabien die Rede war, war Sand. Nun wurde ihm klar, daß er an jenem Morgen im Hotel von Scoone, als er zu der Überzeugung kam, daß es irgendwo tatsächlich ›singenden Sand‹ geben mußte, an Arabien hätte denken sollen. Irgendwo in Arabien gab es wirklich Sand, von dem es hieß, er singe.

»Und da war ich natürlich froh, als er seinen Urlaub früher nahm als eigentlich vorgesehen«, sagte Mr. Cullen gerade. »Wir wollten zusammen nach Paris. Aber dann hat er sich's anders überlegt und gesagt, er müsse vorher 'ne Woche oder zwei nach London. Er stammt nämlich aus England, wissen Sie. Also haben wir abgemacht, daß wir uns im Hotel St. Jacques in Paris treffen. Er hätte am vierten März da sein sollen.«

»Wann?« fragte Grant, alle Muskeln angespannt. Mit Geist und Körper hielt er inne, wie ein Jagdhund, der die Beute fallen sieht; wie ein Mann, der in Sichtweite seines Zieles kommt.

»Am vierten März. Warum fragen Sie?«

Jedermann konnte sich für den singenden Sand interessieren. Männer, die für die OCAL flogen, gab es im Dutzend billiger. Aber die vage, weitschweifige, verworrene Geschichte von Bill Kenrick, dem der Süden Arabiens nicht mehr aus dem Kopf gegangen war und der seine Verabredung in Paris nicht eingehalten hatte, gewann plötzlich Konturen. Ein Datum gab den Brennpunkt ab, und das Bild wurde klar.

Am vierten März, als Bill Kenrick in Paris hätte ankommen sollen, hatte man in Scoone im Postzug aus London die Leiche eines jungen Mannes gefunden, der sich für den singenden Sand interessiert hatte. Ein junger Mann mit verwegenen Augenbrauen. Ein junger Mann, der, was das Äußere anging, gut ein Pilot hätte sein können. Grant erinnerte sich, daß er sich ihn auf der Brücke eines Schiffes vorgestellt hatte; ein schnelles, kleines Schiff, das wie der Teufel in jeder See kreuzen könnte. Er hatte gut dorthin gepaßt. Aber am Steuerknüppel eines Flugzeugs würde er sich genauso gut machen.

»Warum wollte Bill nach Paris?«

»Warum will man schon nach Paris!«

»Nicht, weil er Franzose war?«

»Bill? Nein, Bill ist Engländer. Hundertprozentiger Engländer.«

»Haben Sie jemals seinen Paß gesehen?«

»Nicht, daß ich wüßte. Warum?«

»Sie halten es nicht für möglich, daß er vielleicht ein gebürtiger Franzose war?«

Es paßte sowieso nicht zusammen. Der Franzose hatte Martin geheißen. Oder hatte er mit seiner englischen Erziehung womöglich auch einen englischen Namen angenommen?

»Sie haben nicht zufällig ein Foto Ihres Freundes dabei?«

Aber Mr. Cullens Aufmerksamkeit war abgelenkt. Grant wandte sich um und sah, daß Zoë am Ufer entlang auf sie zukam. Er schaute auf seine Uhr.

»Verdammt!« sagte er. »Und ich hatte versprochen, daß das Feuer brennt!« Er wühlte den Spirituskocher aus seinem Gepäck hervor.

»Ihre Frau?« fragte Mr. Cullen in seiner erfrischend direkten Art. Auf den Inseln hätte man fünf Minuten geredet, um ihm diese Information zu entlocken.

»Nein. Das ist Lady Kentallen.«

»Lady? Eine Adlige?«

»Ja«, sagte Grant, mit dem Feuer beschäftigt. »Viscountess Kentallen.«

Darüber dachte Mr. Cullen ein Weilchen schweigend nach. »Ich nehme an, das ist eine Stufe unter einer Countess.«

»Aber nein. Im Gegenteil. Mehrere Stufen höher. Fast schon eine Marchioness. Hören Sie, Mr. Cullen, lassen Sie uns die Sache mit Ihrem Freund für eine Weile verschieben. Das alles interessiert mich mehr, als ich Ihnen im Augenblick sagen kann, aber –«

»Hab' schon verstanden; ich verdrück' mich. Wann können wir wieder drüber reden?«

»Nicht doch! Sie bleiben hier und essen einen Happen mit uns.«

»Sie meinen, Sie wollen mich dieser Marchioness, dieser wieheißtdasdochgleich Viscountess vorstellen?«

»Warum nicht? Sie ist ein sehr liebenswerter Mensch. Einer der liebenswertesten Menschen, die ich kenne.«

»So?« Mr. Cullen betrachtete interessiert die sich nähernde Zoë. »Jedenfalls bietet sie einen liebenswerten Anblick. Irgendwie hatte ich mir so jemanden ganz anders vorgestellt. Ich dachte, alle Aristokraten haben Adlernasen.«

»Damit sie besser auf andere herabsehen können, nehme ich an.«

»So ungefähr.«

»Ich weiß nicht, wie weit man in der englischen Geschichte zurückgehen müßte, bis man eine aristokratische Nase fände, über die jemand auf andere herabgesehen hat. Ich würde bezweifeln, daß Sie überhaupt eine finden. Wenn Sie hochnäsige Leute finden wollen, müssen Sie in die Vorstädte gehen, zu dem, was man untere Mittelschicht nennt.«

Mr. Cullen schien verwirrt. »Aber es stimmt doch, daß die Aristokraten sich von den anderen absondern und auf sie herabblicken, oder nicht?«

»In England hat es nie eine Gesellschaftsschicht gegeben, die sich von den anderen, wie Sie sagen, abgesondert hat. Schon seit zweitausend Jahren gibt es Ehen zwischen den verschiedensten

Schichten. In England gab es nie eine Klassengesellschaft oder eine Oberschicht, wie Sie sich das vorstellen.«

»Ich nehme an, heutzutage ist das alles nicht mehr so streng«, vermutete Mr. Cullen etwas ungläubig.

»Aber nein. Das englische Gesellschaftssystem ist immer durchlässig gewesen. Das trifft selbst für das Königshaus zu. Elizabeth I. war die Enkelin eines Oberbürgermeisters. Und wenn Sie sich die persönlichen Freunde der Königsfamilie ansehen, diejenigen, die im Buckingham-Palast ein- und ausgehen, dann werden Sie feststellen, daß keiner davon zum Adel gehört. Andererseits hat der ungehobelte Baron, der in einem teuren Restaurant neben Ihnen sitzt, seine Karriere wahrscheinlich als Gleisarbeiter bei der Eisenbahn begonnen. In England können die einzelnen Schichten sich nicht voneinander absondern. Das geht einfach nicht. Das kann nur Mrs. Jones, die auf ihre Nachbarin Mrs. Smith herabblickt, weil Mr. Jones zwei Pfund mehr die Woche verdient als Mr. Smith.«

Er wandte sich von dem verblüfften Amerikaner ab, um Zoë zu begrüßen.

»Tut mir sehr leid, daß der Ofen noch nicht brennt. Ich fürchte, ich habe zu spät mit den Vorbereitungen begonnen. Wir waren in ein hochinteressantes Gespräch vertieft. Das ist Mr. Cullen, Frachtpilot bei den Oriental Commercial Airlines.«

Zoë schüttelte ihm die Hand und fragte, was für eine Maschine er fliege.

Grant schloß aus dem Tonfall, in dem er ihr antwortete, daß Mr. Cullen bei Zoë lediglich ein leutseliges Interesse vermutete. Herablassende Leutseligkeit gehörte zu den Dingen, die er von einem ›Aristokraten‹ erwartete.

»Sie liegen nicht gerade gut in der Hand, nicht wahr?« kommentierte Zoë mitfühlend. »Mein Bruder hat früher eine geflogen, als er noch auf der Australienroute war. Er hat immer drüber geflucht.« Sie begann, das Essen auszupacken. »Aber jetzt sitzt er in Sydney am Schreibtisch und hat seine eigene kleine Kiste. Eine Beamish Eight. Hübsches Ding. Ich bin selbst oft damit geflogen, als er sie neu hatte, bevor er sie mit nach Australien nahm. David – mein Mann – und ich haben immer davon geträumt, selbst eine zu besitzen, aber wir konnten sie uns nie leisten.«

»Aber eine Beamish Eight kostet doch nur vierhundert«, platzte Mr. Cullen heraus.

Zoë leckte sich die Finger, die von einem Apfeltörtchen klebrig geworden waren, und sagte: »Ja, ich weiß; aber wir hatten nie vierhundert übrig.«

Mr. Cullen, der sich in die offene See hinausgespült sah, versuchte verzweifelt, festen Boden unter die Füße zu bekommen.

»Ich sollte Ihnen nicht so Ihre Sachen wegessen«, sagte er. »Schließlich bekomme ich ja im Hotel genug. Jetzt wird es aber wirklich Zeit, daß ich gehe.«

»Oh, bleiben Sie doch noch«, sagte Zoë so spontan und ungekünstelt, daß sie damit selbst Mr. Cullens Verteidigungslinien durchbrach. »Es ist genug für eine ganze Kompanie da.«

Und zu Grants Freude in vielerlei Hinsicht beschloß Mr. Cullen zu bleiben. Zoë, die nicht ahnte, daß sie dabei war, den Vereinigten Staaten zu einem neuen Bild der Spezies ›Englischer Aristokrat‹ zu verhelfen, aß wie ein Scheunendrescher und plauderte in ihrem sanften Ton mit dem Fremden, als kenne sie ihn schon ihr Leben lang. Als sie bei den Apfeltörtchen angelangt waren, hatte Mr. Cullen alle Abwehr aufgegeben. Und als die Schokolade, die Laura ihnen eingepackt hatte, verteilt wurde, hatte er bedingungslos kapituliert.

Satt und zufrieden saßen sie beieinander in der Frühlingssonne. Zoë lehnte sich an die Grasböschung an, die Beine gekreuzt, die Hände im Nacken verschränkt, die Augen zum Schutz vor dem Sonnenlicht geschlossen. Grant war in Gedanken ganz bei B Sieben und bei den Informationen, die Tad Cullen ihm geliefert hatte. Mr. Cullen seinerseits saß auf einem Felsbrocken und blickte flußabwärts auf den grünen bewirtschafteten Talgrund, wo das Moor endete und die Wiesen begannen.

»Ein schönes Fleckchen Erde ist das hier«, sagte er. »Es gefällt mir. Auf mich können Sie zählen, wenn der Freiheitskampf beginnt.«

»Freiheit?« fragte Zoë und öffnete die Augen. »Freiheit wovon?«

»Von England natürlich.«

Zoë machte ein hilfloses Gesicht, aber Grant begann zu lachen. »Sie haben sich wohl mit einem kleinen dunklen Mann im Kilt unterhalten?« fragte er.

»Einen Kilt hatte er schon an«, kam die Antwort, »aber es war kein Schwarzer.«

»Nein, ich meinte schwarzhaarig. Sie haben sich mit Archie Brown unterhalten.«

»Wer ist Archie Brown?« fragte Zoë.

»Der selbsternannte Erretter der gälischen Nation und unser zukünftiger Herrscher, Kommissar, Präsident oder was auch immer, sobald sich Schottland von der qualvollen Last des englischen Jochs befreit hat.«

»Ach ja, der«, sagte Zoë sanft, als sie sich Archie vor ihr inneres Auge rief. »Der ist ein wenig verrückt, oder? Lebt er hier irgendwo?«

»Er wohnt, soviel ich weiß, im Hotel in Moymore. Und wie es scheint, hat er bei Mr. Cullen bereits missioniert.«

»Na ja«, sagte Mr. Cullen und grinste ein wenig verlegen, »ich dachte mir schon, daß er wohl 'n bißchen übertrieben hat. Schließlich habe ich im Laufe der Zeit 'ne ganze Menge Schotten kennengelernt, und die sahen nicht so aus, als ob sie sich die Behandlung gefallenlassen würden, die Mr. Brown mir da ausgemalt hat. Ich hatte sogar, wenn Sie mir das verzeihen, Mr. Grant, immer das Gefühl, das sind Leute, die 's verstehen, aus jeder Sache das Beste rauszuschlagen.«

»Haben Sie jemals eine treffendere Beschreibung der Union gehört?« wandte sich Grant an Zoë.

»Ich weiß so gut wie gar nichts über die Union«, sagte Zoë ungerührt. »Nur, daß im Jahre 1707 die schottische mit der englischen Krone vereinigt wurde.«

»Gab es eine Schlacht vorher?« wollte Mr. Cullen wissen.

»Nein«, sagte Grant. »Schottland war dankbar, als es auf den englischen Wagen aufspringen konnte, und profitierte von allen englischen Errungenschaften. Die Kolonien, Shakespeare, Seife, die Staatskasse und so weiter.«

»Ich hoffe nur, Mr. Brown geht nicht auf Vortragsreise in die Vereinigten Staaten«, sagte Zoë schläfrig.

»Oh doch«, sagte Grant. »Darauf können Sie Gift nehmen. Alle aufdringlichen Minderheiten gehen auf Vortragsreise in die Vereinigten Staaten.«

»Die werden ein ganz falsches Bild von uns bekommen, nicht wahr?« sagte Zoë sanft. Mit was für flammenden Worten Laura diese Tatsache kommentiert hätte! dachte Grant. »Sie haben ohnehin die verrücktesten Vorstellungen von uns. Als David und ich dort waren, ein Jahr, bevor er umkam, fragten uns dauernd

Leute, warum wir nicht aufhörten, Kanada Steuern abzuknöpfen. Wenn wir ihnen sagten, daß Kanada noch nie Steuern an England gezahlt hat, schauten sie uns an, als ob wir sie belügen wollten. Und zwar schamlos belügen.«

Aus Mr. Cullens Gesichtsausdruck schloß Grant, daß auch er ›verrückte Vorstellungen‹ von der Besteuerung Kanadas gehabt hatte, aber Zoë hatte ihre Augen geschlossen. Grant fragte sich, ob es Mr. Cullen wohl klar war, daß Zoë ihn nicht als Amerikaner ansah; daß sie gar nicht auf die Idee gekommen war, sich Gedanken um seinen Akzent, seine Nationalität, seine Kleidung oder überhaupt um irgend etwas an ihm zu machen. Sie hatte ihn einfach genommen, wie er war. Er war ein Pilot, so wie ihr Bruder; er war jemand, der gerade zur rechten Zeit gekommen war, ihre Mahlzeit mit ihnen zu teilen, jemand, mit dem man ein nettes und interessantes Gespräch führen konnte. Es war einfach nicht ihre Art, ihn in eine Schublade zu stecken, ihn irgendeinem Typus zuzuordnen. Wenn ihr seine seltsame Aussprache überhaupt aufgefallen war, dann nahm sie wahrscheinlich an, er komme aus Yorkshire.

Er betrachtete sie, wie sie in der Sonne lag und döste, und es ging ihm durch den Kopf, wie schön sie war. Er schaute zu Mr. Cullen herüber und sah, daß auch er Zoë Kentallen betrachtete und ebenso dem Gedanken nachhing, wie schön sie war. Ihre Blicke trafen sich, und dann blickte jeder in eine andere Richtung.

Noch am vergangenen Abend hätte Grant sich nichts Schöneres vorstellen können, als dazusitzen und Zoë Kentallen zu betrachten, aber nun verspürte er eine leichte Ungeduld. Das schockierte ihn so, daß er es mit seinem üblichen Hang zur Selbstanalyse näher untersuchte. Was konnte er an dieser Göttin auszusetzen haben? Was gab es Unvollkommenes an dieser Märchenprinzessin?

»Du weißt doch genau, was los ist«, sagte die respektlose innere Stimme. »Du willst, daß sie sich zum Teufel schert, damit du dich wieder um B Sieben kümmern kannst.«

Und diesmal unternahm er gar nicht erst den Versuch, der Stimme zu widersprechen. Es war die brutale Wahrheit, daß er sich wünschte, Zoë möge sich ›zum Teufel scheren‹. Dieselbe Zoë, die den gestrigen Nachmittag verzaubert hatte, war ihm nun lästig geworden. Wie ein Jucken lief die Ungeduld seinen Rücken hinab und wieder herauf. Liebliche, fröhliche, himmlische Zoë, mach, daß du weiterkommst. Wunderbares Geschöpf, Prinzessin meiner Träume, sieh zu, wo du bleibst.

Er überlegte schon, wie er sich seinerseits verabschieden könnte, als sie plötzlich, wie ein Kind, halb seufzte, halb gähnte und sagte: »Tja, im Cuddy Pool steckt ein Siebenpfünder, dem es wahrscheinlich schon langweilig ohne mich geworden ist.« Und wie üblich nahm sie ohne große Umschweife und weitere Konversation ihre Sachen und brach auf in den Frühlingsnachmittag.

Mr. Cullen schaute ihr bewundernd nach, und Grant war gespannt, was er sagen würde. Aber es schien, daß auch Mr. Cullen den Aufbruch ›seiner‹ Aristokratin herbeigesehnt hatte. Er wartete, bis sie außer Hörweite war, und sagte dann unvermittelt:

»Warum haben Sie mich gefragt, ob ich ein Foto von Bill habe, Mr. Grant? Soll das heißen, daß Sie ihn vielleicht kennen?«

»Nein. Das nicht. Aber wir könnten damit Leute ausschließen, die nicht Bill sind.«

»Oh. Verstehe. Nun, ich habe das Bild nicht dabei, aber ich habe eins in meinem Gepäck im Hotel. Kein gutes Foto, aber Sie könnten sich 'ne Vorstellung von ihm machen. Kann ich nachher noch mal herkommen und es Ihnen zeigen?«

»Nein. Ich komme jetzt gleich mit hinunter nach Moymore.«

»Ehrlich? Das ist sehr nett von Ihnen, Mr. Grant. Meinen Sie, Sie haben vielleicht 'ne Spur? Sie haben mir auch immer noch nicht gesagt, was diese Worte bedeuten sollen. Dieses Zitat oder was es ist. Deswegen bin ich ja schließlich hergekommen. Was das denn nun zu bedeuten hat mit den Tieren, die reden. Wenn's nämlich 'n Ort wäre, wo er sich für interessiert hat, dann könnte 's doch sein, daß er da hingereist ist, und dann würd' ich ihm nachfahren und sehen, daß ich die Spur aufnehme.«

»Sie haben diesen Bill sehr gern, nicht wahr?«

»Nun, wir sind schon 'ne ganze Weile zusammen, und wir sind zwar eigentlich ganz verschieden, aber wir verstehen uns prima. Wirklich prima. Ich hoffe nur, daß Bill nichts zugestoßen ist.«

Grant wechselte das Thema und bat Tad Cullen, von sich selbst zu erzählen, und während sie den Glen hinunter nach Moymore spazierten, erfuhr er etwas über die ordentliche Kleinstadt in den Staaten, über die Langeweile, die einen Jungen, der fliegen gelernt hatte, dort überkam; darüber, wie verlockend der Nahe

Osten aus der Ferne ausgesehen hatte und wie enttäuschend er von nahem war.

»Genau so öde wie zu Hause, nur daß es stinkt«, sagte Mr. Cullen.

»Und was haben Sie in Paris angestellt? Sie haben doch ziemlich lange auf Bill gewartet.«

»Och, einen draufgemacht. Aber ohne Bill macht es keinen Spaß. Ich hab' zwei Jungs wiedergetroffen, die ich in Indien kennengelernt hatte, und wir sind zusammen ausgegangen. Aber ich war immer unruhig, weil Bill nicht da war. Nach 'ner Weile hab' ich sie ziehen lassen und hab' mir dann 'n paar von den Sehenswürdigkeiten für Touristen angesehen. Manche von den alten Kästen sind gar nicht schlecht. Eins von den Häusern – ein Schloß, meine ich – war übers Wasser gebaut, auf Steinbögen, so daß der Fluß untendurch fließt. Das war schön. Das wäre was für die Countess gewesen. Sieht ihr Schloß ähnlich aus?«

»Nein«, sagte Grant und führte sich den Unterschied zwischen Chenonceaux und Kentallen vor Augen. »Sie lebt in einem flachen, düsteren, grauen Haus mit winzigen Fenstern und engen Stuben und steilen Treppen und einer Eingangstür, die ungefähr so einladend ist wie die Luke vom Kohlenkeller. In der vierten Etage, neben dem Dach, hat es zwei Türmchen, und das ist Grund genug für die Schotten, es eine Burg zu nennen.«

»Das hört sich eher an wie ein Gefängnis. Warum bleibt sie denn dort?«

»Gefängnis! Keine Gefängniskommission würde es auch nur für einen Augenblick in Betracht ziehen. Man würde den Mangel an Licht, an Heizung, an sanitären Einrichtungen, an Farbe, Schönheit, Raum und was-weiß-ich-noch im Parlament zur Sprache bringen. Sie bleibt dort, weil sie ihr Zuhause liebt. Ich fürchte allerdings, daß sie nicht mehr lange bleiben kann. Die Erbschaftssteuern waren so hoch, daß sie den Besitz verkaufen muß.«

»Aber kauft denn jemand so was?«

»Nicht als Wohnhaus. Aber irgendein Spekulant wird es kaufen und dann die Wälder fällen. Das Blei auf dem Dach würde wahrscheinlich einiges einbringen; und das Dach müßten sie ja ohnehin herunterreißen, damit sie keine Steuern auf das Haus zu zahlen brauchen.«

»Mann! Wie in den Dürregebieten«, kommentierte Mr. Cullen. »Es hat nicht zufällig einen Burggraben, oder?«

»Nein. Warum fragen Sie?«

»Ich muß mir unbedingt einen Burggraben ansehen, bevor ich wieder zurück zur OCAL gehe.« Und nach einer Pause fügte er hinzu: »Ich mache mir wirklich große Sorgen um Bill, Mr. Grant.«

»Ja, das ist schon eine seltsame Geschichte.«

»Das war anständig von Ihnen«, entgegnete Mr. Cullen zu Grants Erstaunen.

»Was war anständig?«

»Daß Sie nicht gesagt haben: ›Machen Sie sich mal keine Sorgen, der kommt schon wieder!‹ Den Leuten, die sagen: ›Mach dir keine Sorgen, der taucht schon wieder auf‹, denen würde ich am liebsten ins Gesicht schlagen. Die könnte ich erwürgen.«

Das Hotel von Moymore war eine Miniaturausgabe Kentallens, nur ohne Türmchen. Aber es war weiß gestrichen und machte einen freundlichen Eindruck, und die Bäume auf der Rückseite trugen die ersten Blätter. Als sie in die kleine geflieste Eingangshalle kamen, zögerte Mr. Cullen.

»Es ist mir aufgefallen, daß es in England nicht üblich ist, Gäste mit aufs Hotelzimmer zu nehmen. Wollen Sie vielleicht lieber im Salon warten?«

»Aber nein; ich komme mit. Ich glaube nicht, daß es dafür irgendwelche Anstandsregeln gibt. Es liegt wohl einfach daran, daß bei uns die Salons immer so nahe bei den Zimmern sind, daß es sich nicht lohnt, die Treppe hinaufzusteigen. Wenn der Salon eine Tagesreise entfernt ist, ist es natürlich einfacher, einen Gast mit aufs Zimmer zu nehmen. Dann bleibt man wenigstens auf demselben Kontinent.«

Mr. Cullens Zimmer lag auf der Vorderseite, mit Blick über die Straße und auf die Felder, den Fluß und die Hügel im Hintergrund. Die professionelle Seite von Grants Verstand bemerkte die Holzscheite, die im Kamin vorbereitet lagen, und den Narzissenstrauß auf der Fensterbank – Moymore hatte Niveau –, die emotionale Seite jedoch war mit Tad Cullen beschäftigt, dem Mann, der seinen Urlaub unterbrochen hatte, um in das entlegene Kaledonien zu reisen und dort nach dem verschollenen Freund zu suchen, der ihm so viel bedeutete. Mit jedem Schritt auf dem Weg vom Fluß nach Moymore war eine Vorahnung in ihm gewachsen, die er nicht hatte abschütteln können, und nun war er davon so erfüllt, daß ihm schwindelte.

Der junge Mann holte eine Schreibmappe aus seiner Reisetasche und öffnete sie auf der Anrichte. Es war alles mögliche darin, nur keine Schreibutensilien. Zwischen dem Durcheinander aus Papieren, Landkarten, Reiseprospekten und manch anderem fanden sich zwei lederne Objekte, ein Adreßbuch und eine Brieftasche. Aus der Brieftasche holte er einige Fotografien hervor und begann, die vielen Bilder lächelnder Frauengesichter durchzublättern, bis er schließlich gefunden hatte, wonach er suchte.

»Hier ist es. Es ist leider kein besonders gutes Bild. Nur ein Schnappschuß. Jemand hat es gemacht, als ein paar von uns am Strand waren.«

Beinahe widerwillig nahm Grant das Stück Papier, das ihm gereicht wurde.

»Das – « begann Tad Cullen zu sagen und hatte schon den Arm ausgestreckt, um ihm den Richtigen zu zeigen.

»Nein, warten Sie!« unterbrach ihn Grant. »Lassen Sie mich selbst sehen, ob ich – ob ich jemanden erkenne.«

Das Bild zeigte etwa ein Dutzend junger Männer auf der Veranda eines Hauses am Strand. Sie drängten sich um die Treppe und lehnten sich in verschiedenen Stadien der Entkleidung über das gebrechliche Holzgeländer. Rasch ließ Grant den Blick über die fröhlichen Gesichter schweifen und verspürte eine große Erleichterung. Es war niemand dabei, den er jemals –

Und dann sah er den Mann auf der untersten Treppenstufe.

Er saß dort, die Beine in den Sand gestreckt, die Augen, die die Sonne blendete, halb geschlossen, den Kopf schräg nach hinten geneigt, so, als spreche er gerade mit dem Mann hinter ihm. Genau so hatte er seinen Kopf nach hinten gewandt gehabt, als er am Morgen des vierten März auf seinem Kissen im Abteil B Sieben lag.

»Nun?«

»Ist das Ihr Freund?« fragte Grant und deutete auf den Mann auf der untersten Treppenstufe.

»Ja, das ist Bill. Woher wußten Sie das? Sie haben ihn also doch irgendwo getroffen?«

»Ich – ich vermute, daß ich ihn gesehen habe. Aber nach diesem Foto könnte ich es natürlich nicht beschwören.«

»Ich will ja auch gar nicht, daß Sie's beschwören. Geben Sie mir nur ganz grob die Informationen, auf die 's ankommt. Nur ungefähr, wann und wo Sie ihn gesehen haben, dann spür' ich ihn schon auf, da können Sie sich drauf verlassen. Wissen Sie, wo Sie ihn gesehen haben? Ich meine, können Sie sich erinnern?«

»Oh ja. Ich erinnere mich gut. Ich habe ihn in einem Zugabteil gesehen – einem Schlafwagenabteil des Postzugs aus London, als er am frühen Morgen des vierten März in Scoone einlief. Das ist der Zug, mit dem ich selbst angekommen bin.«

»Sie meinen, Bill ist h i e r h e r gefahren? Nach Schottland? Was kann er denn hier gewollt haben?«

»Das weiß ich nicht.«

»Hat er Ihnen nichts erzählt? Haben Sie mit ihm gesprochen?«

»Nein. Das konnte ich nicht.«

»Warum nicht?«

Grant streckte die Hand aus und schob seinen Begleiter sanft nach hinten, so daß dieser auf dem Stuhl, der hinter ihm stand, zu sitzen kam.

»Ich konnte es nicht, weil er nicht mehr am Leben war.«

Einen Augenblick lang schwiegen beide.

»Es tut mir sehr leid, Cullen. Ich wünschte, ich könnte Ihnen Hoffnungen machen, daß es vielleicht jemand anderes war als Bill, und ich könnte es auch nicht beschwören; aber ich bin mir sicher, daß es Bill war, den ich gesehen habe.«

Wiederum schwiegen beide; dann fragte Cullen: »Wieso war er tot? Was ist mit ihm passiert?«

»Er hatte eine ziemliche Menge Whisky getrunken, und er war hintenübergefallen und auf das Waschbecken aus massivem Porzellan geschlagen. Ein Schädelbruch.«

»Wer sagt so etwas?«

»Das war das Ergebnis der gerichtlichen Untersuchung. In London.«

»In London? Wieso in London?«

»Weil er, wie die Obduktion ergab, zu Tode kam, kurz nachdem der Zug den Bahnhof Euston verlassen hatte. Und nach englischem Recht gibt es bei jedem plötzlichen Tod eine gerichtliche Untersuchung.«

»Aber das – das sind doch alles nur Vermutungen«, sagte Cullen, der allmählich wieder zu sich kam und nun begann, sich aufzuregen. »Wenn niemand bei ihm war, woher wollen sie dann wissen, was mit ihm passiert ist?«

»Weil die englische Polizei nicht nur enorm mißtrauisch, sondern auch enorm gründlich ist.«

»Polizei? War das ein Fall für die Polizei?«

»Das ist es immer. Die Polizei untersucht die Angelegenheit und gibt dann vor den Geschworenen und dem Vorsitzenden, dem Coroner, ihren Bericht ab; die Verhandlung ist öffentlich. In diesem Fall waren die Recherchen wirklich umfassend. Am Ende konnten sie auf den Schluck genau sagen, wieviel Whisky er getrunken hatte und in welchen Abständen, bis er – bis er starb.«

»Und die Sache mit dem Waschbecken – woher wußten sie das?«

»Sie haben es mit Mikroskopen abgesucht. Am Rand des Beckens waren Spuren von Haar und Haaröl nachzuweisen. Und er hatte genau die Art von Schädelverletzung, die man sich bei einem solchen Sturz zuzieht.«

Cullen beruhigte sich ein wenig, aber er machte einen verwirrten Eindruck.

»Woher wissen Sie das denn alles?« fragte er etwas geistesabwesend; und dann mit wachsendem Mißtrauen: »Wie kommt es überhaupt, daß Sie ihn gesehen haben?«

»Ich verließ gerade den Wagen und stieß auf den Schaffner, der versuchte, ihn wachzurütteln. Er dachte, er schliefe nur seinen Rausch aus; die Whiskyflasche war nämlich über den Boden gerollt, und das Abteil roch, als habe er die ganze Nacht durchgezecht.«

Aber das stellte Tad Cullen nicht zufrieden. »Wollen Sie damit sagen, das war alles, was Sie von ihm gesehen haben? Der eine Augenblick, wie er – wie er tot dalag? Und trotzdem erkennen Sie ihn nach einem Schnappschuß wieder – nach einem schlechten Schnappschuß – und das Wochen später?«

»Doch. Sein Gesicht hat mich beeindruckt. Ich habe von Berufs wegen mit Gesichtern zu tun; und eigentlich sind sie auch mein Hobby. Es faszinierte mich, wie der Schwung der Augenbrauen dem Gesicht einen verwegenen Ausdruck verlieh, selbst – selbst als ich es sah, als es ja eigentlich gar keinen richtigen Ausdruck mehr hatte. Und durch einen Zufall wurde mein Interesse dann noch weiter erregt.«

»Und wodurch?« Cullen gab keinen Zoll nach.

»Als ich in Scoone im Bahnhofshotel frühstückte, stellte ich fest, daß ich aus Versehen eine Zeitung mitgenommen hatte, die von der Pritsche gefallen war, als der Schaffner versucht hatte, ihn zu wecken, und in die freie Spalte für letzte Meldungen waren mit Bleistift einige Verse geschrieben: ›Tiere, die reden, Ströme im Stand, Steine, die wandeln, der singende Sand –‹, dann fehlten zwei Zeilen, und dann: ›bewachen den Weg ins Paradies.‹ «

»Und danach haben Sie dann in der Anzeige gefragt«, sagte Cullen, und sein Gesicht verfinsterte sich weiter. »Was hatten Sie denn überhaupt damit zu tun? Wozu haben Sie sich die Mühe mit der Anzeige gemacht?«

»Falls die Verse aus einem Buch stammten, wollte ich wissen, was das für ein Buch war. Waren es Zeilen zu einem Gedicht, das erst noch entstehen sollte, dann wollte ich wissen, was das Thema sein konnte.«

»Warum? Was ging Sie das an?«

»Ich konnte nicht anders. Die Worte gingen mir einfach nicht mehr aus dem Kopf. Kennen Sie jemanden namens Charles Martin?«

»Nein, kenn' ich nicht. Und bleiben Sie beim Thema.«

»Ich bleibe beim Thema, auch wenn es nicht so klingt. Bitte seien Sie so nett, und denken Sie einen Augenblick sorgfältig darüber nach. Haben Sie jemals einen Charles Martin gekannt oder von jemandem gehört, der so hieß?«

»Nein, das habe ich doch schon gesagt! Da brauche ich nicht nachzudenken. Und natürlich lenken Sie vom Thema ab! Was hat dieser Charles Martin mit der ganzen Sache zu tun?«

»Laut Polizeibericht war der Mann, der im Abteil B Sieben tot aufgefunden wurde, ein französischer Mechaniker namens Charles Martin.«

Cullen zögerte einen Augenblick, dann sagte er: »Hören Sie, Mr. Grant, ich bin ja vielleicht nicht besonders helle, aber was Sie da sagen, ist Blödsinn. Erst sagen Sie, Sie haben Bill Kenrick tot in einem Eisenbahnabteil liegen sehen, und jetzt sagen Sie, es war gar nicht Bill Kenrick, es war ein Mann namens Martin.«

»Das stimmt nicht. Was ich gesagt habe, ist, daß die Polizei ihn für einen Mann namens Martin hält.«

»Na, ich nehme an, die haben gute Gründe dafür.«

»Ausgezeichnete Gründe. Er hatte Briefe und Papiere bei sich. Und es kommt noch besser: Seine Familie hat ihn identifiziert.«

»Na also! Warum haben Sie mich denn dann so lange auf die Folter gespannt! Da gibt's doch gar keinen Anhaltspunkt, daß der Mann Bill war! Wenn die Polizei zu der Überzeugung gekommen ist, daß der Mann ein Franzose namens Martin war, wie zum

Teufel können Sie dann sagen, der Mann war überhaupt nicht Martin, sondern Bill Kenrick!«

»Weil ich der einzige Mensch auf der Welt bin, der sowohl den Mann in B Sieben als auch das Foto dort gesehen hat.« Er nickte zu der Fotografie herüber, die auf der Anrichte lag.

Cullen stutzte. Dann sagte er: »Aber das ist ein schlechtes Bild. Jemand, der Bill nie gesehen hat, kann sich da überhaupt keinen Eindruck machen.«

»Natürlich ist es nur ein Schnappschuß, aber er ist darauf sehr gut getroffen.«

»Ja«, sagte Cullen zögernd, »das stimmt.«

»Bedenken Sie drei Dinge, drei Fakten. Erstens: Charles Martins Familie hatte ihn schon seit Jahren nicht mehr gesehen, und sie bekamen nur das Bild eines Toten gezeigt; wenn Ihnen jemand erzählt, Ihr Sohn sei gestorben, und niemand irgendwelche Zweifel an seiner Identität äußert, dann sehen Sie in dem Bild denjenigen, den Sie sehen sollen. Zweitens: der Mann, der für Charles Martin gehalten wird, wurde am selben Tag in einem Zug tot aufgefunden, an dem Bill Kenrick sich mit Ihnen in Paris treffen wollte. Drittens: in seinem Abteil fand sich die Niederschrift eines Gedichts über sprechende Tiere und singenden Sand, ein Thema, für das sich, wie Sie selbst mir berichtet haben, Bill Kenrick interessierte.«

»Haben Sie der Polizei von der Zeitung erzählt?«

»Ich habe es versucht. Niemand wollte etwas davon wissen. Alles schien ja klar zu sein. Sie kannten die Identität des Mannes und die Todesursache, und alles weitere interessierte sie nicht.«

»Es hätte ihnen doch seltsam vorkommen müssen, daß er Verse auf Englisch schrieb.«

»Aber nein. Es läßt sich ja nicht beweisen, daß er überhaupt etwas geschrieben hat oder daß die Zeitung ihm gehörte. Er hätte sie ja irgendwo mitgenommen haben können.«

»Die ganze Geschichte ist doch verrückt«, sagte Cullen, aufgebracht und verwirrt.

»Es klingt unwahrscheinlich. Aber in diesem ganzen Durcheinander gibt es doch eine Sache, an die man sich halten kann.«

»Wirklich?«

»Wirklich. Es gibt einen Anhaltspunkt, den man als gegeben annehmen und an dem man sich orientieren kann.«

»Und der wäre?«

»Ihr Freund Bill Kenrick ist verschwunden. In einer Gruppe fremder Gesichter erkenne ich Bill Kenrick als den Mann wieder, den ich am Morgen des vierten März tot in einem Schlafwagenabteil in Scoone gesehen habe.«

Cullen dachte darüber nach. »Tja«, sagte er niedergeschlagen, »ich glaube, das klingt vernünftig. Es muß Bill gewesen sein. Ich glaube, ich wußte die ganze Zeit, daß er – daß ihm etwas Schreckliches zugestoßen war. Er hätte mich nie so versetzt. Er hätte geschrieben oder angerufen oder mich sonst irgendwie wissen lassen, warum er seine Verabredung nicht gehalten hat. Aber was hatte er in einem Zug nach Schottland zu suchen? Was hatte er überhaupt in einem Zug zu suchen?«

»Wie meinen Sie das?«

»Na, wenn Bill irgendwo hin wollte, wäre er doch geflogen. Er würde nie mit dem Zug fahren.«

»Viele Leute nehmen den Nachtzug, weil sie Zeit damit sparen. Man ist unterwegs und kann gleichzeitig schlafen. Die Frage ist: Warum reiste er als Charles Martin?«

»Ich glaube, das ist ein Fall für Scotland Yard.«

»Ich fürchte nur, der Yard würde es uns nicht danken.«

»Ich will ja auch keinen Dank von denen«, sagte Cullen beleidigt. »Sie sollen herausfinden, was mit meinem Kumpel passiert ist.«

»Trotzdem fürchte ich, daß sie sich nicht dafür interessieren würden.«

»Das sollten sie aber!«

»Es gibt keinerlei Beweis dafür, daß Bill Kenrick nicht aus freien Stücken untergetaucht ist, daß er sich nicht irgendwo für sich allein vergnügt, bis es Zeit wird, sich wieder bei der OCAL zu melden.«

»Aber man hat ihn tot in einem Eisenbahnabteil gefunden!« Cullens Stimme klang nun beinahe wie ein Schluchzen.

»Oh nein. Das war Charles Martin. Ein Toter, den nichts Geheimnisvolles umgibt.«

»Aber Sie können Martin doch als Kenrick identifizieren!«

»Natürlich kann ich sagen, daß meiner Meinung nach das Gesicht auf dem Schnappschuß mit dem Gesicht identisch ist, das ich am Morgen des vierten März in Abteil B Sieben gesehen habe. Scotland Yard wird mir antworten, daß es mein gutes Recht sei, dieser Meinung zu sein, daß ich mich aber zweifellos durch eine

Ähnlichkeit habe täuschen lassen, da es sich bei dem Mann in Abteil B Sieben um einen gewissen Charles Martin gehandelt habe, einen Mechaniker, gebürtig aus Marseille, wo seine Eltern auch heute noch in einem Vorort lebten.«

»Sie kennen sich wohl bei Scotland Yard ganz genau aus, was! Trotzdem –«

»Das ist nicht weiter verwunderlich. Ich habe dort länger gearbeitet, als mir lieb ist. Übernächsten Montag, wenn mein Urlaub vorbei ist, gehe ich zurück dorthin.«

»Wollen Sie damit sagen, Sie s i n d von Scotland Yard?«

»Nur eine der kleinen Stützen des Systems dort. Ich pflege meinen Dienstausweis nicht in der Angeljacke zu haben, aber wenn Sie mit zu meinem Gastgeber kommen, wird er sich gerne für mich verbürgen.«

»Oh. Nein. Natürlich glaube ich Ihnen, Mr. – oder –«

»Inspektor. Aber wir bleiben bei Mr., schließlich bin ich ja nicht im Dienst.«

»Tut mir leid, wenn ich unfreundlich war. Aber ich wäre nie auf die Idee gekommen – man erwartet einfach nicht, wirklich jemanden von Scotland Yard zu treffen. Das ist was, was man in Büchern liest. Man kann sich nicht vorstellen, daß sie – daß sie –«

»Daß sie angeln gehen.«

»Genau. Ich meine, das erwartet man nicht. Höchstens in Büchern.«

»Na, nun haben Sie sich ja überzeugt, daß ich echt bin, und Sie wissen, daß ich recht habe mit meiner Schilderung der Reaktion Scotland Yards, weil ich es aus erster Hand weiß. Wie geht es denn nun weiter?«

Kapitel 10

Laura war recht ungehalten, als sie am nächsten Morgen vernahm, daß Grant nach Scoone fahren wollte, statt den Tag am Fluß zu verbringen.

»Gerade habe ich für dich und Zoë das schönste Mittagessen zurechtgemacht«, sagte sie. Grant hatte das Gefühl, daß es für ihren Ärger einen tieferen Grund geben mußte als die verschmähte Mahlzeit, aber er war zu sehr mit wichtigeren Dingen beschäftigt, um sich um solche Kleinigkeiten kümmern zu können.

»In Moymore hält sich ein junger Amerikaner auf, der hergekommen ist, um mich bei einer Sache um Hilfe zu bitten. Ich dachte mir, er kann vielleicht meinen Platz am Fluß übernehmen, wenn niemand etwas dagegen hat. Er hat ein wenig Ahnung vom Angeln, sagt er. Vielleicht kann Pat ihm alles zeigen.«

Pat war mit einem solchen Strahlen am Frühstückstisch erschienen, daß man das Glühen noch über den Tisch hinweg spüren konnte. Heute war der erste Tag der Osterferien. Er spitzte die Ohren, als er hörte, was sein Cousin vorschlug. Es gab kaum etwas im Leben, was er lieber tat, als irgend jemandem irgend etwas zu zeigen.

»Wie heißt er denn?« fragte er.

»Tad Cullen.«

»›Tad‹, was ist denn das für ein Name?«

»Keine Ahnung. Vielleicht eine Abkürzung für Theodore.«

»Hm – hm – hm.« Das schien Pat bedenklich.

»Er ist Pilot.«

»Oh«, sagte Pat, und sein Gesicht hellte sich auf. »Ich dachte schon, er wäre womöglich Professor. Bei so einem Namen.«

»Nein. Er fliegt kreuz und quer durch Arabien.«

»Arabien!« sagte Pat und rollte das R dermaßen, daß der schlichte schottische Frühstückstisch vor der Pracht des Orients erbebte. Der Zauber der modernen Technik und der Zauber des uralten Bagdad zusammen waren Empfehlung genug für Tad Cullen. Pat würde ihm mit Freuden alles zeigen.

»Zoë darf sich natürlich als erste ihren Angelplatz aussuchen«, sagte Pat.

Wenn Grant sich ausgemalt hatte, Pats erste Liebe werde sich in schweigsamem Erröten und schmachtender Anbetung äußern, dann hatte er sich getäuscht. Das einzige äußere Zeichen dafür, daß Pat Zoës Charme erlegen war, war die Art, wie er in seine Gespräche immer wieder die Wendung »ich und Zoë« einflocht; doch man mußte beachten, daß das Personalpronomen nach wie vor an erster Stelle stand.

Und so borgte Grant sich nach dem Frühstück den Wagen und fuhr nach Moymore hinunter, um Tad Cullen davon in Kenntnis zu setzen, daß ein kleiner rothaariger Junge im grünen Kilt mit vollständiger Ausrüstung an der Seilbrücke über den Turlie auf ihn wartete. Er selbst, so hoffe er, werde schnell genug wieder aus Scoone zurück sein, um im Laufe des Nachmittags zu ihnen zu stoßen.

»Ich wäre gern mitgekommen, Mr. Grant«, sagte Cullen. »Haben Sie 'ne Spur in dieser Sache? Fahren Sie deswegen heute morgen nach Scoone?«

»Nein. Ich fahre, weil ich hoffe, daß ich eine Spur finde. Im Augenblick können Sie überhaupt nichts tun, und da können Sie sich genausogut den Tag über am Fluß vergnügen.«

»Na gut, Mr. Grant. Sie sind der Boß. Wie heißt Ihr junger Freund?«

»Pat Rankin«, sagte Grant, und schon war er unterwegs in Richtung Scoone.

Den größten Teil der vergangenen Nacht hatte er wachgelegen und die Zimmerdecke betrachtet. Er hatte seine Gedanken wandern lassen; ein Gedanke war in den anderen übergegangen wie Bilder in einem Film. Immer wieder nahmen sie Formen an, zersplitterten und lösten sich auf; nie blieben sie auch nur einen Augenblick lang gleich. Ausgestreckt lag er da und ließ sie ihren endlosen gemächlichen Reigen tanzen; er ließ sie ihre Kreise ziehen, wie immer sie wollten, gab sich ihnen hin, als betrachte er das Schauspiel des Nordlichts.

So funktionierte sein Verstand am besten. Natürlich funktionierte er auch nach der konventionellen Methode. Sehr gut sogar.

Etwa, wenn es um eine Abfolge von Zeit- und Ortsangaben ging. Wenn zu klären war, ob A sich um fünf Uhr nachmittags des soundsovielten dieses Monats am Ort X aufgehalten hatte, dann arbeitete Grants Verstand mit der Zuverlässigkeit einer Rechenmaschine. Aber bei einem Fall, zu dem der Schlüssel im Tatmotiv lag, da lehnte er sich zurück und ließ seine Gedanken wandern. Solchermaßen ungehindert pflegte er schon nach kurzer Zeit die gesuchten Zusammenhänge ans Tageslicht zu bringen.

Er hatte noch immer nicht die geringste Ahnung, warum Bill Kenrick in den Norden Schottlands gereist war, obwohl er in Paris eine Verabredung mit seinem Freund hatte; und noch viel weniger wußte er, was diesen Mann dazu bewogen hatte, mit den Papieren eines Fremden zu reisen. Aber allmählich kam er dahinter, wie Bill Kenrick zu seinem plötzlichen Interesse an Arabien gekommen war. Cullen sah die Welt aus einem engen Blickwinkel, dem des Fliegers, und deshalb hatte er in diesem Interesse auch nur die Suche nach Flugrouten sehen können. Aber Grant war überzeugt davon, daß etwas ganz anderes dahintersteckte. Wie Cullen selbst gesagt hatte, hatte Kenrick keins der üblichen Anzeichen gezeigt, daß er ›eine Nervenkrise hatte‹. Es war unwahrscheinlich, daß die Besessenheit, mit der er diese Route flog, irgend etwas mit dem Wetter zu tun hatte. Irgendwann, irgendwo auf einem seiner Flüge auf dieser ›verdammt langweiligen‹ Route hatte Kenrick etwas gefunden, das ihn interessierte. Und dieses Interesse hatte sich zum ersten Mal gezeigt, als er in einem jener Sandstürme, die das Innere Arabiens heimsuchen, weit von seinem Kurs abgekommen war. Nach diesem Erlebnis war er verändert, ›durcheinander‹ gewesen. ›Hörte gar nicht zu, wenn man was sagte.‹ – ›Schien noch gar nicht ganz zurück zu sein.‹

Und deshalb fuhr Grant an diesem Morgen nach Scoone. Er wollte herausfinden, was das gewesen sein konnte, was in dieser öden und steinigen Weite Bill Kenricks Aufmerksamkeit erregt hatte, in der feindseligen Wüste des Subkontinents Arabien. Und dazu wandte er sich natürlich an Mr. Tallisker. Ob man Hilfe bei der Steuererklärung brauchte oder ob man wissen wollte, woraus Lava bestand – man ging zu Mr. Tallisker.

Die Stadtbibliothek von Scoone war zu dieser Morgenstunde menschenleer, und Mr. Tallisker nahm gerade einen Krapfen und eine Tasse Kaffee zu sich. Der Krapfen erschien Grant als eine liebenswert schlichte und solide Wahl bei einem Mann, der aussah, als lebe er von *gaufrettes* und Chinatee mit Zitrone. Mr. Tallisker war hocherfreut, Grant wiederzusehen, erkundigte sich, ob seine Studien der Inseln Fortschritte machten, hörte sich interessiert Grants ketzerischen Bericht von seiner Reise in dieses Paradies an und fragte ihn dann, was er diesmal für ihn tun könne. Arabien? Oh ja, darüber hatten sie ein ganzes Regal voller Bücher. Über Arabien wurde beinahe ebensoviel geschrieben wie über die Hebriden. Es herrsche unter dessen Verehrern, wenn Mr. Tallisker sich die Bemerkung erlauben dürfe, auch die gleiche Neigung dazu, das Thema zu idealisieren.

»Sie meinen, unvoreingenommen betrachtet sind beides Wüsten, in denen es nichts als Wind gibt.«

Oh nein, so könne man das nicht sagen. Das sei ein wenig zu – pauschal. Mr. Tallisker habe viel Schönes auf den Inseln gesehen und glückliche Erinnerungen an sie. Aber die Tendenz, ein urtümliches Volk zu idealisieren, sei vielleicht in beiden Fällen dieselbe. Und nun werde er Mr. Grant mit den Büchern zu diesem Thema alleinlassen, damit er sie in Ruhe studieren könne.

Die Bücher befanden sich in einem Raum mit Nachschlagewerken, den Grant ganz für sich allein hatte. Als die Tür sich geschlossen hatte, herrschte vollkommene Ruhe, und er konnte sich ganz seinen Nachforschungen widmen. Er sah die Bände ebenso methodisch durch, wie er im Wohnzimmer von Clune die Bücher über die Hebriden durchgegangen war. Jedes der Bücher wertete er mit schnellem, geübtem Blick aus. Die Bandbreite erwies sich als genauso groß, wie sie das im ersten Fall gewesen war: Sie reichte vom Wissenschaftlichen bis hin zum Romantischen. Der einzige Unterschied lag darin, daß in diesem Falle einige der Bücher Klassiker waren, wie das ja auch einem klassischen Thema gut anstand.

Wenn Grant überhaupt noch eine Spur von Zweifel gehabt hatte, daß der Mann in B Sieben Bill Kenrick gewesen war, so wurden sie zerstreut, als er sah, daß die Wüste im Südosten Arabiens Rub al-Chali genannt wurde, das ›leere Viertel‹.

Das also war es, was hinter ›Raub‹ und ›Caley‹ steckte!

Nach dieser Entdeckung konzentrierte er sich ganz auf jene Region und blätterte nur noch jeweils die entsprechenden Seiten durch. Kurz darauf erregte ein Satz seine Aufmerksamkeit: ›von Affen bewohnt‹. Affen, sagte die innere Stimme. Tiere, die reden. Er blätterte zurück, um zu sehen, wovon in dieser Passage die Rede war.

Es war die Rede von Wabar.

Wabar, so schien es, war das Atlantis Arabiens. Die sagenumwobene Stadt Ad ibn Kin'ads. Irgendwann zu einer Zeit, als legendäre und historische Wirklichkeit noch ein und dasselbe waren, war es als Strafe für seine Sünden durch Feuer zerstört worden. Denn es war reicher gewesen und sündiger, als man in Worten zu sagen vermochte. Seine Paläste hatten die wunderschönsten Konkubinen beherbergt, in den Ställen hielt man die prächtigsten Pferde der Welt, die einen nicht weniger reich geschmückt als die anderen. Wabar hatte in einem Land von solcher Fruchtbarkeit gelegen, daß man nur die Hand auszustrekken brauchte, um die Früchte des Bodens zu ernten. Man lebte in ewiger Muße, gab sich den alten Lastern hin und erfand neue. Und deshalb wurde die Stadt zerstört. Mit dem Fegefeuer einer einzigen Nacht. Und nun lag Wabar, die Stadt der Legende, in Trümmern; bewacht vom wandernden Sand, von steinernen Klippen, die beständig Ort und Form wechselten, und bewohnt war es von Affen und von bösen Dschinnen. Niemand konnte sich diesem Ort nähern, denn die Dschinnen bliesen all denen Sand in die Augen, die sich aufmachten, ihn zu suchen.

Das also war Wabar.

Und offenbar hatte nie jemand die Ruinen entdeckt, auch wenn jeder Erforscher Arabiens nach ihnen gesucht hatte, insgeheim oder in aller Offenheit. Tatsächlich konnten sich die Gelehrten nicht einmal darauf einigen, in welchem Teil Arabiens die sagenumwobene Stadt zu suchen war. Mit diesem Zauberschlüssel, dem Wort Wabar, sah Grant die Bände von neuem durch und mußte feststellen, daß jede der Koryphäen eine eigene Lieblingstheorie hatte und daß die Vermutungen über den Standort von Oman bis zum Jemen reichten. Es fiel ihm auf, daß keiner der Autoren den Versuch unternahm, der Legende die Glaubwürdigkeit abzusprechen, um so die Erfolglosigkeit der eigenen Suche herunterzuspielen; die Geschichte war in immergleicher Form in ganz Arabien verbreitet, und die Wissenschaftler waren sich ebenso wie die Romantiker einig, daß ein wahrer Kern in ihr steckte. Jeder Erforscher Arabiens hatte davon geträumt, Wabar zu entdecken, aber der Sand und die Dschinnen und die Luftspiegelungen hatten das Geheimnis gut behütet.

»Es ist wahrscheinlich«, schrieb einer der größten unter den Gelehrten, »daß die sagenumwobene Stadt, wenn sie eines Tages wirklich gefunden wird, nicht durch eine wohlvorbereitete Expedition entdeckt wird, sondern durch einen Zufall.«

Durch Zufall.

Durch einen Flieger, den ein Sandsturm vom Kurs abgebracht hatte?

War es das, worauf Bill Kenrick gestoßen war, als er die dichte braune Sandwolke hinter sich ließ, die ihm die Sicht geraubt und ihn hin- und hergerüttelt hatte? Ruinen von Palästen, mitten in der Wüste? Hatte er, als er ›von da an dauernd zu spät kam‹, versucht, es wiederzufinden? War er vielleicht dorthin geflogen, um es wiederzusehen?

Nach dem Zwischenfall, mit dem alles begann, hatte er geschwiegen. Und das war nicht verwunderlich, wenn es tatsächlich eine Ruinenstadt in der Wüste war, die er gesehen hatte. Er hätte nur Spott damit geerntet: eine Fata Morgana; zu tief in die Flasche geschaut, wer weiß was sonst noch. Selbst wenn einer der Jungs bei der OCAL schon einmal von dieser Legende gehört hatte – und das war bei dieser zusammengewürfelten, ständig wechselnden Schar unwahrscheinlich –, hätten sie ihn immer noch wegen der Traumbilder, die aus Wunschvorstellungen entstanden, aufgezogen. Und deshalb hatte Bill, der seine Ns und Ms in so engen Bögen schrieb und ›ein wenig für sich blieb‹, nichts davon gesagt und war dorthin zurückgekehrt, um einen zweiten Blick darauf zu werfen. War immer und immer wieder dorthin geflogen. Entweder, um den Ort, den er einmal gesehen hatte, wiederzufinden, oder um die Stadt von neuem zu betrachten, deren Lage er bereits bestimmt hatte.

Er hatte Landkarten studiert. Er hatte Bücher über Arabien gelesen. Und dann –?

Dann hatte er den Entschluß gefaßt, nach England zu kommen.

Es war abgemacht gewesen, daß er mit Tad Cullen nach Paris fuhr. Aber statt dessen kam er zu dem Schluß, daß er einige Zeit für sich allein in England verbringen wollte. Er hatte keine Familie in England. Er war schon seit Jahren nicht mehr in England gewesen und schien sich, wie Cullen sagte, auch nicht danach gesehnt zu haben, noch hatte er mit irgend jemandem dort in regelmäßigem Briefkontakt gestanden. Nach dem Tod seiner Eltern war er von einer Tante erzogen worden, und auch die war inzwischen gestorben. Er hatte bis dahin nie auch nur die kleinste Neigung gezeigt, England wiederzusehen.

Grant lehnte sich zurück und ließ sich von der Ruhe umfluten. Er glaubte beinahe zu hören, wie der Staub sich setzte. Jahr um Jahr setzte sich der Staub in der Stille. Genau wie in Wabar.

Bill Kenrick war also nach England gekommen. Und etwa drei Wochen später, zu dem Zeitpunkt, zu dem er sich mit seinem Freund in Paris hätte treffen sollen, war er in Schottland unter dem Namen Charles Martin aufgetaucht.

Grant konnte sich vorstellen, warum er nach England gekommen war, aber warum unter falschem Namen? Warum diese plötzliche Reise in den Norden?

Wen hatte er als Charles Martin besuchen wollen?

Ohne den Unfall, der ihn im Rausch ereilt hatte, hätte er diesen kurzen Abstecher nach Schottland unternehmen und trotzdem noch seinen Freund zum verabredeten Zeitpunkt in Paris treffen können. Er hätte eine Unterredung mit jemandem in den Highlands haben können, und dann hätte er von Scoone das Flugzeug genommen und wäre pünktlich zum Abendessen bei seinem Freund im Hotel St. Jacques gewesen.

Aber warum als Charles Martin?

Als Grant die Bücher ins Regal zurückstellte, gab er ihnen einen wohlwollenden Klaps auf den Rücken, mit dem er die Abteilung Hebriden niemals bedacht hätte, und ging dann Mr. Tallisker in seinem kleinen Büro besuchen. Endlich hatte er seine Spur im Fall Kenrick. Er wußte, wo er die Fährte aufnehmen konnte.

»Was meinen Sie«, fragte er Mr. Tallisker, »wer ist heute in England die größte Autorität in Sachen Arabien?«

Mr. Tallisker machte eine ausladende Handbewegung mit seinem Zwicker und lächelte melancholisch. Es gab, konnte man sagen, einen ganzen Schwarm von Nachfahren solcher Größen wie Thomas oder Philby und all der anderen großen Männer, aber nur Heron Lloyd sei wohl als eine wirkliche Autorität anzusehen. Es sei nicht ausgeschlossen, daß er, Mr. Tallisker, zu Lloyds Gunsten voreingenommen sei, denn schließlich sei er der einzige in der ganzen Horde, der ein Englisch schreibe, das wirklich Literatur sei; aber auch abgesehen von seinem literarischen Rang genieße er hohes Ansehen; er habe Format; er sei integer und werde anerkannt. Er habe im Lauf seiner verschiedenen Forschungsprojekte einige spektakuläre Reisen unternommen, und er genieße erhebliches Ansehen bei den Arabern.

Grant dankte Mr. Tallisker und ging den *Who's Who* konsultieren. Er brauchte Heron Lloyds Adresse.

Anschließend ging er essen. Statt das Caledonian zu wählen, das in bequemer Entfernung lag und mit einer hinreichenden Anzahl von Sternen versehen war, folgte er einem obskuren Impuls und ging ans andere Ende der Stadt, um sein Mahl dort einzunehmen, wo er vor nur wenigen Wochen an jenem düsteren Morgen mit dem Schatten von B Sieben gefrühstückt hatte.

Heute lag der Speisesaal nicht im Halbdunkel; das ganze Restaurant war gestärkt und poliert, ganz Silber, Glas und Leinen. Da, wo der Oberkellner schwebte, sah man sogar eine Frackbrust. Aber auch Mary war da, rundlich und ruhig und beruhigend, wie sie es an jenem Morgen gewesen war. Es fiel ihm wieder ein, wie sehr er an jenem Morgen Trost und Aufmunterung nötig gehabt hatte, und er konnte es jetzt kaum glauben, daß jene erschöpfte, geschundene Kreatur er selbst gewesen sein sollte.

Er setzte sich an denselben Tisch beim Wandschirm neben der Tür zur Küche, und Mary nahm die Bestellung auf und fragte ihn, ob er mit dem Angeln am Turlie zufrieden sei.

»Woher wissen Sie denn, daß ich hier bin, um im Turlie zu fischen?«

»Mr. Rankin hat Sie doch abgeholt, als Sie mit dem Zug hier ankamen und bei uns gefrühstückt haben.«

Mit dem Zug. Er war mit dem Zug angekommen und hatte jene Nacht voller Kampf und Qual hinter sich gehabt; jene entsetzliche Nacht. Er hatte B Sieben tot im Zug liegen lassen, nach einem unverbindlichen Blick und einem kurzen Moment des Mitleids. Aber B Sieben hatte ihm hundertfach für diesen Augenblick des oberflächlichen Mitleids gedankt. B Sieben war bei ihm geblieben, und am Ende hatte er ihn gerettet. B Sieben war es gewesen, der ihn zu den Inseln geschickt hatte. Auf diese stürmische, kalte, wahnsinnige und vergebliche Suche. In dieser seltsamen und absurden Vorhölle hatte er all das getan, was er nirgendwo sonst hätte tun können; er hatte gelacht, bis ihm die Tränen kamen; er hatte getanzt; er hatte sich wie ein Blatt von einem endlosen Horizont zum anderen treiben lassen; er hatte gesungen, und er hatte stillgesessen und zugeschaut. Und er war als gesunder Mann zurückgekommen. Er schuldete B Sieben mehr, als er jemals wiedergutmachen konnte.

Während des Essens dachte er über Bill Kenrick nach, über den jungen Mann, der keine Wurzeln geschlagen hatte. War er in seinem ungebundenen Leben einsam gewesen oder wirklich frei? Und wenn er frei gewesen war, war es die Freiheit einer Schwalbe gewesen oder die des Adlers? Ein unbeschwertes Haschen nach der Sonne oder ein majestätisches Schweben über allem?

Einen Wesenszug jedenfalls hatte er gehabt, der in allen Zeiten und Ländern ebenso selten wie faszinierend wirkt: Er war ein Mann der Tat gewesen und dabei doch ein geborener Dichter. Das unterschied ihn von all den leichtlebigen Leuten bei der OCAL, die ihre Bahn am Himmel mit ebensowenig Verstand zogen, wie ein Moskito das tut. Das war es, was ihn von den Massen unterschied, die sich nach Büroschluß in der Londoner U-Bahn drängten, für die Abenteuer das war, was sie für fünf Shilling hin und zurück bekommen konnten. Der tote Junge in Abteil B Sieben mochte kein Sidney und kein Grenfell gewesen sein, aber er war doch von ihrer Art.

Und dafür liebte Grant ihn.

»Paß auf«, sagte die innere Stimme, »wenn du dich nicht vorsiehst, wirst du noch wunderlich mit deinem Bill Kenrick.«

»Das bin ich schon längst«, antwortete er fröhlich, und die Stimme zog sich mit dem Schweigen des Unterlegenen zurück.

Er gab Mary ein viel zu hohes Trinkgeld und ging dann für den nächsten Morgen zwei Plätze im Flugzeug nach London buchen. Er hatte noch mehr als eine Woche Urlaub, und der Turlie wimmelte von Fischen, wundervollen, silbernen, kampflustigen Fischen, aber er hatte anderes zu tun. Seit gestern nachmittag hatte er nur noch eine Aufgabe: Bill Kenrick.

Der Gedanke, nach London das Flugzeug zu nehmen, ängstigte ihn ein wenig, aber nicht allzusehr. Wenn er sich die verschreckte, von Dämonen gejagte Kreatur ansah, die vor noch nicht einmal einem Monat aus dem Londoner Postzug auf den Bahnsteig von Scoone getreten war, dann erkannte er sich in ihr kaum wieder. Alles, was von diesem bedauernswerten Wesen noch geblieben war, war eine leichte Angst davor, Angst zu bekommen. Das Entsetzen selbst war verschwunden.

Er kaufte so viele Süßigkeiten, daß Patrick sich drei Monate lang ununterbrochen den Magen damit verderben konnte, und dann fuhr er zurück in die Berge. Er fürchtete, die Süßigkeiten könnten vielleicht zu ausgefallen sein, um Pat voll und ganz zufriedenzustellen – sie hatten womöglich zuviel von einer ›Tussisache‹ an sich –, denn was Pat nach eigener Auskunft am liebsten mochte, war etwas, was bei Mrs. Mair im Schaufenster zu sehen war und Monsteraugen hieß. Aber Laura würde die Süßigkeiten aus Scoone wahrscheinlich ohnehin in sorgfältig bemessenen Portionen verteilen.

Er parkte den Wagen auf halbem Wege zwischen Moymore und Scoone oberhalb des Flusses und marschierte dann quer über das Moor hinunter, um nach Tad Cullen zu suchen. Es war noch früh am Nachmittag, und die Angelpartie zwischen Mittagessen und Teezeit würde noch in vollem Gange sein.

Sie hatte noch gar nicht begonnen. Als Grant das Moor durchquert hatte und zum Fluß hinunterblicken konnte, sah er weiter unten in einiger Entfernung eine kleine Gruppe aus drei Gestalten, die sich untätig und entspannt am Ufer aufhielten. Zoë lehnte, wie sie es gerne tat, an einen Felsen, und zur Rechten und zur Linken, auf Höhe ihrer übereinandergeschlagenen Beine, saßen, den Blick auf sie geheftet, ihre beiden Verehrer: Pat Rankin und Tad Cullen. Als er sie so mit wohlwollendem Amüsement betrachtete, wurde es Grant klar, daß Bill Kenrick ihm einen letzten Dienst erwiesen hatte, für den er ihm noch nicht gedankt hatte. Bill Kenrick hatte ihn davor bewahrt, sich in Zoë Kentallen zu verlieben.

Nur noch ein paar Stunden, und es wäre um ihn geschehen gewesen. Noch ein paar Stunden länger in ihrer Gesellschaft, und er wäre rettungslos verloren gewesen. Bill Kenrick war gerade noch zur rechten Zeit gekommen.

Pat entdeckte ihn als erster, kam ihm entgegen und begleitete ihn dann zurück in die Runde, so wie Kinder und Hunde das mit Leuten tun, die sie mögen. Zoë lehnte den Kopf zurück, um ihm entgegenzusehen, und sagte: »Sie haben nichts verpaßt, Alan Grant. Es hat nicht mal einer die Nase aus dem Wasser gesteckt. Wollen Sie meine Rute für eine Weile übernehmen? Vielleicht lockt ein neuer Rhythmus sie an.«

Das werde er sehr gerne tun, sagte Grant, da ihm nur noch wenig Zeit zum Fischen bliebe.

»In der einen Woche können Sie noch den ganzen Fluß leerfischen«, sagte sie.

Grant fragte sich, woher sie wußte, daß er noch eine Woche hatte bleiben wollen. »Nein«, sagte er, »ich fliege morgen früh zurück nach London.« Und zum ersten Mal sah er bei Zoë eine Regung, wie man sie bei einem Erwachsenen erwartet. Das Bedauern, das sich schlagartig auf ihrem Gesicht zeigte, war ebenso lebhaft wie das, das Pat an den Tag legte, aber im Gegensatz zu diesem hatte sie es schnell unter Kontrolle, und es verschwand. Mit ihrer freundlichen sanften Stimme sagte sie, wie sehr sie das bedaure, aber auf ihrem Gesicht zeigte sich keinerlei Gefühlsregung mehr. Sie hatte wieder ihr Märchenprinzessin-Gesicht, das aus der Hans-Andersen-Illustration.

Bevor er genauer darüber nachdenken konnte, sagte Tad Cullen: »Kann ich mit zurückkommen, Mr. Grant? Nach London.«

»Das sollen Sie sogar. Ich habe zwei Plätze in der Morgenmaschine gebucht.«

Schließlich nahm Grant die Rute, die Cullen benutzt hatte – ein Reserveexemplar aus Clune –, so daß sie am Fluß entlangspazieren und miteinander reden konnten. Aber Zoë machte keinerlei Anstalten, ihre Angelpartie fortzusetzen.

»Ich habe genug«, sagte sie und löste ihre Rute aus der Halterung. »Ich glaube, ich gehe zurück nach Clune und schreibe ein paar Briefe.«

Pat stand unentschlossen dabei, immer noch wie ein freundlicher Hund, der nicht wußte, wem er die Treue halten sollte, und sagte dann: »Ich begleite Zoë zurück.«

Er sagte es, wie Grant auffiel, in einem Ton, als bekenne er sich damit zu ihr und gegen ihn; als sei er damit der Zoë-geschieht-Unrecht-Fraktion beigetreten. Aber da niemand jemals auf die Idee kommen konnte, Zoë Unrecht zu tun, war das zweifellos ein überflüssiges Bekenntnis.

Er setzte sich mit Tad Cullen auf einen Felsbrocken, um ihm zu berichten, was seine Forschungsarbeit ergeben hatte. Von dort blickte er den zwei Gestalten nach, die sich allmählich über das Moor entfernten, und wunderte sich ein wenig über diesen abrupten Aufbruch, über die Mutlosigkeit, die sie auf ihrem Weg zu überschatten schien. Zoë wirkte wie ein enttäuschtes Kind, das müde und ohne große Erwartungen nach Hause trottet. Vielleicht war plötzlich der Gedanke an David, ihren Mann, über sie gekommen. Das war das Heimtückische an der Trauer: Sie ließ einen oft monatelang in Ruhe, bis man dachte, man habe sie überwunden, und dann legte sich ohne Warnung der Schatten erneut über einen.

»Aber das wäre doch kein Grund, so ein Aufhebens zu machen, oder?« sagte Tad Cullen gerade.

»Was wäre kein Grund?«

»Diese alte Stadt, von der Sie erzählt haben. Würde sich da irgend jemand groß drum kümmern? Ich meine, um 'n paar Ruinen? Ruinen gibt's doch heute überall.«

»Solche Ruinen nicht, das kann ich Ihnen versichern«, sagte Grant und dachte nicht mehr an Zoë. »Der Entdecker Wabars würde in die Geschichte eingehen.«

»Als Sie sagten, er hätte was Wichtiges entdeckt, da dachte ich, Sie würden sagen, 'ne Munitionsfabrik in der Wüste oder irgendwas in der Art.«

»Na, solche Dinge gibt es natürlich heutzutage wirklich überall!«

»Was für Dinge?«

»Geheime Munitionsfabriken. Mit einer solchen Entdeckung könnte niemand Berühmtheit erlangen.«

Tad spitzte die Ohren. »Berühmt? Sie meinen, der Mann, der diese Stadt finden würde, der würde berühmt?«

»Wie ich eben schon sagte.«

»Sie haben gesagt, er würde in die Geschichte eingehen.«

»Das ist wahr. Wie recht Sie haben«, entgegnete Grant. »Die beiden Begriffe sind heute tatsächlich nicht mehr gleichbedeutend. Ja, er wäre berühmt. Das Grab Tut-ench-Amuns wäre nichts im Vergleich dazu.«

»Und Sie meinen, Bill wäre dann diesen Knaben Lloyd besuchen gefahren?«

»Entweder ihn oder sonst einen der Experten. Er mußte mit jemandem sprechen, der das, was er zu sagen hatte, ernst nahm; jemandem, der ihn nicht einfach nur damit aufziehen würde, daß er sich etwas eingebildet habe. Und es mußte jemand sein, der ein persönliches Interesse an dieser Nachricht hatte; jemand, den sie begeistern würde. Nun, Bill wird dann genau dasselbe getan haben wie ich heute vormittag. Er wird zu einem Museum gegangen sein oder einer Bibliothek oder womöglich sogar zu einer dieser Informationsagenturen in den großen Kaufhäusern, und er wird sich erkundigt haben, wer heute in England die führende Autorität zum Thema Arabien ist. Wahrscheinlich hat man ihm mehrere Namen genannt, denn Bibliothekare und Museumsleute sind pedantisch, und die Informationsbüros müssen sich vor Verleumdungsklagen in acht nehmen; aber Lloyd überragt alle anderen um Haupteslänge, weil er beinahe genausogut schreibt, wie er forscht. Man kann sagen, er ist der eine aus der großen Menge, den jeder kennt. Und deshalb stehen die Chancen zwanzig zu eins, daß Bill zu Lloyd gegangen ist.«

»Also finden wir raus, wann und wo er sich mit Lloyd getroffen hat, und nehmen von da aus seine Spur auf.«

»Genau. Außerdem werden wir herausfinden, ob er Lloyd unter seinem eigenen Namen besucht hat oder als Charles Martin.«

»Warum hätte er sich als Charles Martin ausgeben sollen?«

»Wer weiß? Sie haben selbst gesagt, er war ein wenig zurückhaltend. Er wollte vielleicht nicht, daß seine Beziehung zur OCAL mit hineinkam. Achtet man bei der OCAL darauf, daß die Routen und Zeitpläne genau eingehalten werden? Vielleicht ist das alles, was dahintersteckt.«

Cullen saß einen Augenblick lang schweigend da und ritzte mit dem hinteren Ende seiner Angelrute ein Muster ins Gras. Dann sagte er:

»Mr. Grant, das soll sich nicht dramatisch anhören, oder – oder sensationslüstern oder albern, aber meinen Sie – Sie halten es wohl nicht für möglich, daß Bill um die Ecke gebracht worden ist?«

»Das ist nicht undenkbar. Es gibt immer wieder Morde. Auch raffinierte Morde. Aber es ist sehr unwahrscheinlich.«

»Warum?«

»Nun, bedenken Sie, daß die Polizei ja schon eine Untersuchung vorgenommen hat, und es ist nichts Verdächtiges dabei zutage gekommen. Und auch wenn so viele Detektivgeschichten das Gegenteil behaupten – in Wirklichkeit ist die Kriminalpolizei eine sehr tüchtige Organisation. Tüchtiger, wenn Sie meine nicht ganz unvoreingenommene Meinung hören wollen, als jede andere, die es heute in diesem Lande gibt – oder zu jeder beliebigen Zeit in jedem beliebigen Land.«

»Aber einen Fehler haben wir der Polizei ja schon nachgewiesen.«

»Sie meinen die Sache mit der Identität. Das stimmt, aber da kann man ihr kaum einen Vorwurf machen.«

»Sie meinen, weil 's so perfekt vertuscht war. Aber wer sagt, daß die andere Sache nicht genauso perfekt vertuscht ist wie die mit Charles Martin.«

»Das will ich nicht ausschließen. Wie gesagt, raffinierte Morde kommen vor. Aber es ist sehr viel einfacher, eine Identität zu fälschen, als einen perfekten Mord zu begehen. Wie hätte man das anstellen sollen? Kam der Täter ins Abteil, versetzte ihm einen gehörigen Schlag, nachdem der Zug Euston verlassen hatte, und arrangierte dann alles so, daß es wie ein Unfall aussah?«

»Genau so.«

»Aber nachdem der Zug Euston verlassen hatte, hat es in Abteil B Sieben keinen Besucher gegeben. Die Dame von B Acht hörte, wie er, kurz nachdem der Schaffner seine Runde gemacht hatte, zurückkam, und wie er die Türe schloß. Danach waren keine Stimmen mehr zu hören.«

»Man muß sich ja nicht mit 'nem Mann unterhalten, um ihm eins über die Rübe zu geben.«

»Das nicht, aber die Gelegenheit dazu muß vorhanden sein. Die Chancen, daß jemand die Tür öffnet und den Fahrgast gerade in der richtigen Position vorfindet, um ihn niederschlagen zu können, sind verschwindend gering. Auch wenn man den Zeitpunkt selbst bestimmen kann, ist es in einem Schlafwagenabteil nicht einfach, zum Schlag auszuholen. Unser Mörder müßte sich im Abteil befunden haben: Er hätte es nicht vom Korridor aus tun können. Ebenso wäre es unmöglich, wenn das Opfer im Bett läge. Er hätte auch nicht zuschlagen können, wenn das Opfer ihm das Gesicht zuwandte; und natürlich würde der Betreffende sich umdrehen, sobald er merkte, daß jemand das Abteil betreten hatte. Also hätten die beiden vorher miteinander sprechen müssen. Und B Acht sagt, es gab keinen Besucher, kein Gespräch. B Acht ist die Art von Frau, die ›in einem Zugabteil kein Auge zumachen kann‹. Das nimmt sie sich vorher fest vor, und jedes kleine Geräusch, jedes Quietschen und Rattern ist willkommene Nahrung ihrer Qualen. Gegen halb zwei liegt sie dann in tiefem Schlaf und schnarcht vor sich hin; aber zu der Zeit war Bill Kenrick ja schon lange tot.«

»Hat sie ihn fallen hören?«

»Sie hörte, wie es scheint, einen dumpfen Schlag, und dachte, er habe seinen Koffer aus der Ablage geholt. Natürlich hatte er keinen Koffer dabei, der ein solches Geräusch gemacht hätte.

Was ich noch fragen wollte, sprach Bill eigentlich gut Französisch?«

»Genug, um zurechtzukommen.«

»Avec moi.«

»Genau. So viel ungefähr. Warum?«

»Ich habe mir nur so meine Gedanken gemacht. Es scheint, daß er vorhatte, über Nacht zu bleiben.«

»In Schottland, meinen Sie?«

»Ja. Da sind die Bibel und der französische Roman. Aber Sie sagen, er sprach kein Französisch.«

»Der Schotte, den er treffen wollte, vielleicht genausowenig.«

»Wahrscheinlich nicht. Bei Schotten würde einen das nicht wundern. Aber wenn er vorhatte, irgendwo zu übernachten, dann hätte er sich nicht am selben Tag mit Ihnen in Paris treffen können.«

»Oh, da würde Bill sich keine großen Gedanken drum machen, wenn er 'nen Tag später käme. Er hätte mir ja am vierten 'n Telegramm schicken können.«

»Ja ... Wenn ich nur wüßte, was für einen Grund er dafür hatte, sich so zu verkleiden.«

»Er war verkleidet?«

»Seine Identität so zu verschleiern. Warum wollte er, daß man ihn für einen Franzosen hielt?«

»Ich könnte mir überhaupt keinen Grund vorstellen, warum jemand für 'nen Franzosen gehalten werden will«, sagte Mr. Cullen. »Was versprechen Sie sich eigentlich von diesem Knaben Lloyd?«

»Ich hoffe, daß Lloyd derjenige war, der ihn zum Bahnhof Euston gebracht hat. Sie unterhielten sich, wenn Sie sich erinnern, über Rub al-Chali. Was den Ohren des alten Joghurt wie ›Raub‹ und ›Caley‹ vorkam. Das sieht ihm ähnlich.«

»Wohnt dieser Lloyd in London?«

»Ja. In Chelsea.«

»Hoffentlich ist er zu Hause.«

»Hoffentlich. So, jetzt widme ich mich noch ein letztes Stündchen dem Turlie, und wenn Sie es ertragen können, einfach nur hier zu sitzen und für eine Weile über die ganze Sache nachzudenken, dann würde ich mich freuen, wenn Sie anschließend mit nach Clune kämen, um die Familie Rankin kennenzulernen und mit uns zu Abend zu essen.«

»Das wäre schön«, sagte Tad. »Ich habe mich noch nicht von der Gräfin verabschiedet. Ich bin voll und ganz zu Gräfinnen bekehrt. Meinen Sie, sie ist eine typische Vertreterin Ihrer Aristokratie, Mr. Grant?«

»Wenn Sie ›typisch‹ im Sinne von ›archetypisch‹ verstehen wollen, als Summe aller guten Eigenschaften ihrer Art, dann ist sie tatsächlich typisch«, sagte Grant und kletterte die Böschung hinunter zum Wasser.

Er angelte, bis die tiefstehende Sonne erkennen ließ, daß es Abend war, aber er fing nichts. Ein Ergebnis, das ihn weder enttäuschte noch verwunderte. Er war mit seinen Gedanken nicht bei der Sache gewesen. Zwar erschien ihm nicht mehr das Gesicht des toten Bill Kenrick im wild wirbelnden Wasser, aber Bill Kenrick war allgegenwärtig. Bill Kenrick hatte ganz von seinen Gedanken Besitz ergriffen.

Er seufzte, als er zum letzten Mal die Leine einholte, nicht, weil sein Korb leergeblieben war und er vom Turlie Abschied nehmen mußte, sondern weil er der Antwort auf die Frage, warum Bill Kenrick unter falschem Namen gereist war, um keinen Schritt näher gekommen war.

»Ich bin froh, daß ich mir die Insel hier habe ansehen können«, sagte Tad, als sie gemeinsam nach Clune gingen. »Es ist alles ganz anders, als ich mir's vorgestellt hatte.«

Aus dem Ton, in dem er das sagte, schloß Grant, daß er es sich als eine Art Wabar vorgestellt haben mußte, bewohnt von Affen und Dschinnen.

»Ich wünschte, Sie hätten es unter glücklicheren Umständen sehen können«, antwortete er. »Eines Tages müssen Sie zurückkommen und in Ruhe hier angeln.«

Tad grinste ein wenig verschämt und fuhr sich durch das zerzauste Haar. »Oh, ich glaube, ich werd' wohl immer Paris vorziehen. Vielleicht noch Wien. Wenn man sein ganzes Leben in gottverlassenen kleinen Nestern verbringt, dann freut man sich auf die Lichter der Großstadt.«

»Nun, die Lichter der Großstadt können Sie in London finden.«

»Stimmt. Vielleicht sehe ich mir London noch mal an. London ist in Ordnung.«

Als sie ankamen, trat Laura ihnen an der Tür entgegen. »Alan, was höre ich da, du willst –«; dann sah sie, daß er nicht allein war.

»Oh. Sie müssen Tad sein. Pat sagt, Sie glauben nicht, daß es im Turlie überhaupt Fische gibt. Wie geht es Ihnen? Freut mich, daß Sie mitgekommen sind! Gehen Sie nur hinein; Pat zeigt Ihnen, wo Sie sich die Hände waschen können, und danach trinken wir zusammen etwas, bevor es Abendessen gibt.« Sie rief Pat, der schon im Hintergrund lauerte, und empfahl den Gast seiner Aufmerksamkeit, während sie gleichzeitig ihrem Cousin den Weg ins Haus verstellte. Als sie Mr. Cullen los war, ging sie erneut zum Angriff über. »Alan, du hast doch nicht wirklich vor, morgen zurückzufahren?«

»Aber ich bin wieder gesund, Lalla«, entgegnete er, im Glauben, das sei der Grund ihrer Erregung.

»Ja und, was spielt denn das für eine Rolle! Du hast noch über eine Woche Urlaub, und der Turlie ist so schön wie seit Jahren nicht mehr. Das kannst du doch nicht alles aufgeben, nur um irgendeinem jungen Mann aus einer Klemme zu helfen, in die er sich selbst gebracht hat.«

»Tad Cullen hat sich nicht in eine Klemme gebracht. Ich bin kein edler Ritter, wenn es das ist, worüber du dir Gedanken machst. Ich reise morgen ab, weil ich gerne abreisen möchte.« – ›Und ich kann es gar nicht abwarten, bis es soweit ist‹, hätte er beinahe hinzugefügt, aber selbst Laura, die ihn so gut kannte, hätte das vielleicht mißverstanden.

»Aber wir waren so glücklich miteinander, und alles hat sich –« Sie hielt inne. »Na, sei's drum. Was ich sage, könnte dich ja sowieso nicht umstimmen. Das hätte ich wissen müssen. Dich hat ja noch nie etwas auch nur einen Zoll breit von einem Kurs abbringen können, den du dir in den Kopf gesetzt hattest. Du bist ja schon immer eine solche Dampfwalze gewesen.«

»Ein schrecklicher Vergleich. Hättest du dir nichts genauso Unbeirrbares, aber weniger Brutales einfallen lassen können – etwa eine Kugel oder die kürzeste Verbindung zwischen zwei Punkten?«

Freundschaftlich und ein wenig amüsiert hakte sie sich bei ihm unter. »Aber du bist brutal, mein Lieber.« Und als er widersprechen wollte, fuhr sie fort: »Auf die freundlichste und tödlichste Weise, die man sich vorstellen kann. Komm jetzt, laß uns etwas trinken. Du siehst aus, als ob du es gebrauchen könntest.«

Kapitel 11

Aber selbst der unbeirrbare Grant hatte Augenblicke, in denen er zweifelte.

»Du mußt verrückt sein!« sagte jene innere Stimme, als er in Scoone an Bord des Flugzeugs nach London ging. »Auch nur einen Tag deines wertvollen Urlaubs aufzugeben, um Hirngespinsten nachzujagen.«

»Ich jage keinen Hirngespinsten nach. Ich will nur wissen, was mit Bill Kenrick passiert ist.«

»Und was geht dich Bill Kenrick an? Warum opferst du auch nur eine Stunde deiner Freizeit für ihn?«

»Er interessiert mich. Wenn du es genau wissen willst: Ich habe ihn gern.«

»Du weißt doch nicht das Geringste über ihn. Du hast dir einen Götzen nach deinem Ebenbilde geschaffen, und nun betest du ihn an.«

»Ich weiß eine ganze Menge über ihn. Ich habe zugehört, was Tad Cullen mir erzählt hat.«

»Ein befangener Zeuge.«

»Ein anständiger Junge, und darauf kommt es an. Bei einer Organisation wie der OCAL hätte sich der junge Cullen alle möglichen Freunde aussuchen können, aber er hat sich Bill Kenrick ausgesucht.«

»Er wäre nicht der erste nette Junge, der sich einen Ganoven zum Freund erkoren hat.«

»Wenn ich darüber nachdenke, dann sind manche Ganoven gar keine üblen Burschen.«

»Wirklich? Wer denn zum Beispiel? Und wie viele Minuten deiner Freizeit würdest du in anderen Fällen einem Kriminellen opfern?«

»Keine dreißig Sekunden. Aber der junge Kenrick ist kein Krimineller.«

»Es macht nicht gerade einen gesetzestreuen Eindruck, wenn man einen vollständigen Satz Papiere auf einen anderen Namen bei sich hat, oder?«

»Das werde ich in Kürze klären. Und bis dahin halt den Mund, und laß mich in Ruhe.«

»Ha! Jetzt weißt du nicht mehr weiter!«

»Geh weg!«

»Riskierst den Kopf für einen Jungen, den du überhaupt nicht kennst, und das in deinem Alter!«

»Wer riskiert seinen Kopf?«

»Du hättest diesen Flug nicht zu unternehmen brauchen. Du hättest mit dem Zug oder mit dem Auto zurückfahren können. Aber nein, du mußtest dafür sorgen, daß du in einer Kiste eingeschlossen wirst. Eine Kiste, in der sich kein Fenster und keine Tür öffnen lassen. Eine Kiste, aus der es kein Entrinnen gibt. Eine fest verschlossene, luftdicht versiegelte –«

»Halt den Mund!«

»Ha! Dein Puls schlägt ja schon schneller. Höchstens noch zehn Minuten, dann geht es los. Du solltest mal deinen Kopf untersuchen lassen, Alan Grant, du solltest wirklich mal deinen Kopf untersuchen lassen.«

»Ein Teil davon funktioniert jedenfalls nach wie vor ausgezeichnet.«

»Und welcher soll das sein?«

»Die Zähne.«

»Du meinst, du hast etwas, woran du kauen kannst? Das hilft dir nichts.«

»Nein. Ich werde sie zusammenbeißen.«

Ob es nun daran lag, daß er dem Teufel eine lange Nase gemacht hatte, oder daran, daß Bill Kenrick während des ganzen Fluges neben ihm Wache hielt – Grant überstand den Flug ohne jeden Schaden. Tad Cullen ließ sich auf den Sitz neben ihm fallen und schlief auf der Stelle ein. Grant schloß die Augen und ließ seinen Verstand wieder seine Kreise ziehen, seine Muster formen, sie auflösen und von neuem formen.

Warum war Bill Kenrick unter falschem Namen gereist?

Wen hatte er damit täuschen wollen?

Warum war es notwendig gewesen, jemanden zu täuschen?

Als sie über der Landebahn kreisten, erwachte Tad, und ohne auch nur einen Blick aus dem Fenster zu werfen, zog er seinen

Krawattenknoten zu und strich sich die Haare glatt. Es mußte im Kopf eines Fliegers eine Art sechsten Sinn geben, der selbst im Schlaf Geschwindigkeit, Entfernung und Neigungswinkel überwachte.

»Schön«, sagte Tad. »Da wären wir also wieder bei den Lichtern Londons. Zurück zum alten Westmoreland.«

»Sie müssen nicht in Ihr Hotel zurückgehen«, sagte Grant. »Sie können bei mir unterkommen.«

»Das ist sehr freundlich von Ihnen, Mr. Grant, und ich weiß es zu schätzen. Aber ich will nicht, daß Ihre Frau – Ihre – wer immer da –«

»Meine Haushälterin.«

»Das ist ja nicht nötig, daß ich Ihrer Haushälterin Arbeit mache.« Er klopfte auf seine Brusttasche. »Ich bin gut versorgt.«

»Und das nach – wie lange war es? – vierzehn Tagen Paris? Meinen Glückwunsch.«

»Ach ja. Ich glaube, Paris ist auch nicht mehr das, was es mal war. Aber vielleicht lag's auch nur dran, daß Bill mir gefehlt hat. Jedenfalls brauche ich niemanden, der für mich die Betten macht. Trotzdem vielen Dank. Und wenn Sie viel zu tun haben, würde ich Ihnen nur im Wege stehen. Aber wir bleiben doch in Verbindung, oder? Sie behalten das nicht für sich, was Sie herausfinden? Sie halten mich auf dem laufenden, wie Bill immer sagt. Gesagt hat, meine ich.«

»Darauf können Sie sich verlassen, Tad. Ich habe in einem Hotel in Oban einen Köder ausgeworfen, und aus der gesamten weißen Bevölkerung der Welt habe ich mir Sie geangelt. Ich werde mich hüten, Sie jetzt wieder ins Wasser zu werfen.«

Tad grinste. »Ich schätze, Sie wissen, was Sie mir da erzählen. Wann besuchen Sie denn diesen Knaben Lloyd?«

»Wenn er zu Hause ist, heute abend. Das Schlimmste an diesen Entdeckern ist, daß sie, wenn sie gerade nichts zu entdecken haben, auf Vortragsreise sind. Er könnte überall sein, zwischen China und Peru. Warum stutzen Sie?«

»Woher wissen Sie, daß ich stutze?«

»Mein lieber Tad, Ihr ehrliches Gesicht ist nicht fürs Pokerspiel geschaffen und auch nicht für die Diplomatie.«

»Nein. Es war nur, daß Sie da was gesagt haben, was Bill oft gesagt hat. Das hat er oft gesagt, ›zwischen China und Peru‹.«

»Tatsächlich? Dann hat er seinen Johnson gut gekannt.«

»Johnson?«

»Ja. Samuel Johnson. Es ist ein Zitat.«

»Oh. Oh, ich verstehe.« Tad sah ein wenig beschämt aus.

»Wenn Sie mir immer noch nicht trauen, Tad Cullen, dann gehen wir am besten auf der Stelle zu Scotland Yard, und ich lasse ein paar von meinen Kollegen für mich bürgen.«

Mr. Cullen wurde puterrot. »Tut mir leid. Für einen Augenblick dachte ich ... Es klang, als ob Sie Bill doch gekannt hätten. Sie müssen mir verzeihen, daß ich mißtrauisch bin, Mr. Grant. Ich habe nichts, woran ich mich halten kann. Ich kenne keine Menschenseele in diesem Land. Ich muß jeden nehmen, wie er ist. Nach dem ersten Eindruck beurteilen, meine ich. Natürlich habe ich Ihnen geglaubt. Ich bin Ihnen so zu Dank verpflichtet, ich weiß gar nicht, wie ich Ihnen sagen soll, wie dankbar ich bin. Das müssen Sie mir glauben.«

»Da gibt es doch gar keinen Zweifel, daß ich Ihnen das glaube. Ich habe nur ein wenig sticheln wollen, und das hätte ich nicht tun sollen. Es wäre ja dumm von Ihnen, wenn Sie nicht mißtrauisch wären. Hier sind meine Adresse und meine Telefonnummer. Ich rufe Sie an, sobald ich bei Lloyd war.«

»Meinen Sie nicht, ich sollte vielleicht mitkommen?«

»Nein. Ich glaube, eine Zwei-Mann-Delegation würde etwas übertrieben wirken bei diesem Anlaß. Um welche Zeit werden Sie heute abend im Westmoreland sein, um einen Anruf entgegenzunehmen?«

»Mr. Grant, ich werde mit der Hand am Hörer dasitzen, bis Sie sich melden.«

»Sie sollten lieber zwischendurch etwas essen. Ich rufe um halb neun an.«

»Gut. Halb neun.«

London war in einen nebliggrauen, rot besetzten Mantel gehüllt, und Grant betrachtete es voller Zuneigung. Im Krieg hatten die Krankenschwestern solche Uniformen getragen, grau und rot. Und in gewissem Sinne vermittelte einem London ein ebensolches Gefühl von Anmut und Macht wie eine Schwesterntracht. Die Würde, die Freundlichkeit, die sich hinter der oberflächlichen Teilnahmslosigkeit verbarg, das Respektgebietende, das mehr wert war als jeder Spitzenbesatz. Er sah den roten Bussen zu, die den grauen Tag verschönerten, und war dankbar, daß es sie gab. Was für ein Glück es war, daß die Londoner Busse scharlachrot waren. In Schottland waren die Busse in der elendsten Farbe lackiert, die es gab: in Blau. Eine Farbe, die so elend war, daß sie als Synonym für Niedergeschlagenheit galt. Doch die Engländer hatten Gott sei Dank eine fröhlichere Farbe gewählt.

Als er nach Hause kam, war Mrs. Tinker gerade beim Frühjahrsputz im Gästezimmer. Das Gästezimmer hatte einen Frühjahrsputz nicht im geringsten nötig, aber Mrs. Tinker bereitete eine solche Arbeit die gleiche Befriedigung, die andere verspürten, wenn sie eine Symphonie schrieben, einen Golfpokal gewannen oder den Kanal durchschwammen. Sie gehörte zu jener weitverbreiteten Spezies, die Laura einmal treffend als ›die Art von Frauen, die jeden Tag ihre Treppe putzen und alle sechs Wochen die Haare waschen‹ bezeichnet hatte.

Sie kam, als sie das Schloß zur Wohnungstür hörte, aus dem Zimmer und sagte: »Also so was! Und kein Bissen zu essen im Haus! Warum haben Sie mir denn nicht gesagt, daß Sie früher aus'm Ausland zurückkommen?«

»Das macht nichts, Tink. Mir ist ohnehin nicht nach Essen. Ich komme nur vorbei, um mein Gepäck abzustellen. Bevor Sie nachher gehen, kaufen Sie ein bißchen ein, damit ich etwas zum Abendessen habe.«

Abends ging Mrs. Tinker nach Hause, teils, weil sie für das Abendessen von jemandem sorgen mußte, den sie als ›Tinker‹ bezeichnete, teils, weil Grant am Abend die Wohnung gern für sich allein hatte. Grant hatte ›Tinker‹ nie zu Gesicht bekommen, und abgesehen von der Heiratsurkunde schien Mrs. Tinkers einzige Verbindung zu ihm in der Zubereitung des Abendessens zu bestehen. Ihr eigentliches Leben und Wirken spielte sich in 19 Tenby Court, S.W.1 ab.

»Irgendwelche Anrufe?« fragte Grant und sah den Block mit den Telefonnotizen durch.

»Miss Hallard hat angerufen und gesagt, Sie sollen zurückrufen und mit ihr zu Abend essen, sobald Sie wieder da sind.«

»Oh. Ist das neue Stück gut angelaufen? Wie sind die Kritiken?«

»Mies.«

»Durch die Bank?«

»Jedenfalls alle, die ich gesehen hab'.«

Als sie noch ungebunden war, vor den Tagen mit Tinker, war Mrs. Tinker im Theater für die Kostüme zuständig gewesen.

Gäbe es nicht diese feste Einrichtung des Abendessens, dann wäre es nicht unwahrscheinlich, daß sie auch heute noch jeden Abend in W.1 oder W.C.2 für irgend jemandes Kostüm sorgen würde, statt Gästezimmer in S.W.1 zu putzen. In Theaterdingen verfügte sie also über intime Kenntnisse.

»Haben Sie eine Aufführung gesehen?«

»Nichts für mich. Das ist eins von den Stücken, die was anderes bedeuten, als man sieht. Sie wissen schon. Sie hat 'nen Porzellanhund auf'm Kamin, aber 's ist gar kein Porzellanhund, 's ist ihr ehemaliger Mann, und er macht den Hund kaputt, der neue Freund, meine ich, und sie schnappt über. Sie wird nicht wütend; sie wird wirklich verrückt. Überkandideltes Zeug. Aber wenn man drauf spekuliert, daß man geadelt wird, muß man wahrscheinlich so was spielen. Was hätten Sie denn gerne zu essen?«

»Habe ich mir noch nicht überlegt.«

»Ich könnt' Ihnen 'n schönes Stück Fisch dämpfen.«

»Keinen Fisch bitte, seien Sie gnädig mit mir. Den letzten Monat über habe ich soviel Fisch gegessen, daß es mir für den Rest meines Lebens reicht. Es ist mir ganz gleich, was es ist, solange es kein Fisch und kein Hammel ist.«

»Na, um diese Zeit werd' ich bei Mr. Bridges keine Nieren mehr bekommen, aber ich will sehen, was ich tun kann. Haben Sie 'n schönen Urlaub gehabt?«

»Einen wunderschönen, wunderschönen Urlaub.«

»Das freut mich. Sie haben ja auch 'n bißchen zugenommen. Gut so. Sie brauchen sich gar nicht so verlegen auf'n Bauch zu klopfen. 'n bißchen Fett hat noch nie jemandem geschadet. Das ist doch nicht gut, wenn einer dünn wie 'ne Bohnenstange ist. Da hat man doch nichts zuzusetzen.«

Während Grant seinen besten Anzug anlegte, blieb sie in der Nähe und erzählte weitere Klatschgeschichten, wie sie ihr gerade einfielen. Dann scheuchte Grant sie zurück zu ihren Vergnügungen im Gästezimmer, erledigte die kleinen Aufgaben, die während seiner Abwesenheit angefallen waren, und ging dann hinaus in den ruhigen Abend eines frühen Apriltages. Er ging zur Garage an der Ecke, beantwortete Fragen nach seinem Anglerglück, hörte sich drei Angelgeschichten an, die er sich bereits angehört hatte, bevor er vor einem Monat in die Highlands aufgebrochen war, und holte den kleinen Zweisitzer wieder ab, den er benutzte, wenn er privat unterwegs war.

Es dauerte eine Weile, bis er die Hausnummer fünf in der Britt Lane gefunden hatte. In diesem Gewirr alter Häuser wimmelte es von An- und Umbauten. Aus Ställen waren Cottages geworden, aus Küchenanbauten Häuser und aus einzelnen Etagen Wohnungen. Die Nummer fünf der Britt Lane schien nur aus einer Tür zu bestehen. Es war eine Tür in einer Backsteinmauer, und die eisenbeschlagene Eiche schien Grant ein wenig fehl am Platze unter soviel ganz alltäglichem Londoner Backstein. Aber sie war solide, nicht auffälliger als andere ihrer Art, und sie ließ sich mühelos öffnen. Sie öffnete sich auf das, was einmal ein Hinterhof gewesen war, als Nummer fünf noch nichts weiter war als der rückwärtige Flügel eines Hauses in einer ganz anderen Straße. Heute gab es da einen kleinen gepflasterten Vorplatz mit einem Springbrunnen in der Mitte, und der ehemalige Hinterflügel war ein kleines stuckverziertes dreigeschossiges Haus, cremefarben gestrichen mit Schiebefenstern mit grünen Fensterrahmen. Als Grant auf dem Weg zur Haustür den kleinen Vorplatz überquerte, bemerkte er, daß die Pflasterung aus Ziegeln bestand, von denen einige alt und viele sehr schön waren. Auch der Springbrunnen war sehenswert. Im Geiste applaudierte er Heron Lloyd dafür, daß er den schlichten Londoner Klingelknopf nicht durch ein albernes, reicher verziertes Exemplar ersetzt hatte; das ließ auf einen guten Geschmack hoffen – eine Frage, die nach dem unpassenden Außentor strittig gewesen war.

Auch das Innere des Hauses wirkte karg und weiträumig, es machte einen arabischen Eindruck, ohne daß man das Gefühl gehabt hätte, es sei ein Stück Orient nach London versetzt worden.

Ein Diener öffnete auf sein Läuten, und hinter ihm konnte er die glatten Wände und den dicken Teppich sehen. In dieser Einrichtung zeigte sich ein Stil, den man sich anverwandelt hatte, kein importiertes Dekor. Heron Lloyd stieg weiter in seiner Achtung.

Der Diener schien ein Araber zu sein; ein Araber aus der Stadt, rundlich, wohlerzogen, mit wachen Augen. Er ließ sich Grants Bitte vortragen und fragte dann in sanftem überkorrektem Englisch, ob er eine Verabredung habe. Grant verneinte, versicherte aber, er werde Mr. Lloyd nur kurze Zeit behelligen. Es gehe um eine Information zum Thema Arabien, bei der Mr. Lloyd von großer Hilfe sein könne.

»Wenn Sie bitte hereinkommen wollen und einen Augenblick warten. Ich werde fragen.«

Er führte Grant zu einem winzigen Zimmer gleich neben der Eingangstür, das, bedachte man die Ausmaße und die spärliche Möblierung, speziell dazu da zu sein schien, wartende Besucher aufzunehmen. Jemand wie Heron Lloyd mußte wohl daran gewöhnt sein, daß plötzlich Fremde vor der Tür standen, die ihn um Rat fragen oder um Hilfe bitten wollten. Vielleicht sogar nur, um sich ein Autogramm geben zu lassen. Diese Erkenntnis ließ ihm sein eigenes Eindringen in dieses Haus verzeihlicher erscheinen.

Mr. Lloyd hatte offenbar nicht lange überlegt, ob er ihn sehen wollte, denn der Diener war kurz darauf zurück.

»Wenn Sie bitte folgen wollen. Mr. Lloyd ist sehr erfreut, Ihre Bekanntschaft zu machen.«

Nur eine Floskel, aber was für eine angenehme Floskel. Um wieviel erträglicher das Leben mit guten Manieren war, dachte er, als er dem Diener eine enge Treppe hinauf in das große Zimmer folgte, das die ganze erste Etage einnahm.

»Mr. Grant, *Hadschi*«, sagte der Diener und trat zur Seite, um ihn vortreten zu lassen. Das letzte Wort fiel Grant auf, und er dachte bei sich: Das ist das erste, was affektiert wirkt; ein Engländer wird sich wohl kaum zu den Mekkapilgern zählen.

Als er beim Eintreten Heron Lloyd betrachtete, fragte Grant sich, ob der Impuls, in die Wüste zu reisen, daher kam, daß Lloyd das Aussehen eines Beduinen hatte, oder ob er wie ein Wüstenaraber wirkte, weil er jahrelang in den Wüsten Arabiens gelebt hatte. Lloyd sah bis ins letzte aus wie das Idealbild eines Beduinen. Er war, dachte Grant amüsiert, der Beduine der Leihbüchereien. Auf die Sättel von Arabern wie Heron Lloyd gebunden waren die untadeligen Matronen der feinen Stadtviertel verschleppt worden, einem Schicksal entgegen, schlimmer als der Tod. Die schwarzen Augen, das hagere, gegerbte Gesicht, die weißen Zähne, der schlanke, elastische Körper, die feingliedrigen Hände, die grazilen Bewegungen: nichts fehlte, alles war genau wie auf Seite siebzehn in Miss Tilly Tallys neuestem Werk (zweihundertvierundfünfzigstes Tausend, die nächste Auflage nächste Woche).

Grant mußte sich mit aller Macht daran erinnern, daß man jemanden nicht nach dem Äußeren beurteilen soll.

Denn dieser Mann hatte Reisen unternommen, die in der Welt der Entdeckungen Geschichte gemacht hatten, und er hatte über diese Reisen in einem Englisch geschrieben, das, wenn auch ein wenig blumig, doch eindeutig Literatur war (Grant hatte am vorigen Nachmittag ein Exemplar seines neuesten Werkes in Scoone erworben). Heron Lloyd war kein Salonscheich.

Lloyd trug konventionelle Londoner Kleidung und legte auch das dazu passende Benehmen an den Tag. Jemand, der nichts von seinem Ansehen wußte, hätte ihn für einen alltäglichen Londoner der wohlhabenden oberen Mittelschicht halten können. Vielleicht für einen der extravaganteren Vertreter dieser Schicht; einen Schaupieler, möglicherweise für einen Arzt aus der Harley Street oder einen Gesellschaftsfotografen, alles in allem jedenfalls für einen Londoner, der einem ganz gewöhnlichen Beruf nachging.

»Mr. Grant«, sagte er und gab ihm die Hand, »Mahmoud sagt, ich kann Ihnen einen Dienst erweisen.«

Grant war von seiner Stimme überrascht. Sie hatte kein Volumen, und der etwas mißmutige Ton schien unabhängig vom Inhalt der Worte oder ihrer Stimmung zu sein. Er nahm ein Zigarettenetui von dem niedrigen Teetisch und bot Grant davon an. Er selbst rauche nicht, sagte er; er habe während der vielen Jahre, die er im Osten verbracht habe, mohammedanische Gebräuche angenommen; aber er könne die Zigaretten empfehlen, wenn Grant einmal etwas nicht ganz Alltägliches versuchen wolle.

Grant nahm die Zigarette mit Interesse, so, wie er jede neue Erfahrung und jedes neue Gefühl aufnahm, und entschuldigte sich für sein Eindringen. Er sei gekommen, um sich zu erkundigen, ob Mr. Lloyd, im Laufe des letzten Jahres ungefähr, von einem jungen Mann namens Charles Martin aufgesucht und um Informationen über Arabien gebeten worden sei.

»Charles Martin? Nein. Nein, ich glaube nicht. Natürlich suchen mich viele Leute auf, um die eine oder andere Auskunft von mir zu erbitten. Und ich kann mir nicht sämtliche Namen merken. Aber ich glaube, an jemanden mit einem so einfachen Namen hätte ich mich erinnert. Mögen Sie den Tabak? Ich kenne den einzigen Platz, wo er angebaut wird. Ein wundervolles Fleckchen Erde, unverändert, seit Alexander der Makedonier dort vorbeikam.« Mit einem Lächeln fügte er hinzu: »Abgesehen davon natürlich, daß sie inzwischen gelernt haben, dieses Kraut anzubauen. Ein Kraut, das, wie man mir versichert, sich ausgezeichnet mit einem nicht zu trockenen Sherry verträgt. Auch das einer der sinnlichen Genüsse, die ich meide; aber ich werde Ihnen mit einem Fruchtsaft Gesellschaft leisten.«

Die Gastfreundschaft, die man in der Wüste einem Fremden gewährte, konnte in London nicht gerade billig sein, wenn man eine Berühmtheit war und alle möglichen Leute zu einem Schwätzchen vorbeikamen. Zumal Grant bemerkte, daß das Etikett der Flasche, die Lloyd hervorgeholt hatte, nicht nur viel versprach, sondern es sogar garantierte. Lloyd schien ebenso großzügig wie wohlhabend zu sein.

»Charles Martin war auch unter dem Namen Bill Kenrick bekannt«, sagte er.

Lloyd ließ das Glas sinken, das er gerade hatte füllen wollen, und sagte:

»Kenrick! Aber der war doch erst vor ein paar Tagen hier. Oder, präziser gesagt, meine ich mit ein paar Tagen ein oder zwei Wochen. Noch vor kurzem jedenfalls. Warum sollte er unter einem anderen Namen auftauchen?«

»Das wüßte ich selbst gerne. Ich erkundige mich im Auftrag eines Freundes von Kenrick. Er wollte sich Anfang März mit ihm in Paris treffen. Am vierten März, genau gesagt. Aber er kam nicht. Wir haben festgestellt, daß er genau an dem Tag, an dem er in Paris hätte ankommen sollen, bei einem Unfall ums Leben kam.«

Lloyd stellte das Glas vorsichtig auf dem Tisch ab.

»D e s h a l b ist er also nicht wiedergekommen«, sagte er mit jener mißmutigen Stimme, die gar keinen Mißmut ausdrücken sollte. »Der arme Junge. Der arme Junge.«

»Sie hatten eine weitere Verabredung mit ihm?«

»Ja. Ich fand ihn liebenswert und ausgesprochen intelligent. Die Wüste ließ ihn nicht mehr los – aber das wissen Sie vielleicht bereits. Er hatte neue Ideen für Forschungsreisen. Es gibt immer noch ein paar junge Männer, die das haben. Es gibt immer noch Abenteurer, selbst in unserer Welt, gesichert und dekadent wie sie ist. Dafür muß man dankbar sein. Was ist Kenrick zugestoßen? Ein Autounfall?«

»Nein. Er ist in einem Eisenbahnabteil gestürzt und hat sich den Schädel gebrochen.«

»Der arme Kerl. Der arme Kerl. Was für ein Jammer. Ich hätte den eifersüchtigen Göttern ein Dutzend an seiner Stelle nennen können, die entbehrlicher gewesen wären. Ein grauenhaftes Wort: entbehrlich. Die Idee, die dahintersteckt, wäre noch vor wenigen Jahren unvorstellbar gewesen. So weit sind wir auf unserem Weg zur völligen Barbarei bereits fortgeschritten. Warum wollten Sie wissen, ob der junge Kenrick mich hier besucht hat?«

»Wir wollen seine Spur aufnehmen. Als er umkam, reiste er unter dem Namen Charles Martin und hatte einen vollständigen Satz Papiere auf diesen Namen dabei. Wir wollen herausfinden, von welchem Zeitpunkt an er sich als Charles Martin ausgab. Da er so sehr von der Wüste fasziniert war, waren wir uns so gut wie sicher, daß er nach London gekommen war, um eine der Autoritäten in diesen Dingen aufzusuchen, und da Sie, Sir, die führende Autorität sind, haben wir unsere Suche bei Ihnen begonnen.«

»Ich verstehe. Nun, als er mich besuchen kam, da nannte er sich mit Sicherheit Kenrick; Bill Kenrick, wenn ich mich recht erinnere. Ein dunkelhaariger junger Mann, sehr gutaussehend. Ein zäher Bursche, aber von der angenehmen Art. Ich meine, angenehme Manieren, hinter denen ungeahnte Fähigkeiten schlummerten. Ein höchst angenehmer Mensch.«

»Kam er mit irgendwelchen festen Vorhaben zu Ihnen? Mit bestimmten Vorschlägen, meine ich.«

Lloyd lächelte ein wenig. »Er kam mit einem der Vorschläge, die mir am häufigsten überhaupt unterbreitet werden. Eine Expedition zu den Ruinen von Wabar. Sagt Ihnen der Name etwas? Es ist die geheimnisvollste Stadt Arabiens. Das arabische Sodom und Gomorrha. Es ist bemerkenswert, wie sich dieses Motiv immer wieder in der Legende findet. Stets fühlt sich die Menschheit schuldig, sobald sie glücklich lebt. Wir können nicht einmal von unserer guten Gesundheit sprechen, ohne auf Holz zu klopfen oder die Finger zu kreuzen oder sonst irgendwie den Zorn der Götter zu beschwichtigen, den das Wohlergehen der Sterblichen erregt. Und deshalb haben die Araber ihr Wabar: Die Stadt, die vom Feuer zerstört wurde, weil sie so reich und so lasterhaft war.«

»Und Kenrick glaubte, er habe entdeckt, wo sie zu finden ist.«

»Er war überzeugt davon. Der arme Junge; ich hoffe, ich war nicht ungeduldig mit ihm.«

»Sie glauben also nicht, daß er recht hatte?«

»Mr. Grant, die Legende von Wabar finden Sie in ganz Arabien, vom Roten Meer bis zum Persischen Golf, und auf beinahe jeder Quadratmeile zwischen diesen beiden Punkten hat irgend jemand Wabar vermutet.«

»Und Sie halten es nicht für möglich, daß jemand durch Zufall darauf stößt?«

»Durch Zufall?«

»Kenrick war ein Flieger. Es ist doch vorstellbar, daß er den Ort gesehen hat, als er durch einen Sturm vom Kurs abgebracht worden war, oder?«

»Hat er seinem Freund so etwas erzählt?«

»Nein. Soviel ich weiß, hat er mit niemandem darüber gesprochen. Es ist meine eigene Vermutung. Warum sollte Wabar nicht durch einen solchen Zufall entdeckt werden?«

»Natürlich, es gibt nichts, was dagegen spräche, wenn man davon ausgeht, daß dieser Ort überhaupt existiert. Wie gesagt: Es ist eine Legende, die man beinahe weltweit findet. Aber wann immer man Geschichten von solchen Ruinen tatsächlich nachgegangen ist, haben sich die ›Ruinen‹ als etwas anderes entpuppt. Natürliche Felsformationen, Luftspiegelungen, Wolkenformen sogar. Ich glaube, was der arme Kenrick entdeckt hatte, war der Krater eines Meteors. Einen solchen Ort habe ich selbst einmal besichtigt. Einer meiner Vorgänger entdeckte ihn auf der Suche nach Wabar. Es ist unglaublich, wie sehr dieser Krater wie ein von Menschenhand errichtetes Bauwerk wirkt. Aus der aufgeworfenen Erde entstehen Zinnen und zackige Erhebungen, die man für Ruinen halten könnte. Ich glaube, ich habe irgendwo eine Fotografie. Sie werden vielleicht interessiert sein, sie zu sehen: Es ist einmalig.«

Er erhob sich und öffnete eine Schiebetür in der schlichten bemalten Holzwand, und es kam ein Regal zum Vorschein, das vom Fußboden bis zur Decke mit Büchern gefüllt war. »Es passiert ja Gott sei Dank nicht alle Tage, daß ein Meteorit von nennenswerter Größe auf die Erde niedergeht.«

Er zog aus einem der unteren Fächer ein Fotoalbum heraus und suchte darin die richtige Stelle, während er zu Grant zurückkam. Und plötzlich, ohne jede Vorwarnung, überkam Grant ein seltsam vertrautes Gefühl, das Gefühl, er habe Lloyd vorher schon einmal irgendwo gesehen.

Er betrachtete die Fotografie, die Lloyd ihm vorlegte. Es war ein unheimlicher Ort, ohne Zweifel. Die beinahe höhnische Nachahmung einer von Menschenhand geschaffenen Stadt. Aber in Gedanken war er eher mit diesem seltsamen Gefühl des *déjà vu* beschäftigt.

Hatte er lediglich Heron Lloyds Bild irgendwo gesehen? Aber in diesem Falle, wenn er nur Lloyds Gesicht neben einer der Beschreibungen seiner Forschungen gesehen hätte, hätte sich das Gefühl, ihn zu kennen, bereits beim Betreten des Zimmers eingestellt, als Grant ihn zuerst erblickte. Es war auch nicht sein Gesicht, das er wiedererkannte, es war eher das Gefühl, daß er Heron Lloyd schon einmal begegnet war. An einem anderen Ort.

»Sehen Sie«, sagte Lloyd. »Selbst auf dem Boden muß man nahe herangehen, bevor man genau erkennen kann, daß das keine menschlichen Behausungen sind. Wieviel irreführender muß es erst aus der Luft sein.«

»Allerdings«, stimmte Grant zu, ohne zu glauben, was er sagte. Und mit gutem Grund. Aus der Luft wäre der Krater gar nicht zu übersehen gewesen. Von einem Flugzeug aus hätte man ihn als genau das erkennen können, was er war: eine kreisförmige Vertiefung mit einem Wall aus aufgeworfener Erde. Aber das würde er Lloyd nicht erzählen. Sollte Lloyd nur weiterreden. Er fing an, sich sehr für Lloyd zu interessieren.

»Das liegt nahe an der Route, die der junge Kenrick durch die Wüste zu nehmen pflegte; er hat sie mir selbst beschrieben. Ich vermute, daß es dieser Ort war, den er gesehen hat.«

»Wissen Sie, ob er die Koordinaten für seine Entdeckung hatte?«

»Das kann ich Ihnen nicht sagen. Ich habe nicht danach gefragt. Aber ich denke schon. Er schien mir ein sehr tüchtiger und intelligenter junger Mann zu sein.«

»Sie haben ihn nicht nach Einzelheiten gefragt?«

»Mr. Grant, wenn Ihnen jemand erzählte, er habe eine Palme entdeckt, die mitten auf dem Piccadilly Circus wächst, direkt gegenüber dem In and Out-Club, würden Sie da nachfragen? Oder würden Sie lediglich versuchen, Geduld mit ihm zu haben? Ich kenne die Wüste Arabiens so gut, wie Sie Piccadilly kennen.«

»Selbstverständlich. Dann waren Sie also nicht derjenige, der ihn zum Bahnhof begleitet hat?«

»Mr. Grant, ich begleite niemals jemanden zum Bahnhof. Ein sadomasochistischer Brauch, den ich von jeher verabscheut habe. Welchen Zug hat er denn genommen?«

»Nach Scoone.«

»In die Highlands? Ich dachte, er habe sich amüsieren wollen. Warum ist er in die Highlands gereist?«

»Das wissen wir nicht. Das ist eins der Dinge, über die wir gerne mehr herausfinden möchten. Ihnen hat er nichts erzählt, was uns vielleicht weiterhelfen könnte?«

»Nein. Was er andeutete, war, daß er seine Unterstützung anderswo suchen müsse, nachdem ich es an Enthusiasmus hatte mangeln lassen, meine ich. Vielleicht hat er Unterstützung bei jemandem gefunden oder hoffte sie zu finden, der dort oben lebt. Auf Anhieb fällt mir allerdings niemand ein, der da in Frage käme. Kinsey-Hewitt hat natürlich schottisches Blut in den Adern. Aber soviel ich weiß, ist er im Augenblick in Arabien.«

Nun, zumindest hatte Lloyd die erste vernünftige Erklärung dafür geliefert, daß Kenrick so plötzlich und nur mit leichtem Gepäck in den Norden aufgebrochen war. Um mit jemandem zu sprechen, der ihn vielleicht unterstützen wollte. Im letzten Augenblick, als es schon fast Zeit war, zum Treffen mit Tad Cullen nach Paris aufzubrechen, hatte er einen Interessenten gefunden und war auf der Stelle in den Norden gereist, um ihn aufzusuchen. Das paßte wunderbar. Sie kamen voran. Aber warum als Charles Martin?

Als hätten sich seine Gedanken auf ihn übertragen, fragte Lloyd: »Übrigens, wenn der junge Kenrick als Charles Martin reiste, wie ist er dann überhaupt als Kenrick identifiziert worden?«

»Ich gehörte zu den Fahrgästen dieses Zugs nach Scoone. Ich bekam seine Leiche zu Gesicht, und einige Verse, die er aufgeschrieben hatte, weckten mein Interesse.«

»Aufgeschrieben? Worauf?«

»Auf die freie Stelle einer Abendzeitung«, sagte Grant und fragte sich, welche Rolle es spielte, worauf Kenrick geschrieben hatte.

»Oh.«

»Ich hatte Urlaub, nichts anderes zu tun und vertrieb mir die Zeit mit den Indizien, die ich fand.«

»Sie haben Detektiv gespielt.«

»So kann man es sagen.«

»Was sind Sie von Beruf, Mr. Grant?«

»Ich bin Regierungsbeamter.«

»Ah. Ich wollte Sie gerade beim Militär unterbringen.«

Er lächelte ein wenig und hob Grants Glas, um es von neuem zu füllen. »Einer der feineren Dienstgrade natürlich.«

»Generalstabsoffizier?«

»Nein. Ein Attaché, würde ich meinen. Oder Nachrichtendienst.«

»Ich habe während meiner Armeezeit tatsächlich ein wenig für den Nachrichtendienst gearbeitet.«

»Dort sind Sie also auf den Geschmack gekommen. Dort haben Sie Ihr Vorstellungsvermögen entwickelt, möchte ich sagen.«

»Vielen Dank.«

»Zweifellos brauchte man überdurchschnittliches Talent dazu, Charles Martin als Bill Kenrick zu identifizieren. Oder hatte er Dinge aus Kenricks Besitz dabei, die Ihnen die Sache leicht machten?«

»Nein. Er ist sogar als Charles Martin beerdigt worden.«

Lloyd machte eine Pause, um das gefüllte Glas abzusetzen, und sagte dann: »Das zeigt wieder einmal die Gedankenlosigkeit, die die Schotten bei einem plötzlichen Todesfall an den Tag legen. Und sie sind sogar noch stolz darauf, daß es bei ihnen keine gerichtlichen Untersuchungen gibt. Ich glaube, wenn man bei einem Mord ungeschoren davonkommen will, dann muß man ihn in Schottland begehen. Sollte ich jemals auf die Idee kommen, jemanden zu ermorden, werde ich mein Opfer über die Grenze locken.«

»In diesem Falle hat allerdings sogar eine gerichtliche Untersuchung stattgefunden. Der Unfall ereignete sich, kurz nachdem der Zug Euston verlassen hatte.«

»Oh.« Lloyd dachte einen Augenblick lang darüber nach. Dann sagte er: »Sollte man das nicht der Polizei melden? Daß jemand unter falschem Namen beerdigt worden ist, meine ich.«

Grant wollte gerade sagen: ›Der einzige Beweis, den wir haben, daß der tote Charles Martin in Wirklichkeit Kenrick war, ist die Tatsache, daß ich ihn auf einem nicht besonders guten Schnappschuß identifiziert habe‹, aber irgend etwas hinderte ihn daran. Statt dessen sagte er: »Wir möchten gerne vorher herausfinden, warum er Charles Martins Papiere bei sich hatte.«

»Ah ja. Ich verstehe. Das ist natürlich eine etwas dubiose Angelegenheit, nicht wahr? Man kommt schließlich nicht ohne gewisse – Präliminarien in den Besitz der Papiere eines anderen. Hat man herausgefunden, wer Charles Martin ist – oder war?«

»Ja. In dieser Beziehung konnte die Polizei ihre Ermittlungen abschließen. Daran ist nichts Geheimnisvolles.«

»Das einzig Geheimnisvolle ist, wie Kenrick zu seinen Papieren kam. Ich kann verstehen, warum Sie zögern, sich an offizielle Stellen zu wenden. Was ist mit dem Mann, der ihn verabschiedet hat? In Euston. Könnte das Charles Martin gewesen sein?«

»Wahrscheinlich schon.«

»Vielleicht hat er sich die Papiere nur geliehen gehabt. Ich hatte nicht das Gefühl, daß Kenrick – na sagen wir, einen Hang zur Gesetzlosigkeit hatte.«

»Nein. Nach allem, was wir wissen, hatte er das nicht.«

»Es ist ja ohnehin eine seltsame Geschichte. Dieser Unfall, von dem Sie gesprochen haben. Es bestehen wohl keine Zweifel daran, daß es ein Unfall war, oder? Keine Anzeichen eines Streites?«

»Nichts dergleichen. Es war einfach nur ein dummer Zufall. Ein Unfall, der jedermann hätte zustoßen können.«

»Sehr bedauerlich. Wie ich schon sagte, es gibt viel zu wenige junge Leute heutzutage, bei denen Mut und Intelligenz zusammenkommen. Viele suchen mich auf, manche kommen sogar von weit her, um mit mir zu sprechen –«

Er fuhr in seinem Monolog fort, und Grant saß dabei, hörte zu und beobachtete ihn.

Gab es wirklich so viele, die ihn aufsuchten? Es schien Lloyd sehr zu schmeicheln, daß er sich mit ihm, einem Fremden, unterhalten konnte. Nichts deutete darauf hin, daß er an diesem Abend noch etwas vorhatte oder daß er Gäste zum Abendessen erwartete. Keine der Pausen, die ein Gastgeber in einem Gespräch macht, um einem ungebetenen Besucher die Gelegenheit zu geben, sich zu verabschieden. Lloyd saß da und redete, redete mit der dünnen Stimme des Fanatikers, und bewunderte seine Hände, die er in den Schoß gelegt hatte. Immer wieder veränderte er ihre Lage; nicht weil er gestikulierte, um seinen Sätzen Nachdruck zu verleihen, sondern wie jemand, der eine Schaufensterauslage neu dekoriert. Grant war fasziniert von dieser narzißtischen Beschäftigung. Er ließ die Stille auf sich wirken, die in diesem Haus herrschte, geschützt vor der Geschäftigkeit der Stadt. In Lloyds Eintrag im *Who's Who* war nicht von Frau oder Kindern die Rede gewesen, und das waren Dinge, die ihre Besitzer stets stolz zu erwähnen pflegten; also bestand der Haushalt zweifellos nur aus Lloyd und seinen Dienern. War seine geistige Betätigung genug, um diesen Mangel an menschlicher Gesellschaft wettzumachen?

Auch er, Alan Grant, lebte in einem Haushalt, dem die menschliche Wärme fehlte; aber er hatte in seinem Leben so viel mit Menschen zu tun, daß es eine Wohltat war, wenn er nach Hause kam und die Wohnung ganz für sich allein hatte; ein Luxus. Führte Heron Lloyd ein reiches, befriedigendes Leben?

Oder brauchte ein echter Narziß keine andere Gesellschaft als sein Spiegelbild?

Er überlegte, wie alt der Mann sein mochte. Mit Sicherheit älter, als er wirkte; er war der Doyen unter den Erforschern Arabiens. Mindestens fünfundfünfzig. Wahrscheinlich eher Ende fünfzig. Im *Who's Who* hatte er sein Alter nicht angegeben; man konnte also annehmen, daß er auf die sechzig zuging. Selbst ein Mann wie er, zäh und gesund wie er war, konnte nicht mehr viele Jahre des Abenteurerlebens vor sich haben. Was würde er mit den Jahren anfangen, die ihm danach noch blieben? Würde er sie damit verbringen, seine Hände zu bewundern?

»Die einzige echte Demokratie, die man heute auf der Welt findet«, sagte Lloyd gerade, »und sie wird zerstört durch das, was wir Fortschritt nennen.«

Und wiederum stellte sich bei Grant das Gefühl ein, den Mann zu kennen, ihn wiederzuerkennen. Hatte er Lloyd doch schon einmal gesehen? Oder erinnerte Lloyd ihn an jemanden, den er kannte? Wenn ja, an wen?

Er brauchte Ruhe, um darüber nachzudenken, und es wurde ohnehin Zeit, sich zu verabschieden.

»Hat Kenrick Ihnen seine Adresse dagelassen?« fragte er, als er sich zum Aufbruch anschickte.

»Nein. Wir hatten auch keine feste Verabredung getroffen. Ich hatte ihn gebeten, noch einmal vorbeizukommen, bevor er aus London abreiste. Als er nichts mehr von sich hören ließ, nahm ich an, er hege einen Groll gegen mich, wegen meines – na sagen wir, mangelnden Enthusiasmus.«

»Ja, das muß ein Schlag für ihn gewesen sein. Tja, ich habe schon viel zuviel von Ihrer Zeit in Anspruch genommen, und Sie sind sehr nachsichtig gewesen. Haben Sie vielen Dank dafür.«

»Es macht mich glücklich, daß ich Ihnen zu Diensten sein konnte. Ich fürchte nur, ich war nicht sonderlich hilfreich. Wenn es noch irgend etwas gibt, was ich in dieser Sache für Sie tun kann, dann hoffe ich, Sie werden nicht zögern, sich wieder zu melden.«

»Nun – eine Kleinigkeit habe ich noch auf dem Herzen. Aber ich habe Ihre Freundlichkeit schon so sehr strapaziert, daß ich nicht weiß, ob ich Sie darum bitten soll. Zumal es nicht von weiterer Bedeutung sein dürfte.«

»Worum handelt es sich?«

»Könnte ich vielleicht die Fotografie ausleihen?«

»Die Fotografie?«

»Die Fotografie des Meteorkraters. Wie mir auffiel, ist sie in Ihr Album nur hineingesteckt, nicht geklebt. Ich würde sie sehr gern Kenricks Freund zeigen. Sie haben mein Ehrenwort, daß Sie das Bild zurückbekommen. Und in unbeschädigter ...«

»Aber natürlich können Sie die Fotografie haben. Und machen Sie sich nicht die Mühe, sie zurückzubringen. Ich habe die Aufnahme selbst gemacht, und das Negativ ist an Ort und Stelle im Archiv. Ich kann mir jederzeit einen neuen Abzug anfertigen.«

Er zog das Bild aus den Schlitzen, in die es gesteckt war, heraus und reichte es Grant. Dann begleitete er ihn zur Haustür hinunter, erläuterte ihm noch ein wenig den kleinen Vorplatz, als Grant bewundernd davon sprach, wartete höflich, bis Grant das Tor erreicht hatte, und schloß dann die Haustür hinter sich.

Grant schlug die Abendzeitung auf, die auf dem Beifahrersitz des Wagens lag, und steckte das Foto vorsichtig hinein. Dann fuhr er den Fluß hinunter und das Embankment entlang.

Sieht alles noch aus wie immer, dachte er, als der häßliche Kasten von Scotland Yard im Dunkeln vor ihm auftauchte. Und als er im Archiv für Fingerabdrücke anlangte, stellte er fest, daß sich auch dort nichts verändert hatte. Cartwright drückte gerade eine Zigarette in der Untertasse seines kaltgewordenen Tees aus und bewunderte dabei seine neueste Arbeit: einen kompletten Satz Fingerabdrücke der linken Hand.

»Hübsch, hm?« sagte er, als Grants Schatten ihn streifte, und warf ihm einen Blick zu. »Die sorgen dafür, daß Pinky Mason hängen wird.«

»Konnte Pinky sich denn kein Paar Handschuhe leisten?«

»Pah! Pinky hätte einen ganzen Handschuhladen kaufen können. Aber der kleine raffinierte Pinky konnte sich einfach nicht vorstellen, daß die Polizei jemals auf die Idee kommen würde, etwas anderes als Selbstmord zu vermuten. Handschuhe brauchen nur die kleinen Fische: Einbrecher und dergleichen; nicht jemand von so überragendem Verstand wie Pinky. Sie waren verreist?«

»Stimmt. Ich war zum Angeln in den Highlands. Wenn Sie nicht zuviel zu tun haben, könnten Sie dann wohl eine Kleinigkeit zwischendurch für mich recherchieren?«

»Auf der Stelle?«

»Das nun auch wieder nicht. Morgen würde reichen.«

Cartwright schaute auf die Uhr. »Ich habe nichts weiter zu tun, bis ich mich mit meiner Frau am Theater treffe. Wir schauen uns Marta Hallard in ihrem neuen Stück an. Ich kann es also jetzt gleich machen, wenn Sie wollen. Eine komplizierte Sache?«

»Ach wo. Kinderleicht. Rechts unten auf dieser Fotografie ist ein wunderschöner Daumenabdruck. Und ich glaube, auf der Rückseite werden Sie einige hübsche Fingerkuppen entdecken. Die bräuchte ich, um sie mit der Kartei zu vergleichen.«

»In Ordnung. Warten Sie hier?«

»Ich gehe zwischendurch zur Bibliothek und komme dann wieder her.«

In der Bibliothek nahm er den *Who's Who* aus dem Regal und schlug unter Kinsey-Hewitt nach. Der Artikel über ihn nahm sich ausgesprochen bescheiden aus neben der halben Spalte zu Heron Lloyd. Er war offenbar wesentlich jünger als dieser; verheiratet, zwei Kinder. Als Wohnung war eine Londoner Adresse angegeben; als Lloyd von ›schottischem Blut‹ sprach, war das wohl eine Anspielung darauf gewesen, daß der Forscher der jüngere Sohn eines Kinsey-Hewitt war, der in Fife residierte.

Nun, es war immerhin nicht unmöglich, daß er sich gerade in Schottland aufhielt oder vor kurzem dort aufgehalten hatte. Grant suchte sich ein Telefon und rief bei der Londoner Nummer an. Eine Frau mit einer freundlichen Stimme meldete sich und sagte, ihr Mann sei nicht zu Hause. Nein, es werde noch eine ganze Weile dauern, bis er wieder zurück sei; er sei in Arabien. Er halte sich schon seit November in Arabien auf und sei frühestens im Mai zurückzuerwarten. Grant bedankte sich und legte auf. Kinsey-Hewitt war es also nicht gewesen, dessentwegen Bill Kenrick nach Schottland hatte reisen wollen. Es blieb ihm nichts anderes übrig, als mit sämtlichen Autoritäten zum Thema Arabien in Verbindung zu treten und sie nach Bill Kenrick zu fragen. Das würde er morgen tun.

Er unterhielt sich einige Zeit beim Kaffee mit denjenigen unter seinen Freunden, die zu dieser Tageszeit hier noch anzutreffen waren, und dann ging er zurück zu Cartwright.

»Sind Sie mit dem Foto fertig, oder komme ich zu früh?«

»Ich bin nicht nur fertig, ich habe sogar schon die Kartei für Sie durchgesehen. Die Antwort ist nein.«

»Tja, eigentlich habe ich auch nichts anderes erwartet. Ich mache nur klar Schiff. Trotzdem vielen Dank. Den Abzug nehme ich wieder mit. Es heißt, das neue Hallard-Stück habe fürchterliche Kritiken bekommen.«

»Tatsächlich? Ich lese nie Kritiken. Beryl auch nicht. Sie mag Marta Hallard einfach. Und ich auch, ehrlich gesagt. Hübsche lange Beine. Schönen Abend noch.«

»Ihnen auch, und nochmals danke.«

Kapitel 12

Sie sind nicht besonders gut auf den Knaben zu sprechen, oder?« kommentierte Tad Cullen, nachdem Grant am Telefon diese Geschichte zu Ende erzählt hatte.

»Tatsächlich? Ach, ich glaube, mir paßt nur einfach, wie man so sagt, seine Nase nicht. Sagen Sie, Tad, sind Sie wirklich sicher, daß Sie keine Ahnung haben, wo Bill gewohnt haben könnte? Nichts, was Sie noch irgendwo im Hinterkopf haben?«

»Ich hab' gar keinen Hinterkopf. Ich hab' nur 'n winziges Stückchen Hirn weiter vorn, wo ich alles aufbewahre, was mir nützlich ist. 'n paar Telefonnummern und 'n Gebet oder zwei.«

»Na gut. Ich möchte, wenn es Ihnen nichts ausmacht, daß Sie morgen bei den Hotels, die in Frage kommen, die Runde machen und sich erkundigen.«

»Aber klar. Ich mache alles. Sie brauchen's nur zu sagen.«

»Gut. Haben Sie etwas zum Schreiben? Ich gebe Ihnen die Liste durch.«

Grant diktierte ihm die zwanzig naheliegendsten Namen. Er ging dabei davon aus, daß ein junger Mann, der aus der weiten offenen Landschaft mit ihren kleinen Städten kam, Ausschau nach einer Karawanserei halten würde, die ebenso weiträumig wie amüsant war und dabei nicht zu teuer. Zum Ausgleich fügte er aber auch die Namen von zwei der teuersten, bekanntesten Hotels hinzu; junge Männer, die den Lohn mehrerer Monate in der Tasche hatten, neigten oft zur Extravaganz.

»Ich glaube, damit können wir es erst einmal genug sein lassen«, sagte er.

»Gibt's *noch* mehr davon?«

»Wenn er in keinem von diesen abgestiegen ist, dann sitzen wir in der Klemme. Wenn wir dort keine Spur von ihm finden, müssen wir jedes Hotel in ganz London abklappern, von den Pensionen ganz zu schweigen.«

»Gut. Morgen früh geht's los. Mr. Grant, ich möchte Ihnen nochmal sagen, wie sehr ich das zu schätzen weiß, daß Sie das für mich tun. Daß Sie Ihre Zeit dafür opfern, nur weil kein anderer so was machen könnte; weil sich die Polizei nicht drum kümmern würde, meine ich. Wenn Sie nicht wären –«

»Hören Sie mal, Tad. Ich bin gar nicht so uneigennützig. Ich bin selbst an der Sache interessiert und von Natur aus neugierig, und die Angelegenheit macht mir viel Spaß. Glauben Sie mir, wenn das nicht so wäre, dann wäre ich jetzt nicht in London. Dann würde ich heute abend in Clune zu Bett gehen. Also gute Nacht, und schlafen Sie gut. Wir beide zusammen knacken diese Nuß.«

Er legte auf und ging nachsehen, was Mrs. Tinker für ihn in der Röhre gelassen hatte. Es schien eine Art *shepherd's pie* zu sein. Er nahm sein Essen mit ins Wohnzimmer und verzehrte es ohne weitere Aufmerksamkeit, in Gedanken noch immer bei Lloyd.

Was kam ihm an Lloyd bekannt vor?

Er führte sich noch einmal die Momente unmittelbar vor seinem *déjà-vu*-Erlebnis vor Augen. Womit war Lloyd gerade beschäftigt gewesen? Er hatte die Schiebetür des Bücherschranks geöffnet. Geöffnet mit einer bewußt eleganten Bewegung, die eine Spur exhibitionistisch gewirkt hatte. Was konnte ihm daran bekannt vorgekommen sein?

Und da war noch etwas; etwas, das ihm noch seltsamer erschien. Warum hatte Lloyd, als von Kenricks Bleistiftnotizen die Rede war, gefragt ›Worauf?‹

Das war doch eine ausgesprochen unnatürliche Reaktion.

Was genau hatte er zu Lloyd gesagt? Er hatte gesagt, er habe begonnen, sich für Kenrick zu interessieren, als er einige Verse las, die dieser niedergeschrieben hatte. Die übliche Entgegnung darauf wäre doch zweifellos ›Verse?‹ gewesen. Das Schlüsselwort in diesem Satz war ›Verse‹. Daß er sie niedergeschrieben hatte, war dabei kaum von Bedeutung. Und daß jemand auf diese Information mit der Frage ›Worauf?‹ reagierte, war unerklärlich.

Nur daß keine menschliche Reaktion unerklärlich war.

Grant hatte die Erfahrung gemacht, daß oft das Unerklärliche das Bedeutsame war; die achtlosen Worte, die jemand sprach. Die unerwartetsten und nützlichsten Erkenntnisse ließen sich aus der Diskrepanz zwischen einer bewußten Äußerung und einem *non sequitur* gewinnen.

Warum hatte Lloyd gefragt: ›Worauf?‹

Noch im Bett beschäftigte ihn diese Frage, und er schlief darüber ein.

Am Morgen begann er seine Rundfrage bei den Autoritäten in Sachen Arabien, und es überraschte ihn nicht im geringsten, daß er sie erfolglos abschloß. Diejenigen, deren Hobby die Erforschung Arabiens war, hatten nur sehr selten das Geld, ein Projekt zu unterstützen. Im Gegenteil, meist waren sie damit beschäftigt, sich um finanzielle Hilfe für ihre eigenen Unternehmungen zu bemühen. Es hatte eine gewisse Chance bestanden, daß jemand sich von Kenricks Ideen so sehr hatte begeistern lassen, daß er bereit war, seine Ressourcen mit ihm zu teilen. Aber keiner unter ihnen hatte je von Charles Martin oder Bill Kenrick gehört.

Es wurde Mittag, bis er seine Erkundigungen abgeschlossen hatte, und er stand am Fenster, wartete auf Tads Anruf und überlegte, ob er zum Mittagessen ausgehen oder sich lieber von Mrs. Tinker ein Omelette machen lassen sollte. Es war ein weiterer grauer Tag, aber ein leichter Wind war aufgekommen, der einen eigenartig ländlichen Geruch nach feuchter Erde mitbrachte. Ein schöner Tag zum Angeln, dachte er. Einen Augenblick lang wünschte er sich, übers Moor unterwegs zum Fluß zu sein, statt sich mit dem Londoner Telefonsystem abzuquälen. Es müßte gar nicht unbedingt der Fluß sein; er wäre auch mit einem Nachmittag auf dem Lochan Dhu zufrieden, in einem Boot, das leckte, mit Pat als Gesellschaft.

Er wandte sich seinem Schreibtisch zu, um die Unordnung zu beseitigen, die die morgendliche Post verursacht hatte. Er hatte sich schon vorgebeugt, um die zerrissenen Blätter und die leeren Umschläge in den Papierkorb zu werfen, als er mitten in der Bewegung innehielt.

Er hatte es.

Jetzt wußte er, an wen Heron Lloyd ihn erinnert hatte.

An Wee Archie.

Das kam so überraschend und war so lächerlich, daß er sich auf den Schreibtischstuhl fallen ließ und zu lachen begann.

Was hatte Wee Archie mit einem so eleganten und kultivierten Menschen wie Heron Lloyd gemeinsam?

Den enttäuschten Ehrgeiz? Mit Sicherheit nicht. Die Tatsache, daß er ein Fremder war in dem Land, das ihm so sehr am Herzen lag? Nein; zu weit hergeholt. Es war etwas Naheliegenderes.

Denn es war mit Sicherheit Wee Archie, an den Lloyd ihn erinnert hatte. Daran hatte er jetzt nicht mehr den geringsten Zweifel. Er verspürte jene namenlose Erleichterung, die einen überkommt, wenn einem ein Name wieder einfällt, an den man sich nicht hatte erinnern können.

Es war tatsächlich Wee Archie. Aber warum?

Was hatte dieses ungleiche Paar gemeinsam?

Ihre Gestik? Nein. Das Äußere? Nein. Die Stimme? War es die Stimme?

»Ihre Eitelkeit, du Dummkopf«, belehrte ihn die innere Stimme.

Tatsächlich; das war die Lösung. Ihre Eitelkeit. Ihre krankhafte Eitelkeit.

Er saß regungslos da und dachte darüber nach; alles Amüsement war verflogen.

Eitelkeit. Die Grundvoraussetzung alles Verbrechens. Der konstante Faktor im Denken des Kriminellen.

War es vorstellbar –

Das Telefon neben ihm begann plötzlich zu schnarren.

Es war Tad. Er sei bei Nummer achtzehn angekommen, sagte er, und sei ein alter Mann darüber geworden, aber das Blut der Pioniere fließe in seinen Adern, und er werde die Suche fortsetzen.

»Machen Sie doch eine kleine Pause, und gehen Sie mit mir essen.«

»Oh, ich hab' schon gegessen. Ich hatte 'n paar Bananen und 'n Milchshake am Leicester Square.«

»Gütiger Himmel!« sagte Grant.

»Wieso, was ist da denn Schlimmes dran?«

»Die Kohlehydrate, die sind das Schlimme.«

»'n paar Kohlehydrate sind genau das richtige, wenn man ausgepumpt ist. Und Sie hatten auch kein Glück?«

»Nein. Wenn er in den Norden gereist ist, weil er sich von jemandem Unterstützung erhoffte, dann kann dieser Mäzen nur ein begüterter Amateur gewesen sein; es war niemand, der sich professionell mit der Erforschung Arabiens beschäftigt.«

»Oh. Naja. Ich mach' dann mal weiter. Wann soll ich Sie das nächste Mal anrufen?«

»Sobald Sie ans Ende Ihrer Liste kommen. Ich bleibe hier und warte auf Ihren Anruf.«

Grant entschied sich für das Omelette, und während Mrs. Tinker es zubereitete, wanderte er im Zimmer auf und ab, ließ seine Gedanken spekulativ kreisen und holte sie abrupt wieder auf den Boden der Vernunft herunter. Sie liefen wie die Telegrafendrähte, die man von einem Eisenbahnabteil aus betrachtet: in gleichmäßigen Abständen aufsteigend und wieder abfallend.

Wenn sie nur einen Punkt hätten, an dem sie ansetzen könnten. Was würden sie tun, wenn Tad ans Ende seiner Hotelliste kam und nur Nieten gezogen hatte? Es blieben nur noch wenige Tage, dann mußte er zurück an seine Arbeit. Er unterbrach seine Spekulationen über die Eitelkeit und die Dinge, zu denen sie führen mochte, und begann zu überlegen, wie lange Tad wohl für die letzten vier Hotels brauchen würde.

Aber noch bevor er sein Omelette halb aufgegessen hatte, traf Tad höchstpersönlich ein. Die Wangen gerötet und in Siegerpose.

»Ich weiß nicht, wie Sie auf die Idee gekommen sind, er könnte in diesem langweiligen kleinen Schuppen abgestiegen sein«, sagte er, »aber Sie hatten recht. Da hat Bill tatsächlich gewohnt.«

»Und was ist das für ein langweiliger kleiner Schuppen?«

»Das Pentland. Wie sind Sie denn da drauf gekommen?«

»Es hat internationalen Rang.«

»Das Ding hat internationalen Rang?«

»Generationen von Engländern haben in diesem Hotel logiert.«

»So sieht es auch aus!«

»Da also hat Bill Kenrick gewohnt. Das macht ihn mir noch sympathischer.«

»Ja«, sagte Tad ruhiger, und die triumphale Freude verschwand aus seinem Gesicht. »Ich wünschte, Sie hätten Bill gekannt. Das hätt' ich mir wirklich gewünscht. Einen wie Bill finden Sie nicht nochmal.«

»Setzen Sie sich, und trinken Sie einen Kaffee, dann bekommt Ihnen Ihr Milchshake besser. Oder hätten Sie lieber etwas Alkoholisches?«

»Nein danke, lieber den Kaffee. Der riecht sogar wirklich nach Kaffee«, fügte er überrascht hinzu. »Bill ist am dritten ausgezogen. Am dritten März.«

»Haben Sie sich nach seinem Gepäck erkundigt?«

»Sicher. Erst wollten sie mir ja nichts sagen. Aber dann haben sie doch 'n Gästebuch hervorgeholt, so groß wie das Buch vom

Jüngsten Gericht. Mr. Kenrick hat nichts dagelassen, sagen sie, nichts auf'm Speicher und nichts im Safe.«

»Das heißt, er hat seine Koffer in einem Bahnhof zur Gepäckaufbewahrung gegeben, um sie bei der Rückkehr aus Schottland gleich zur Hand zu haben. Wenn er das Flugzeug hätte nehmen wollen, hätte er sie wahrscheinlich in Euston gelassen und auf dem Weg zum Flughafen dort wieder mitgenommen. Wenn er vorhatte, die Kanalfähre zu nehmen, dann könnte er sie zum Bahnhof Victoria gebracht haben, bevor er von Euston abfuhr. Hatte er für das Meer etwas übrig?«

»So lala. War nicht gerade verrückt danach. Aber mit Fähren, da hatte er 'n Tick.«

»Fähren?«

»Genau. Hat offenbar angefangen, als er als Kind an 'nem Ort namens Pompey war – schon mal davon gehört?« Grant nickte. »Und er hat die ganze Zeit damit verbracht, auf 'ner Fähre zu fahren, wo die Fahrt 'nen Penny kostete.«

»Ein halber Penny war es sogar nur.«

»Kann auch sein.«

»Sie meinen also, die Eisenbahnfähre hätte ihn vielleicht gereizt. Na, wir können es ja versuchen. Wenn allerdings die Zeit zum Treffen mit Ihnen knapp geworden wäre, hätte er wahrscheinlich das Flugzeug genommen. Würden Sie die Koffer wiedererkennen, wenn Sie sie sähen?«

»Aber sicher. Bill und ich haben 'ne Dienstwohnung zusammen gehabt. Ich hab' beim Packen geholfen. Einer von den beiden gehört sogar mir, wenn man's genau nimmt. Er hat nur zwei Koffer dabeigehabt. Er sagte, wenn wir viele Sachen kaufen, dann können wir ja 'nen Koffer dazu –« Tads Stimme versagte plötzlich, und er versteckte sein Gesicht hinter der Kaffeetasse. Es war eine große flache Schale mit rosa Weidenmuster, die Grant einmal von Marta Hallard aus Schweden mitgebracht bekommen hatte, weil sie wußte, daß er seinen Kaffee gern aus großen Tassen trank; und sie eignete sich ausgezeichnet dazu, Gefühle vor dem Blick anderer zu verbergen.

»Wir haben keinen Gepäckschein, mit dem wir sie auslösen könnten. Und ich darf nicht offiziell vorgehen. Aber ich kenne die meisten Männer, die auf den großen Bahnhöfen arbeiten, und wahrscheinlich kann ich uns inoffiziell Zutritt verschaffen. Dann sind Sie an der Reihe; Sie müssen die Koffer ausfindig machen.

Was meinen Sie, hätte Bill seine Gepäckstücke mit einem Adreßzettel versehen?«

»Ich glaube, wenn er sie so weggeben würde, würde er schon seinen Namen draufschreiben. Haben Sie 'ne Erklärung dafür, daß er den Gepäckschein nicht in der Brieftasche hatte?«

»Ich denke mir, daß vielleicht jemand anderes die Sachen für ihn hinterlegt hat. Zum Beispiel derjenige, der ihn in Euston zum Zug gebracht hat.«

»Dieser Martin?«

»Das wäre doch möglich. Wenn er sich die Papiere für seine seltsame Maskerade geliehen hatte, dann mußte er sie ja auch wieder zurückgeben. Vielleicht wollte Martin sich mit ihm am Flughafen treffen oder an der Victoria Station oder welchen Ort auch immer sich Bill für seine Abreise ausgesucht hatte. Er hätte das Gepäck mitgebracht und die Papiere zurückbekommen.«

»Ja. Das hört sich vernünftig an. Können wir nicht 'ne Suchanzeige nach Martin aufgeben?«

»Ich fürchte, Martin wäre kaum bereit, sich darauf zu melden. Schließlich hat er seine Papiere für irgendwelche illegalen Machenschaften verliehen und sie nicht zurückbekommen.«

»Da haben Sie wohl recht. Jedenfalls hat er nicht in dem Hotel gewohnt.«

»Woher wissen Sie das?« fragte Grant überrascht.

»Ich hab' in dem Buch nachgeschaut: im Gästebuch des Hotels. Als ich nach Bills Unterschrift gesucht hab'.«

»Tad, Sie sind viel zu schade für die OCAL. Sie sollten zu uns kommen.«

Aber Tad hörte nicht zu. »Sie können sich gar nicht vorstellen, was für'n seltsames Gefühl das war, plötzlich auf Bills Handschrift zu stoßen, zwischen den vielen fremden Namen. So 'ne Art Würgen im Hals.«

Grant holte Lloyds Bild von den Krater-›Ruinen‹ vom Schreibtisch und zeigte es ihm. »Heron Lloyd meint, dieses hier sei der Ort gewesen, den Bill entdeckt hat.«

Tad betrachtete es interessiert. »Das sieht wirklich seltsam aus, nicht wahr? Wie Ruinen von Wolkenkratzern. Bevor ich nach Arabien kam, dachte ich, Wolkenkratzer wären 'ne amerikanische Erfindung. Aber manche von diesen alten Araberstädten sind einfach nur 's Empire State Building im Kleinformat. Aber Sie sagen, das könnte es nicht gewesen sein, was Bill gesehen hat.«

»Nein. Aus der Luft muß ganz deutlich zu erkennen sein, daß es ein Meteorkrater ist.«

»Haben Sie Lloyd das gesagt?«

»Nein. Ich habe ihn nur reden lassen.«

»Warum ist Ihnen der Kerl eigentlich so unsympathisch?«

»Ich habe nicht gesagt, daß er mir unsympathisch ist.«

»Das brauchen Sie auch gar nicht.«

Grant zögerte. Wie immer analysierte er, was er empfand.

»Es ist die Eitelkeit, die mich abstößt. Als Privatmann verabscheue ich sie, und als Polizist mißtraue ich ihr.«

»Aber das ist doch 'ne harmlose Schwäche«, sagte Tad und zuckte zum Zeichen seiner Toleranz mit den Schultern.

»Genau da irren Sie sich. Es ist die zerstörerischste Eigenschaft, die ein Mensch überhaupt haben kann. Was Sie unter Eitelkeit verstehen, ist, wenn jemand sich groß herausputzt und sich dann im Spiegel bewundert. Aber das ist eine rein äußerliche Eitelkeit. Wirkliche Eitelkeit ist etwas ganz anderes. Nichts Äußerliches; sie ist ein entscheidender Charakterzug. EITELKEIT meint: ›Das muß ich haben, denn ich bin ich.‹ Eine grauenhafte Sache; unheilbar. Einen eitlen Menschen können Sie niemals davon überzeugen, daß irgend jemand außer ihm auch nur den geringsten Wert hat; er würde gar nicht verstehen, wovon Sie reden. Er würde lieber jemanden umbringen, als die Unannehmlichkeit auf sich zu nehmen, ein halbes Jahr ins Kittchen zu gehen.«

»Aber das ist doch Wahnsinn!«

»Nicht vom Standpunkt eines eitlen Menschen aus. Auch nicht im pathologischen Sinne. Es ist nur die extreme Logik der EITELKEIT. Wie gesagt, ein furchterregender Charakterzug und der Grundzug jeder kriminellen Persönlichkeit. Kriminelle – echte Kriminelle, ich meine nicht den kleinen Mann, der seine Geschäftsbücher frisiert, weil er in Geldnot ist, oder den Mann, der seine Frau totschlägt, weil er sie mit einem Fremden im Bett findet –, echte Kriminelle unterscheiden sich untereinander genauso im Aussehen und in ihren Vorlieben und Intelligenzgraden und Verhaltensweisen wie die übrige Menschheit, aber eine Eigenschaft haben sie, die sie alle miteinander verbindet: ihre krankhafte Eitelkeit.«

Tad sah aus, als höre er ihm nur mit einem Ohr zu, weil er sich zu dem, wovon Grant sprach, seine eigenen Gedanken machte.

»Hören Sie mal, Mr. Grant«, sagte er, »wollen Sie etwa andeuten, daß man diesem Knaben Lloyd nicht trauen kann?«

Grant dachte nach.

»Wenn ich das nur wüßte«, sagte er schließlich. »Wenn ich das nur wüßte.«

»Tja-a-a«, sagte Tad. »Da sieht die Sache ja plötzlich ganz anders aus, nicht wahr?«

»Ich habe einen guten Teil des Vormittags damit verbracht zu überlegen, ob ich mich inzwischen so viel mit der Eitelkeit von Kriminellen beschäftigt habe, daß ich allmählich in diesen Dingen etwas wunderlich werde, ob mein Mißtrauen nicht übertrieben ist. Auf den ersten Blick ist Heron Lloyd ein untadeliger Mann. Mehr noch: Man muß ihn bewundern. Er hat große Taten vollbracht; er lebt bescheiden; er hat einen ausgezeichneten Geschmack, was soviel heißt wie: er hat einen angeborenen Sinn für das richtige Maß; und er hat mit Sicherheit in seinem Leben genug Erfolge gehabt, um auch die selbstsüchtigste Seele zufriedenzustellen.«

»Aber Sie haben das Gefühl, daß irgendwo irgendwas nicht stimmt.«

»Erinnern Sie sich an den kleinen Mann im Hotel in Moymore, der Sie missionieren wollte?«

»Das geknechtete Schottland! Der kleine Mann in Kilts.«

»In einem Kilt«, sagte Grant automatisch. »Nun, aus irgendwelchen Gründen weckt Lloyd in mir die gleichen Gefühle wie Archie Brown. Es ist absurd, aber die Verbindung ist eindeutig. Beide haben –« Ihm fiel kein Wort ein, mit dem er es beschreiben konnte.

»Dieselbe Ausstrahlung«, sagte Tad.

»Ja. So kann man es wohl sagen. Sie haben dieselbe Ausstrahlung.«

Tad schwieg lange Zeit. Dann sagte er: »Mr. Grant, sind Sie eigentlich immer noch der Meinung, daß das, was mit Bill passiert ist, ein Unfall war?«

»Ja; und zwar, weil ich keine Indizien für das Gegenteil habe. Aber ich bin bereit, meine Meinung auf der Stelle zu ändern, sobald wir den kleinsten Anhaltspunkt dafür finden. Können Sie Fenster putzen?«

»Ob ich was kann?«

»Fenster putzen.«

»Ich nehme an, wenn ich's wirklich versuchen würde, würde ich's schon hinkriegen«, sagte Tad mit verdutzter Miene. »Wie kommen Sie darauf?«

»Sie werden womöglich noch Fenster putzen müssen, bevor wir mit dieser Geschichte fertig sind. Aber jetzt gehen wir die Koffer holen. Ich hoffe immer noch, daß wir alle Informationen, die wir brauchen, in diesen Koffern finden. Mir ist gerade wieder eingefallen, daß Bill diesen Schlafwagenplatz nach Scoone schon eine Woche im voraus gebucht hat.«

»Vielleicht hatte sein Finanzmann in Schottland vor dem vierten keine Zeit?«

»Vielleicht. Wie dem auch sei, in einem der Koffer müssen sich seine Papiere und persönlichen Besitztümer befinden, und ich hoffe, wir werden auch auf die Notizen stoßen, die er sich für jeden Tag gemacht hat.«

»'n Tagebuch würden Sie bei Bill nie finden!«

»Das nicht. Aber Notizen wie ›Treffe Jack ein Uhr fünfzehn. Toots abholen sieben Uhr dreißig.‹ «

»Ach, so was. 'n Terminkalender wird er wohl schon gehabt haben, wenn er hier in London die Runde gemacht hat, um Geld aufzutreiben. Mensch, das wäre alles, was wir brauchen!«

»Das ist alles, was wir brauchen. Wenn wir seinen Kalender finden.«

Aber sie fanden nichts. Absolut nichts.

Sie begannen in bester Stimmung an den naheliegenden Orten: Euston, der Flughafen, Victoria; sie waren stolz auf ihre Methode, die so gut funktionierte.

»Hallo, Inspektor! Was kann ich für Sie tun?«

»Nun, vielleicht können Sie meinem jungen Freund aus Amerika behilflich sein.«

»Aber gern. Noch ein Platz im Zug um halb vier?«

»Danke, wir haben schon Plätze im Zug um halb vier. Aber mein Freund wüßte gerne, ob sein Kumpel zwei Koffer hier deponiert hat. Macht es Ihnen was aus, wenn er sich mal umsieht? Wir rühren nichts an, wir schauen nur.«

»Na, Inspektor, ob Sie's glauben oder nicht, das ist hierzulande immer noch nicht verboten. Wenn Sie bitte mit nach hinten kommen wollen?«

Also kamen sie mit nach hinten. Jedes Mal kamen sie mit nach hinten. Und jedesmal blickten ihnen die Gepäckstücke aus ihren

Regalen abweisend und verächtlich entgegen. So fremd, wie die Besitztümer fremder Menschen überhaupt nur aussehen können.

Enttäuscht und ernüchtert nahmen sie sich nach den wahrscheinlichen Orten die immerhin noch möglichen vor. Sie hatten einen Terminkalender erhofft, persönliche Aufzeichnungen. Nun wären sie froh gewesen, wenn sie wenigstens einen Blick auf die Koffer hätten werfen können.

Aber in keinem der Regale gab es Koffer, die Bill gehört haben konnten.

Tad war so niedergeschlagen, daß Grant Mühe hatte, ihn von den letzten Orten, an denen sie es versuchten, überhaupt wieder loszubekommen. Immer und immer wieder ging er durch die Reihen, den Blick starr vor Unglauben.

»Die müssen doch hier sein«, sagte er immer wieder. »Die müssen doch hier sein.«

Aber sie waren nicht dort.

Als sie, nachdem sich auch ihr letzter Versuch als Fehlschlag erwiesen hatte, ratlos auf die Straße traten, sagte er: »Wo sollen wir denn jetzt noch suchen, Inspektor? Mr. Grant, meine ich. Wo könnte man sonst noch sein Gepäck abstellen, wenn man aus'm Hotel ausgezogen ist? Gibt es bei Ihnen auch diese Schließfächer?«

»Nur zeitlich begrenzte. Für jemanden, der für ein oder zwei Stunden seine Tasche abstellt, während er irgend etwas erledigt.«

»Ja, wo sind denn Bills Sachen *geblieben*, wenn er sie nirgends zur Aufbewahrung gegeben hat?«

»Ich weiß es nicht. Vielleicht bei seiner Freundin?«

»Was für 'ne Freundin?«

»Keine Ahnung. Er war jung und gutaussehend und lebte allein; da muß die Auswahl doch groß gewesen sein.«

»Ja, das stimmt. Vielleicht hat er seine Sachen da gelassen. Da fällt mir ein –« Der unglückliche, hilflose Ausdruck verschwand aus seinem Gesicht. Er warf einen Blick auf seine Uhr. Es war beinahe Zeit für das Abendessen. »Ich hab' mich mit dem Mädchen in der Milchbar verabredet.« Ihre Blicke trafen sich, und er sah ein wenig beschämt weg. »Aber die lass' ich sitzen, wenn Sie meinen, ich kann Ihnen noch irgendwie nützlich sein.«

Grant entließ ihn zu seinem Schwarm in der Milchbar, und er tat das mit einer gewissen Erleichterung. Es war, als habe man einen deprimierten jungen Hund um sich. Er beschloß, sein eigenes Abendessen noch für eine Weile hinauszuschieben und bei seinen Freunden von der Stadtpolizei vorbeizuschauen.

Er stattete dem Revier in der Astwick Street einen Besuch ab und wurde dort mit dem Satz begrüßt, den er schon den ganzen Nachmittag über und bis in den Abend hinein zu hören bekommen hatte: »Hallo, Inspektor, was können wir für Sie tun?«

Grant fragte, wer gerade zur Streife in der Britt Lane eingeteilt sei.

Es stellte sich heraus, daß der fragliche Polizist Wachtmeister Bithel war. Wenn der Inspektor mit ihm sprechen wolle – er sei gerade in der Kantine bei Würstchen und Kartoffelbrei. Er habe die Nummer Dreißig.

Grant fand Nummer Dreißig am hinteren Ende des Saales; er saß allein am Tisch und hatte eine französische Grammatik vor sich aufgebaut. Grant betrachtete den ahnungslos Dasitzenden und dachte bei sich, wie sehr sich der Grundtyp des Londoner Polizisten in nur einem Vierteljahrhundert verändert hatte. Er selbst war eine Ausnahme von der Regel, das wußte er, ein Umstand, der ihm schon häufiger sehr zugute gekommen war. Aber Wachtmeister Bithel war ein schmaler, bleicher, dunkelhaariger Junge aus dem County Down, der mit einem breiten, freundlichen Akzent sprach. Grant war überzeugt, daß Wachtmeister Bithel mit seiner französischen Grammatik und seiner gedehnten Sprechweise zu Großem bestimmt war.

Der junge Mann schickte sich an zu gehen, nachdem Grant sich vorgestellt hatte, aber Grant setzte sich und sagte: »Es gibt da eine kleine Sache, die Sie für mich tun könnten. Ich wüßte gerne, wer die Fenster in der Britt Lane Nummer fünf putzt. Vielleicht können Sie sich umhören, wenn Sie –«

»Mr. Lloyds Haus?« sagte der Junge. »Die putzt Richards.«

Tatsächlich! Wachtmeister Bithel würde Karriere machen; er mußte Wachtmeister Bithel im Auge behalten.

»Woher wissen Sie das?«

»Ich halte dann und wann ein Schwätzchen mit ihm, wenn ich meine Runde mache. Er stellt seinen Karren und die Sachen in den alten Stallungen weiter unten in der Brick Lane ab.«

Grant dankte dem zukünftigen Polizeipräsidenten und machte sich auf den Weg, Richards zu finden. Es schien, daß Richards über dem Stellplatz für seine Gerätschaften wohnte. Er war unverheiratet, ein ehemaliger Soldat, und er hatte ein steifes

Bein, eine Katze, eine Teetassensammlung und eine Vorliebe für Wurfpfeile. Es gab nichts, was Wachtmeister Bithel, der erst vor kurzem aus dem County Down nach London gekommen war, über sein Revier nicht wußte.

Richards warf seine Pfeile in einer Kneipe namens Sun am Ende der Britt Lane; also machte sich Grant zum Sun auf. Was er vorhatte, war ein ausgesprochen inoffizielles Unternehmen, und man mußte es inoffiziell angehen. Er kannte das Sun und den Wirt dort nicht, aber er brauchte nur still dazusitzen und sich anständig zu benehmen, dann würde ihn schon jemand zum Darts-Spiel einladen, und dann war es nur noch eine Frage der Zeit, bis er ein paar Worte mit Richards allein würde sprechen können.

Eine Frage von gut zwei Stunden, wie sich herausstellte, aber schließlich hatte er Richards mit einem vollen Bierglas für sich allein in einer Ecke. Er war noch dabei zu überlegen, ob er seinen Dienstausweis hervorholen und offizielle Mittel zu inoffiziellen Zwecken mißbrauchen sollte oder ob es besser war, die Sache als Gefälligkeit aufzuziehen, um die ein alter Soldat einen anderen bittet, als Richards sagte:

»Sie sind in den ganzen Jahren überhaupt nicht dicker geworden, Sir.«

»Kennen wir uns von irgendwoher?« fragte Grant, ein wenig verärgert darüber, daß er sich an jemanden nicht mehr erinnern sollte.

»Camberley. Länger her, als mir lieb ist. Braucht Sie auch nicht zu ärgern, daß Sie mich vergessen haben«, fügte er hinzu. »Sie haben mich sicher nie gesehen. Ich war damals Koch. Sind Sie immer noch bei der Armee?«

»Nein, ich bin Polizist geworden.«

»Na so was! Tja ja. Ich hätte geschworen, Sie bringen's noch zum General. Jetzt versteh' ich, warum Sie mich unbedingt in der Ecke hier haben wollten. Und ich dachte schon, 's wär' mein Geschick beim Darts-Werfen.«

Grant lachte. »Stimmt. Sie können tatsächlich etwas für mich tun. Aber es ist keine offizielle Sache. Würden Sie gegen ein kleines Entgelt morgen einen Lehrjungen mitnehmen?«

»Der dann ein paar bestimmte Fenster putzt?« fragte Richards nach kurzem Überlegen.

»Britt Lane Nummer fünf.«

»Ho!« sagte Richards amüsiert. »Da müßte ich ihn bezahlen, wenn er die putzt!«

»Warum?«

»Der verdammte Kerl ist nie zufrieden. Aber das ist keine krumme Sache, oder?«

»Da brauchen Sie sich keine Sorgen zu machen. Nichts wird aus dem Haus entwendet, nichts wird beschädigt. Dafür verbürge ich mich. Wir können es sogar schriftlich abmachen, wenn Sie sich dann wohler fühlen.«

»Ihr Wort genügt mir, Sir. Und Ihr Mann kann das Privileg, Mr. Vollidiot-Lloyds Fenster zu putzen, kostenlos haben.« Er erhob sein Glas. »Auf die alten Zeiten – im Gleichschritt rechtsum! Wann kann ich morgen mit Ihrem Lehrjungen rechnen?«

»Wäre zehn Uhr recht?«

»Sagen wir lieber halb elf. Meistens verläßt Ihr Schätzchen gegen elf das Haus.«

»Vorbildlich mitgedacht.«

»Bis dahin habe ich meine ersten Fenster dann schon fertig. Um halb elf an meiner Wohnung, Britt Mews Nummer drei.«

Es war aussichtslos, Tad Cullen an diesem Abend noch telefonisch zu erreichen. Also hinterließ Grant eine Nachricht im Westmoreland, in der er ihn bat, am nächsten Morgen unmittelbar nach dem Frühstück zu ihm in seine Wohnung zu kommen.

Danach aß er endlich zu Abend und war dankbar, daß er anschließend schlafen gehen konnte.

Er war schon halb eingeschlafen, als die Stimme in seinem Inneren sagte: »Weil er wußte, daß es in dem Abteil nichts gab, worauf er hätte schreiben können.«

»Was?« sagte er, während sein Bewußtsein zurückkehrte. »Wer wußte das?«

»Lloyd. Er sagte: ›Worauf?‹ «

»Stimmt. Und weiter?«

»Er sagte es, weil er verblüfft war.«

»Das ist wahr; er machte einen überraschten Eindruck.«

»Er war überrascht, weil er wußte, daß es in dem Abteil nichts gab, worauf man hätte schreiben können.«

Darüber dachte er nach, bis er einschlief.

Kapitel 13

Tad erschien, gestiefelt und gespornt, noch bevor Grant zu Ende gefrühstückt hatte. Seine Seele allerdings war betrübt (»Ich werd' einfach das Gefühl nicht los, daß ich Sie gestern abend im Stich gelassen hab', Mr. Grant«), und man mußte ihn zuerst von seiner zerknirschten Stimmung befreien, bevor er zu etwas nutze sein konnte. Sein Befinden besserte sich, als er erfuhr, daß es für den Tag bereits feste Pläne gab.

»Das haben Sie also wirklich ernstgemeint mit dem Fensterputzen? Ich dachte, das wär' nur – nur so 'ne Redewendung. So was wie ›Wenn das so weitergeht, kann ich bald Streichhölzer verkaufen.‹ Warum soll ich denn bei Lloyd die Fenster putzen?«

»Weil das die einzige ehrbare Methode ist, in das Haus hineinzukommen. Meine Kollegen könnten nachweisen, daß Sie nicht befugt sind, die Gasuhr abzulesen oder den Stromanschluß oder das Telefon zu überprüfen. Aber keiner kann behaupten, Sie seien kein Fensterputzer, der gewerbsmäßig und mit vollem Recht seiner Arbeit nachgeht. Richards – das ist Ihr Boß für heute –, Richards sagt, Lloyd verlasse fast jeden Tag gegen elf das Haus, und er wird mit Ihnen dorthin gehen, sobald Lloyd aufgebrochen ist. Er bleibt natürlich bei Ihnen und arbeitet mit Ihnen, so daß er Sie als seinen Gehilfen, der das Handwerk erlernt, vorstellen kann. Auf diese Weise wird man Sie ohne Mißtrauen einlassen und sich nicht weiter um Sie kümmern.«

»Ich bin also unbeobachtet.«

»Auf dem Tisch in dem großen Zimmer, das den Hauptteil der ersten Etage einnimmt, liegt ein Terminkalender. Ein großformatiges, kostbares Exemplar in rotem Leder. Der Schreibtisch läßt sich nicht abschließen, und er steht genau vor dem mittleren Fenster.«

»Und?«

»Ich möchte Lloyds Termine für den dritten und vierten März haben.«

»Sie meinen, vielleicht war er mit in dem Zug, hm?«

»Ich möchte jedenfalls sichergehen, daß er nicht dort war. Wenn ich erst einmal weiß, welche Verabredungen er an diesen Tagen hatte, kann ich leicht herausfinden, ob er sie eingehalten hat oder nicht.«

»Gut. Das ist einfach. Ich freu' mich auf die Fensterputzerei. Hab' mir schon oft überlegt, was ich mache, wenn ich fürs Fliegen zu alt bin. Vielleicht hab' ich ja als Fensterputzer Aussichten. Von den Einblicken, die man da hat, ganz zu schweigen.«

Er machte sich gutgelaunt auf den Weg und hatte offenbar bereits vergessen, daß ihm noch vor einer halben Stunde ›elender als dem elendesten Wurm‹ zumute gewesen war, und Grant ging im Geiste seine Bekannten durch und überlegte, wer von ihnen Näheres über Heron Lloyd wissen konnte. Es fiel ihm wieder ein, daß er Marta Hallard noch nicht angerufen hatte, um sie von seiner Rückkehr in Kenntnis zu setzen. Es war vielleicht noch ein wenig früh am Tage, um Martas Schlummer zu stören, aber er würde es riskieren.

»Oh nein«, sagte Marta, »du hast mich nicht geweckt. Ich bin schon halb mit dem Frühstück fertig und nehme gerade meine tägliche Dosis Neuigkeiten zu mir. Tag für Tag schwöre ich mir, nie wieder eine Tageszeitung zu lesen, aber Morgen für Morgen liegt das verfluchte Ding da und wartet, daß ich es aufschlage, und Morgen für Morgen schlage ich es auf. Meine Magensäfte beginnen zu brodeln, meine Arterien verkrampfen sich, und ich mache ein dermaßen langes Gesicht, daß die fünf Guineen, die Ayesha da an Arbeit hineingesteckt hat, in fünf Minuten verschwunden sind – aber ich brauche meine tägliche Dosis Gift. Wie geht es dir, mein Lieber? Hast du dich erholt?«

Sie hörte sich seine Antwort an, ohne ihm ins Wort zu fallen. Einer von Martas angenehmeren Charakterzügen war, daß sie zuhören konnte. Bei den meisten seiner weiblichen Freunde bedeutete ein Schweigen lediglich, daß sie ihren nächsten Satz vorbereiteten und nur auf die Gelegenheit warteten, ihn zu äußern.

»Laß uns heute abend zusammen essen. Ich bin noch frei«, sagte sie, nachdem sie von Clune und seiner wiederhergestellten Gesundheit vernommen hatte.

»Können wir das auf Anfang nächster Woche verschieben? Wie läuft denn das neue Stück?«

»Nun, mein Lieber, es würde sehr viel besser laufen, wenn Ronnie dann und wann von der Rampe zurückträte und seine Worte an mich richtete statt ans Publikum. Angeblich unterstreicht es die Entfremdung dieser Gestalt, fast schon über die Rampe hinauszuklettern und die vordersten Reihen seine Wimpern zählen zu lassen, aber ich denke ja, es ist nur eine Angewohnheit aus seiner Music-Hall-Zeit, die er noch nicht ganz abgelegt hat.«

Sie unterhielten sich noch ein wenig über Ronnie und über das Stück, und dann fragte Grant: »Kennst du eigentlich Heron Lloyd?«

»Den Arabienforscher? ›Kennen‹ wäre zuviel gesagt. Aber nach allem, was ich höre, ist er fast genauso ein Charakterschwein wie Ronnie.«

»Wieso?«

»Rory – der Junge von meinem Bruder – war ganz versessen darauf, auf Entdeckungsreise nach Arabien zu gehen – mir ist das ja unbegreiflich, wieso jemand auf Entdeckungsreise nach Arabien gehen will – nichts als Sand und Datteln –, na ja, Rory wollte, daß Heron Lloyd ihn mitnimmt, aber es stellte sich heraus, daß Lloyd ausschließlich mit Arabern reist. Rory ist ein netter Junge und meint, das läge daran, daß Lloyd selbst so arabisch ist, daß er *plus royaliste que le roi* ist, aber ich persönlich denke – verdorben, verschlagen und hinterhältig, wie ich bin –, ich denke, er leidet an der gleichen Krankheit wie Ronnie – er will einfach die gesamte Bühne für sich allein.«

»Und was ist aus Rory geworden?« lenkte Grant elegant von Heron Lloyd ab.

»Oh, der ist trotzdem nach Arabien gekommen. Der zweite Mann am Platze hat ihn mitgenommen. Kinsey-Hewitt. Na, von so einem kleinen Rückschlag läßt Rory sich nicht lange beeindrucken. Paßt es dir am Dienstag? Das Abendessen, meine ich.«

In der Tat, Dienstag war ein guter Tag dafür. Bis dahin würde er wieder mit seiner Arbeit begonnen haben, und Bill Kenrick, der voller Arabien-Begeisterung nach England gekommen war und als Charles Martin in einem Zug in die Highlands sein Leben lassen mußte, durfte ihn nicht mehr weiter beschäftigen. Es blieben ihm nur noch ein oder zwei Tage.

Er ging zum Friseur, und in dieser entspannten, einschläfernden Atmosphäre überlegte er, was ihnen noch zu tun blieb. Tad

Cullen aß mit seinem Boß zu Mittag. »Richards will kein Geld für diese Sache annehmen«, hatte er ihm gesagt, »also laden Sie ihn zum Mittagessen ein. Bestellen Sie ihm das Beste, das Sie bekommen können; ich zahle es.«

»Das mach' ich gern«, sagte Tad, »aber ich will in der Hölle schmoren, wenn ich Sie dafür bezahlen lasse. Schließlich war Bill Kenrick mein Kumpel und nicht Ihrer.«

Er sog die warme, duftende Luft des Friseurladens ein, halb Kneipe, halb Operationssaal, und überlegte, was sie noch tun konnten, um Bills Koffer zu finden. Aber erst Tad kam, als er zurückkehrte, auf die Lösung.

Warum, fragte Tad, gaben sie nicht eine Suchanzeige nach dieser Freundin auf?

»Welche Freundin?«

»Das Mädchen, bei dem er sein Gepäck gelassen hat. Die braucht doch keine Angst vor uns zu haben – wenn sie sich nicht gerade die Sachen unter'n Nagel gerissen hat; das hat man ja schon erlebt. Aber mit so einer würde – hätte Bill sich nie eingelassen. Warum schreiben wir nicht in Großbuchstaben ›BILL KENRICK‹ – damit 's auch auffällt, verstehen Sie? –, und dann einfach: ›Wer ihn kennt, ruft bitte Nummer soundsoviel an.‹ Spricht da irgendwas dagegen?«

Nein, Grant sah nichts, was dagegensprach, aber sein Blick war auf das Stück Papier geheftet, das Tad aus seiner Tasche kramte.

»Haben Sie den Terminkalender gefunden?«

»Aber sicher. Ich brauchte nur den Arm durchs Fenster zu stecken. Der Knabe scheint überhaupt kein Privatleben zu haben. 'ne langweiligere Liste von Verabredungen könnt' ich mir höchstens im Gefängnis vorstellen. Kein weibliches Wesen auf der ganzen Liste. Und für uns sowieso nicht zu gebrauchen.«

»Nicht zu gebrauchen?«

»Scheint, daß er was anderes zu tun hatte. Soll ich diese Anzeige für die Zeitung aufsetzen?«

»Ja, tun Sie das. Papier finden Sie in meinem Schreibtisch.«

»An welche Zeitungen schicken wir's denn?«

»Machen Sie sechs Ausfertigungen; die Umschläge können wir dann später schreiben.«

Er wandte sich der Kopie der Eintragungen in Lloyds Terminkalender zu, die Tad in seiner Kinderhandschrift abgeschrieben hatte. Die Eintragungen für den dritten und vierten März. Und während er sie las, kam ihm allmählich zu Bewußtsein, wie absurd seine Verdächtigungen gewesen waren. Was hatte er sich da zusammenphantasiert? War sein Verstand immer noch der Verstand eines Kranken, der sich viel zu leicht von Dingen beeindrucken ließ? Wie hatte er auch nur im Traum daran denken können, Heron Lloyd habe sich womöglich zu einem Mord hinreißen lassen? Denn das hatte er doch tatsächlich vermutet, oder? Daß Heron Lloyd irgendwie, auf irgendeine rätselhafte Weise für Bill Kenricks Tod verantwortlich war.

Er las die entscheidenden Eintragungen und dachte bei sich, daß es, selbst wenn sich herausstellen sollte, daß Lloyd diese Verabredungen nicht eingehalten hatte, abwegig wäre, in diese Entdeckung mehr hineinzulesen als eine der üblichen Erklärungen: daß Lloyd sich nicht wohlgefühlt oder es sich anders überlegt hatte. Am Abend des dritten hatte er offenbar an einem Bankett teilgenommen. ›Pioneer Society, Normandie, neunzehn Uhr fünfzehn‹ lautete der Eintrag. Für neun Uhr dreißig des folgenden Morgens war in der Britt Lane Nummer fünf der Besuch eines Filmteams des *Pathé Magazine* vorgesehen, das über Lloyd die soundsovielte Folge der Serie ›Berühmtheiten zu Hause‹ drehen sollte. Es schien, daß Heron Lloyd an wichtigere Dinge zu denken hatte als an einen unbedeutenden Flieger, der behauptete, in der Wüste Arabiens Ruinen entdeckt zu haben.

»Aber er fragte: ›Worauf?‹« erinnerte ihn die altbekannte Stimme.

»Ja, er hat ›Worauf?‹ gesagt, aber was heißt das schon! Das wäre ja eine schöne Welt, in der eine nur so dahingeworfene Bemerkung jemanden in Verdacht bringt; in der schließlich nach ihr das Urteil über ihn gesprochen wird.«

Der Polizeichef hatte einmal zu ihm gesagt: »Sie haben die wertvollste Eigenschaft, die man für Ihre Arbeit überhaupt haben kann, und das ist Phantasie. Aber achten Sie darauf, daß sie nicht mit Ihnen durchgeht, Grant. Überlassen Sie nie der Phantasie das Ruder. Sie müssen sie sich dienstbar machen.«

Er war kurz davor gewesen, seine Phantasie mit ihm durchgehen zu lassen. Es war Zeit, daß er sich zusammenriß.

Er würde dort neu ansetzen, wo er gewesen war, bevor er Lloyd besuchte. Zurück zu Bill Kenricks Gesellschaft. Von den wilden Spekulationen zurück zu den Fakten. Zu den harten, klaren, kompromißlosen Fakten.

Er blickte zu Tad herüber, der die Nase dicht über dem Papier hatte und mit ihr den Linien seiner Feder folgte, wie ein Terrier einer Spinne über den Fußboden nachschnüffelt.

»Sind Sie mit Ihrer Dame aus der Milchbar gut zurechtgekommen?«

»Das war schon in Ordnung«, sagte Tad geistesabwesend, ohne den Blick von seiner Arbeit abzuwenden.

»Haben Sie sich wieder mit ihr verabredet?«

»Hm-hm. Ich treff' mich heute abend mit ihr.«

»Meinen Sie, es wird etwas Festes draus?«

»Kann schon sein.« Als er bemerkte, daß Grant ein ungewöhnliches Interesse daran zeigte, blickte er auf und fragte: »Worauf wollen Sie hinaus?«

»Ich spiele mit dem Gedanken, Sie für einen Tag oder zwei zu verlassen, und ich würde gerne sichergehen, daß Sie sich nicht langweilen, während ich weg bin.«

»Oh. Oh nein; um mich brauchen Sie sich keine Sorgen zu machen. Es wird allmählich Zeit, daß Sie sich mal um Ihre eigenen Dinge kümmern; das kann ich mir vorstellen. Schließlich haben Sie ja mit der ganzen Geschichte überhaupt nichts zu tun. Sie haben sowieso schon viel zuviel getan.«

»Ich habe nicht vor, mich um eigene Dinge zu kümmern. Ich fliege nach Frankreich und besuche Martins Familie.«

»Familie?«

»Seine Eltern. Sie leben in einem Vorort von Marseille.«

Tads Züge, die einen Augenblick lang denen eines verirrten Kindes geglichen hatten, belebten sich wieder.

»Was versprechen Sie sich davon?«

»Ich verspreche mir gar nichts. Ich setze nur einfach vom anderen Ende neu an. Mit Bill Kenrick stecken wir in der Sackgasse – es sei denn, seine Freundin, wenn es sie gibt, antwortet auf die Anzeige, und das kann frühestens übermorgen sein –; also versuchen wir es bei Charles Martin und schauen, ob wir von dort aus weiterkommen.«

»Schön. Soll ich nicht mitkommen?«

»Ich glaube nicht, Tad. Sie bleiben hier und werden Presseoffizier. Sie sorgen dafür, daß die Anzeigen aufgegeben werden, und dann nehmen Sie die Antworten entgegen.«

»Sie sind der Boß«, sagte Tad mit einem resignierten Unterton. »Aber ich hätte mir furchtbar gern Marseille angesehen.«

»Es ist kein bißchen so, wie Sie es sich vorstellen«, sagte Grant amüsiert.

»Woher wissen Sie, wie ich es mir vorstelle?«

»Ich kann's mir denken.«

»Na ja, ich kann mich ja auch in die Milchbar setzen und Daphne bei der Arbeit zusehen. Was für seltsame Namen die Mädchen hierzulande haben. 's ist 'n bißchen zugig da; aber ich könnte die Male zählen, die jemand danke dafür sagt, daß er jemand anderen bedient.«

»Wenn Sie das Laster suchen – das können Sie auf den Straßen am Leicester Square genauso bekommen wie auf der Cannebière.«

»Schon, aber ich hab' mein Laster gerne mit 'nem bißchen oh-là-là.«

»Und Daphne hat überhaupt kein oh-là-là?«

»Nein. Daphne ist ausgesprochen la-di-da. Ich habe den schrecklichen Verdacht, daß sie wollene Unterwäsche trägt.«

»Die braucht sie auch, in einer Milchbar am Leicester Square im April. Hört sich doch an, als sei sie ganz in Ordnung.«

»Oh, das ist sie auch, das ist sie auch. Aber bleiben Sie nicht zu lange weg, sonst kriegt der Casanova in mir die Oberhand, und ich komme Ihnen im nächsten Flugzeug nach. Wann fliegen Sie?«

»Morgen früh, wenn ich noch einen Platz bekomme. Lassen Sie mich mal ans Telefon. Wenn ich noch einen Platz in der Morgenmaschine bekomme, dann kann ich mit etwas Glück übermorgen zurück sein. Wenn nicht, spätestens Freitag. Wie sind Sie mit Richards ausgekommen?«

»Oh, wir sind gute Kumpel. Aber ich bin ein wenig enttäuscht.«

»Wovon?«

»Von den Möglichkeiten, die das Geschäft bietet.«

»Es zahlt sich nicht aus?«

»Ich nehme an, finanziell springt schon was dabei raus; aber sonst lohnt es sich nicht, das sage ich Ihnen. Ob Sie's glauben oder nicht – alles, was man von draußen sehen kann, ist sein eigenes Spiegelbild in der Scheibe. Wie heißen denn die Zeitungen, an die ich diese Dinger hier schicken soll?«

Grant nannte ihm die Namen der sechs Zeitungen mit der größten Auflage und entließ ihn dann mit der ausdrücklichen Erlaubnis, die Zeit bis zu seiner Rückkehr ganz nach eigenem Belieben zu verbringen.

»Ich wär' furchtbar gerne mitgekommen«, sagte Tad noch einmal, als er sich verabschiedete, und Grant fragte sich, ob jemand, der Südfrankreich für einen einzigen Rummelplatz hielt, eine absurdere Vorstellung davon hatte als er selbst. Für ihn war der Süden Frankreichs wie eine einzige große Mimose.

»Frankreich!« sagte Mrs. Tinker. »Wo Sie doch gerade erst aus'm Ausland zurück sind!«

»Die Highlands mögen ja etwas Ausländisches haben, aber Südfrankreich ist einfach nur ein Vorort Englands.«

»'n sündhaft teurer Vorort, hab' ich gehört. Runös. Wann wer'n Sie denn zurück sein? Ich hab' Ihnen von Carr 'n wunderhübsches Hühnchen geholt.«

»Übermorgen, hoffe ich. Spätestens Freitag.«

»Och, bis dahin hält es sich. Soll ich Sie morgen dann früher wecken?«

»Wahrscheinlich werde ich schon weg sein, bevor Sie kommen. Sie können also morgen ruhig einmal ausschlafen.«

»Das würd' Tinker gar nicht gefallen, ganz bestimmt nicht. Aber ich kauf' dann ein, bevor ich herkomme. Und Sie passen gut auf sich auf. Kein Remmidemmi, sonst kommen Sie kränker zurück, als wie Sie nach Schottland gefahren sind. Hoffentlich behalten Sie schönes Wetter.«

Mrs. Tinkers Wünsche hatten genützt, dachte Grant am nächsten Morgen, während Frankreich sich wie auf einer Landkarte unter ihm ausbreitete. Wenn man es aus solcher Höhe an einem solchen glasklaren Morgen betrachtete, vergaß man, daß es aus Erde und Äckern und Wasser bestand. Es sah aus wie ein kleines Edelsteinensemble, die See eine Fassung aus Lapislazuli; ein Fabergé-Kunstwerk. Es brauchte einen nicht zu wundern, daß Flieger im allgemeinen eine distanzierte Einstellung zur Welt hatten. Was hatte die Welt – ihre Literatur, ihre Musik, ihre Geschichte – einem Mann zu sagen, der sie täglich als das erkennen konnte, was sie war: ein Phantasiegebilde von Fabergé?

Von nahem betrachtet war Marseille allerdings alles andere als die Kreation eines Goldschmieds. Es war, wie solche Städte zu sein pflegen, laut, angefüllt von Menschen, von den Hupen ungeduldiger Taxis und dem Geruch kalten Kaffees; jenem ausgesprochen französischen Geruch der Geister von zehn Millionen Kannen Kaffee, die in den Häusern spukten. Aber die Sonne schien, die gestreiften Markisen flatterten leicht in der Brise, die vom Mittelmeer wehte, und die Mimose stellte ihr bleiches kostbares Gelb verschwenderisch zur Schau. Als Gegenbild zum grauroten London war es nicht zu übertreffen, dachte er. Wenn er jemals zu Reichtum käme, würde er einem der ganz großen Künstler den Auftrag erteilen, die beiden Bilder für ihn auf Leinwand festzuhalten; das Chiaroscuro Londons und das grelle fröhliche Licht von Marseille. Zwei verschiedene Künstler wohl eher. Es war unwahrscheinlich, daß der Mann, der das Bild Londons an einem grauen Apriltag einfangen konnte, auch in der Lage war, das Wesen von Marseille am Mittag eines Frühlingstages auf die Leinwand zu bannen.

Alle Gedanken an Künstler verflogen, und Grant fand Marseille bei weitem nicht mehr so strahlend und angenehm wie zuvor, als er erfuhr, daß die Familie Martin vor einer Woche ihre Vorortwohnung geräumt hatte und an einen unbekannten Ort verzogen war. Unbekannt zumindest ihren Nachbarn. Bis er mit Hilfe der lokalen Behörden herausgefunden hatte, daß der ›unbekannte Ort‹ nicht weiter weg lag als Toulon, war viel wertvolle Zeit verstrichen, und die Fahrt nach Toulon und die Suche nach den Martins im Gewimmel dieser Stadt nahmen weitere Zeit in Anspruch.

Aber am Ende fand er sie und ließ sich von ihnen das wenige erzählen, das sie zu erzählen hatten. Charles war ein ›mißratener Junge‹ gewesen, sagten sie, und darin lag alle Empörung, die die Franzosen gegenüber jemandem empfinden, der der höchsten Göttin ihres Kultes abgeschworen hat, der FAMILIE. Er war von Anfang an ein launischer, störrischer Knabe gewesen und dazu (das übelste aller Übel im französischen Sündenregister) ein Faulpelz. Stinkfaul. Er hatte sie vor fünf Jahren nach einem kleinen Zwischenfall verlassen, einer Weibergeschichte – nein, es war nur ein Messerstich gewesen –, und hatte sich seitdem nie wieder gemeldet. Das einzige Mal, daß sie etwas über ihn erfahren hatten, war, als er einem Freund zufällig in Port Said über den Weg gelaufen war, vor etwa drei Jahren. Er schlage sich als Straßenhändler für Gebrauchtwagen durch, hatte der Freund berichtet. Kaufe Wracks auf, mache sie ein wenig zurecht und verkaufe sie dann wieder. Er sei ein sehr guter Mechaniker gewesen; er hätte es zu etwas bringen können, zu einer eigenen Werkstatt mit Leuten, die für ihn gearbeitet hätten, wenn er nur nicht so ein Faulpelz gewesen wäre. Stinkfaul. Es war unglaublich, wie jemand so faul sein konnte. Beinahe schon krankhaft. Danach hatten sie nichts mehr von ihm gehört, bis man sie bat, die Leiche zu identifizieren.

Grant fragte nach einem Bild von Charles.

Ja, sie hatten eine Reihe von Fotos, aber Charles war zu der Zeit natürlich wesentlich jünger gewesen.

Grant betrachtete die Bilder und sah, warum der tote Bill Kenrick dem Charles Martin, den seine Familie im Gedächtnis hatte, nicht allzu unähnlich sah. Ein schlanker junger Mann mit kräftigen Augenbrauen, hohlen Wangen und glattem dunklen Haar war kaum vom anderen zu unterscheiden, wenn das Leben erst einmal aus seinem Gesicht gewichen war. Die beiden brauchten nicht einmal dieselbe Augenfarbe zu haben. Eine Mutter oder ein Vater bekommt die Nachricht: Ihr Sohn ist bei einem bedauerlichen Unfall ums Leben gekommen, würden Sie ihn bitte als Ihren Sohn identifizieren und für die Beerdigung alles Erforderliche veranlassen. Den trauernden Eltern werden die Papiere und Besitztümer ihres verstorbenen Sohnes übergeben, und sie werden gebeten, den Mann, der sie bei sich hatte, als ihren Sohn zu identifizieren. In einem derart vorbereiteten Gemüt kommt kein Zweifel auf; die Eltern nehmen für wahr hin, was sie sehen, und was sie sehen, ist, was sie erwarteten. Sie kämen gar nicht auf die Idee zu fragen: Hatte dieser Mann blaue oder braune Augen?

Am Ende war natürlich Grant derjenige, der sich den Fragen stellen mußte. Warum interessierte er sich so für Charles? Hatte Charles etwa doch ein wenig Geld hinterlassen? War Grant vielleicht auf der Suche nach dem rechtmäßigen Erben?

Nein, antwortete Grant, er habe lediglich versprochen, für einen Freund, der ihn an der Küste des Persischen Golfs kennengelernt hatte, Erkundigungen über Charles einzuziehen. Nein, was dieser Freund von ihnen wolle, das wisse er nicht. Soviel er wußte, war von einer zukünftigen Partnerschaft die Rede gewesen.

Da, meinte die Familie Martin, habe der Freund aber Glück gehabt, daß daraus nichts geworden sei.

Sie bewirteten ihn mit Armagnac und Kaffee und kleinen, mit grobem Zucker bestreuten Keksen und ermunterten ihn, doch vorbeizukommen, wenn er wieder einmal in Toulon sei.

An der Haustüre fragte er, ob sie die Papiere ihres Sohnes zurückbekommen hätten. Nur die persönlichen, antworteten sie:

die Briefe. Um die Ausweise hatten sie sich nicht weiter gekümmert. Die waren sicher noch bei der Polizei in Marseille, die sich nach dem Unfall mit ihnen in Verbindung gesetzt hatte.

Also mußte Grant noch etwas mehr Zeit dafür verschwenden, freundschaftliche Kontakte zu den Beamten in Marseille herzustellen; aber diesmal machte er sich nicht die Mühe, die inoffiziellen Methoden anzuwenden, die sein Gewissen eigentlich vorschrieb. Er zeigte seinen Ausweis vor und bat, man möge ihm die Papiere leihen. Er trank einen *sirop* und unterschrieb eine Quittung. Und er schaffte es, am Freitag die Nachmittagsmaschine nach London zu erreichen.

Es blieben ihm noch zwei Tage. Ein Tag und ein Sonntag, genaugenommen.

Frankreich, über das er nun hinwegflog, stellte noch das gleiche Edelsteinmuster wie bei seiner Hinreise zur Schau, aber die Britischen Inseln schienen gänzlich verschwunden zu sein. Jenseits der altbekannten westeuropäischen Küste gab es nichts als ein Meer von Nebel. Seltsam und unvollständig wirkte die Landkarte ohne die vertrauten Umrisse dieser so einflußreichen Inseln. Um wieviel anders wäre die Weltgeschichte verlaufen, hätte es diese Inseln niemals gegeben! Es war faszinierend, sich das auszumalen. Ein rein spanisches Amerika, konnte man vermuten. Indien wäre französisch; ein Indien ohne Rassenschranken, in dem die Bevölkerung sich so vermischt hätte, daß die einzelnen Gruppen alle Individualiät verloren hätten. Ein holländisches Südafrika, beherrscht von einer fanatischen Kirche. Australien? Wer hätte Australien entdeckt und kolonisiert? Die Holländer von Südafrika aus oder die Spanier von Amerika? Letzten Endes wäre es gleichgültig gewesen, hätte sich doch jede der beiden Rassen innerhalb einer Generation zu hoch aufgeschossenen, mageren, zähen Gestalten entwickelt, mit schleppender, näselnder Sprache, unverwüstlich. Genau wie alle Amerikaner den Indianern immer ähnlicher sahen, selbst wenn sie als stämmige, grobknochige Angelsachsen ins Land gekommen waren.

Sie durchstießen das Wolkenmeer, und Großbritannien tauchte wieder vor ihnen auf. So bescheiden, schmutzig und alltäglich sah es aus, daß man kaum glauben mochte, daß es die Weltgeschichte verändert hatte. Ein gleichmäßiger Nieselregen durchnäßte Land und Leute. London sah aus wie ein Aquarell in schimmerndem

Grau, und die Busse, die tauglänzend durch den Nebel eilten, waren rote Flecken aus Ölfarbe.

Obwohl es noch Tag war, brannten im Fingerabdruck-Archiv sämtliche Lichter; und Cartwright saß genauso da, wie Grant ihn bei seinem letzten Besuch verlassen hatte – wie er unweigerlich dasaß, wann immer man den Raum betrat –, mit einer halbvollen Tasse kalten Tees neben sich, die Untertasse voller Zigarettenstummel.

»Kann ich etwas für Sie tun an diesem strahlenden Frühlingsnachmittag?« begrüßte er ihn.

»Können Sie. Es gibt etwas, was ich Sie schon immer fragen wollte. Haben Sie eigentlich jemals die zweite Hälfte einer Tasse Tee getrunken?«

Cartwright dachte darüber nach. »Wenn ich mir's so überlege – ich glaube, nicht. Beryl holt die Tasse immer vorher ab und füllt sie neu. Haben Sie sonst noch was auf dem Herzen? Oder ist es nur ein Höflichkeitsbesuch?«

»Nein, da ist noch etwas. Aber denken Sie dran – ab Montag arbeiten Sie wieder für mich; sehen Sie sich also vor, daß Sie sich nicht zu großherzig vorkommen.« Er legte Charles Martins Papiere auf den Tisch. »Wann können Sie die für mich unter die Lupe nehmen?«

»Was ist denn das? Französische Papiere. In was für Sachen sind Sie da hineingeraten – oder wollen Sie's lieber für sich behalten?«

»Nichts weiter; ich setze nur ein letztes Mal auf ein Pferd namens Phantasie. Wenn ich gewinne, erzähle ich Ihnen alles. Morgen früh komme ich die Abdrücke holen.«

Er blickte auf die Uhr und kam zu dem Schluß, daß Tad Cullen, wenn er eine Verabredung mit Daphne oder sonst einem weiblichen Wesen hatte, wahrscheinlich gerade in seinem Hotelzimmer dabei war, sich für sie in Schale zu werfen. Er verabschiedete sich von Cartwright und suchte sich ein Telefon, von dem aus er unbelauscht sprechen konnte.

»Na-a-a!« ließ Tad sich überglücklich vernehmen, als er Grants Stimme hörte. »Von wo aus sprechen Sie? Sind Sie wieder im Lande?«

»Ja, ich bin wieder da. Ich rufe von London aus an. Hören Sie, Tad, Sie sagen, Sie haben nie jemanden namens Charles Martin gekannt. Aber wäre es nicht denkbar, daß Sie ihn unter einem anderen Namen kannten? Haben Sie jemals einen sehr guten Mechaniker kennengelernt, jemanden, der sich mit Autos auskennt, der ein Franzose war und Bill ein wenig ähnlich sah?«

Tad überlegte.

»Ich glaube nicht, daß ich jemals 'nen Mechaniker kannte, der Franzose war. Ich hab' mal 'nen schwedischen Mechaniker getroffen und 'nen griechischen Mechaniker, aber keiner von den beiden sah Bill auch nur 'n bißchen ähnlich. Warum fragen Sie?«

»Weil Martin im Nahen Osten gearbeitet hat. Und es ist nicht undenkbar, daß Bill diese Papiere schon hatte, bevor er nach England kam. Vielleicht hat Martin sie ihm verkauft. Er lebte – er lebt, na ja, vielleicht ist er noch am Leben – ein fauler Geselle und wahrscheinlich von Zeit zu Zeit in großer Geldnot. Da draußen, wo niemand groß nach Referenzen fragt, könnte er gut versucht haben, die Papiere zu Geld zu machen.«

»Ja; das kann ich mir schon vorstellen. Da draußen sind fremde Papiere oft mehr wert als die eigenen. Um sie im Fall des Falles zu haben, meine ich. Aber warum sollte B i l l so was kaufen? Bill hat nie irgendwas Ungesetzliches getan.«

»Vielleicht, weil er Martin ein wenig ähnlich sah. Ich weiß es nicht. Wie dem auch sei, Sie sind also nie jemandem im Nahen Osten begegnet, der Martin gewesen sein könnte?«

»Wenn, dann hab' ich's vergessen. Was haben Sie denn rausbekommen? Bei den Martins? Irgendwas, was uns weiterhilft?«

»Ich fürchte, nein. Sie haben mir Bilder gezeigt, aus denen man erkennen konnte, wie ähnlich der tote Bill ihm sah. Aber das wußten wir ja bereits. Und natürlich die Tatsache, daß er nach Arabien gegangen ist, um dort zu arbeiten. Hat sich jemand auf unsere Anzeige gemeldet?«

»Fünf Leute.«

»F ü n f?«

»Alles Leute, die Bill Kenrick heißen.«

»Oh. Und die wollten wissen, ob etwas für sie dabei herausspringt?«

»Genau das.«

»Kein Wort von jemandem, der ihn kannte?«

»Kein Ton. Und auf der Charles-Martin-Seite also auch nichts, wie's scheint. Das heißt, wir tappen völlig im dunkeln, oder?«

»Na – sagen wir, im halbdunkeln. Einen Funken Hoffnung haben wir immer noch.«

»Tatsächlich? Und was soll das für 'ne Hoffnung sein?«

»Wir haben noch Zeit. Uns bleiben noch achtundvierzig Stunden.«

»Mr. Grant, Sie sind ein Optimist.«

»Das muß man in meinem Gewerbe sein«, sagte Grant, aber im Grunde war ihm nicht optimistisch zumute. Er fühlte sich müde und erschöpft. Er war fast so weit, daß er sich wünschte, er hätte nie von Bill Kenrick gehört. Daß er jenen Gang im Schlafwagen in Scoone nur zehn Sekunden später hinuntergegangen wäre. Zehn Sekunden später, und Joghurt hätte bereits bemerkt gehabt, daß der Mann tot war, hätte die Tür wieder verschlossen gehabt und wäre Hilfe holen gegangen; und er, Grant, wäre diesen leeren Gang entlanggegangen und hinaus auf den Bahnsteig getreten, ohne zu wissen, daß es jemals einen jungen Mann namens Bill Kenrick gegeben hatte. Er hätte niemals erfahren, daß jemand im Zug ums Leben gekommen war. Er wäre mit Tommy in die Berge gefahren, und keine Verse vom singenden Sand hätten ihm seinen Urlaub gestört. Er hätte in Ruhe geangelt und sich in Ruhe erholt. In zuviel Ruhe womöglich? Mit zuviel Zeit, über sich selbst und über den Bann des Irrationalen nachzudenken, der über ihm lag. Zuviel Zeit, auf jede Regung seines Verstandes und seiner Seele zu horchen.

Nein, es tat ihm nicht leid, daß er von Bill Kenrick erfahren hatte, natürlich nicht. Er würde in Bill Kenricks Schuld stehen, solange er lebte, und er würde herausfinden, warum Bill Kenrick zu Charles Martin geworden war, und wenn er bis ans Ende seiner Tage dazu brauchen sollte. Aber er wünschte, er könne diese Geschichte aufklären, bevor ihn am Montag der Alltag wieder einholte.

Er erkundigte sich nach Daphne, und Tad sagte, sie habe einen ungeheuren Vorteil gegenüber jeder weiblichen Gesellschaft, die er bisher gekannt habe: Sie freue sich schon über die kleinsten Dinge. Wenn man ihr einen Veilchenstrauß schenkte, war sie so glücklich wie die meisten Mädchen nur bei Orchideen. Tad war zu dem Schluß gekommen, daß sie noch nie von Orchideen gehört hatte, und er persönlich hatte nicht die Absicht, sie darauf aufmerksam zu machen.

»Hört sich an, als ob sie eine Neigung zum Häuslichen hätte. Sehen Sie sich vor, Tad, sonst müssen Sie sie mit in den Nahen Osten nehmen.«

»Nicht, solange ich bei Bewußtsein bin«, sagte Tad. »Mir kommt keine Frau mit zurück nach Arabien. Keine schnuckelige kleine Frau, die dann in unserer schönen Wohnung ... Ich meine, in meiner Wohnung ... Ich meine –« Seine Stimme versagte.

Die Konversation wurde plötzlich einsilbig, und Grant verabschiedete sich mit dem Versprechen, ihn anzurufen, sobald es etwas Neues zu berichten gab.

Er ging hinaus in den feuchten Nebel, kaufte sich eine Abendzeitung und fand ein Taxi, das ihn nach Hause brachte. Der Blick auf den vertrauten Schriftzug des *Signal* brachte seine Gedanken wieder auf jenes Frühstück vor vier Wochen in Scoone. Erneut ging ihm durch den Kopf, wie ähnlich die Schlagzeilen immer wieder lauteten. Die Kabinettskrise, die Leiche einer Blondine in Maida Vale, die Zollfahndung, der Raubüberfall, die Ankunft eines amerikanischen Schauspielers, der Verkehrsunfall. Selbst der ›FLUGZEUGABSTURZ IN DEN ALPEN‹ war häufig genug, um zu den festen Bestandteilen der Zeitung zu gehören.

Den Bewohnern der oberen Täler von Chamonix bot sich gestern abend das Schauspiel einer flammenden Rose, die sich auf den eisigen Gipfeln des Montblanc entfaltete –

Und auch der Stil des *Signal* blieb immer derselbe.

Alles, was in Tenby Court Nummer neunzehn auf ihn wartete, war ein Brief von Pat. Er lautete:

Lieber Alan, die sagen man müßtn rand lassen, aber ich denk mir rand ist blödsinn. spare in der zeit dann hast du in der not. die fliege hab ich für dich gemacht. sie war noch nicht fertig als du abgereist bist. ich weiß nicht ob sie in euren englischen flüssen zu gebrauchen ist aber du sollst sie trotzdem haben dein dich liebender cousin Patrick.

Dieses Kunstwerk hob Grants Stimmung erheblich, und während er zu Abend aß, bewunderte er abwechselnd die Ökonomie des Briefes, im Rand wie in den Großbuchstaben, und den beigelegten Köder. Die Fliege übertraf an Originalität noch jenes bemerkenswerte Gebilde, das Pat ihm in Clune geliehen hatte. Er beschloß, es am Severn an einem Tag einzusetzen, an dem die Fische auch auf ein Stück roten Gummis aus einer Wärmflasche anbissen, damit er Pat in aller Ehrlichkeit wissen lassen konnte, daß die Rankinsche Fliege einen kapitalen Brocken an den Haken gebracht hatte.

Aus dem Wort von ›euren englischen flüssen‹ sprach eine typisch schottische Eigenbrötlerei, die ihn hoffen ließ, daß Laura nicht allzu lange wartete, bis sie Pat auf eine englische Schule schickte. Der Charakterzug des Schottischen war eine Essenz höchster Intensität, und man genoß ihn am besten verdünnt. Er war eine wunderbare Zutat, aber unverdünnt war er beißend wie Ammoniak.

Er befestigte die Fliege oben auf seinem Schreibtischkalender, so daß er sich sowohl über ihre Originalität amüsieren als auch an der Zuneigung seines kleinen Cousins freuen konnte, und dann zog er sich dankbar einen Schlafanzug und einen Hausmantel an. Zumindest einen Trost hatte er, daß er in London war, während er auch auf dem Lande hätte sein können: Er konnte sich seinen Hausmantel anziehen, die Beine am Kamin ausstrecken – und dabei sicher sein, daß kein Anruf von Whitehall 1212 seine Ruhe stören würde.

Aber er hatte seine Beine noch keine zwanzig Minuten ausgestreckt, als sich Whitehall 1212 am Telefon meldete.

Es war Cartwright.

»Habe ich es richtig verstanden – Sie haben auf ein Pferd namens Phantasie gesetzt?« fragte Cartwrights Stimme.

»Ja. Warum?«

»Ich weiß ja nicht, worum es geht, aber ich habe so ein Gefühl, als hätte Ihr Gaul den Pokal gewonnen«, sagte Cartwright. Und dann fügte er süßlich und salbungsvoll wie eine Radioansagerin hinzu: »Gute Nacht, Sir« und hängte ein.

»He!« rief Grant und schlug auf die Telefongabel. »He!«

Aber Cartwright hatte aufgelegt. Und es war aussichtslos, ihn an diesem Abend noch einmal ans Telefon zu bekommen. Dieser liebenswerte kleine Scherz war Cartwrights Revanche; der Lohn, den er für seine zwei Gefälligkeitsarbeiten berechnete.

Grant kehrte zu seiner Lektüre zurück, einem Band Damon Runyon, aber er konnte sich nicht mehr auf Richter Henry G. Blake konzentrieren, jenen durch und durch realistischen Helden. Zum Teufel mit Cartwright und seinem Scherz. Nun war er gezwungen, am Morgen als erstes zum Yard zu gehen.

Doch am nächsten Morgen dachte er überhaupt nicht mehr an Cartwright.

Am nächsten Morgen, acht Uhr, war Cartwright in jenem großen Ozean aus Zufälligkeiten verschwunden, der uns von einem Tag zum anderen trägt, untergetaucht in der Masse des Planktons.

Der Morgen begann, wie er immer begann, mit dem klappernden Geschirr und der Stimme Mrs. Tinkers, die den Morgentee brachte. Das war der Auftakt zu vier wunderbaren Minuten, in denen er eher schlafend als wach dalag und seinen Tee abkühlen ließ. Mrs. Tinkers Stimme drang zu ihm wie durch einen langen Tunnel, der zum Leben und zum Tageslicht hinführte; ein Gang, der ihm erst noch bevorstand.

»Hören Sie sich das nur an«, ließ sich Mrs. Tinkers Stimme vernehmen, und sie bezog sich offenbar auf den gleichmäßig niedergehenden Regen. »Sturzbäche; Bindfäden. Wie die Niagara-Fälle. Anscheinend haben sie Shangri-La gefunden. 'n bißchen Shangri-La könnt' ich ja heute morgen gebrauchen.«

Das Wort bewegte sich durch seine schläfrigen Sinne wie Seegras in ruhigem Wasser. Shangri-La. Ein Wort wie ein Schlafmittel. Wie ein Schlafmittel. Shangri-La. Ein Name aus einem Film. Einem Roman. Ein Garten Eden. Verborgen vor der Welt.

»Da regnet es überhaupt nie, sagt die Zeitung.«

»Wo?« fragte er, um zu zeigen, daß er wach sei.

»In Arabien, scheint's.«

Er hörte, wie sich die Tür schloß, und tauchte noch ein wenig tiefer ins Unterbewußtsein ein, um seine vier Minuten zu genießen. Arabien. Arabien. Auch das ein Wort, dessen Klang schläfrig stimmte. In Arabien also hatte man Shangri-La gefunden. Man –

Arabien! Mit einer einzigen großen Bewegung tauchte er aus seinen Bettdecken auf und griff nach den Zeitungen. Da lagen zwei Zeitungen, aber der *Clarion* kam ihm als erster in die Finger, denn Mrs. Tinkers tägliche Lektüre bestand aus den Schlagzeilen des *Clarion*.

Er brauchte nicht lange zu suchen. Es nahm die gesamte Titelseite ein. Es war für jede Zeitung die beste Schlagzeile seit Dr. Crippen.

›SHANGRI-LA IST WIRKLICHKEIT. SENSATIONELLE ENTDECKUNG. EIN FUND, DER GESCHICHTE MACHEN WIRD.‹

Er warf nur einige Blicke auf den überschwenglich begeisterten Text und legte dann die Zeitung ungeduldig beiseite, um die seriösere *Morning News* hervorzuholen. Aber die *Morning News* war beinahe ebenso überschwenglich wie der *Clarion*. ›KINSEY-HEWITTS GROSSE ENTDECKUNG‹, hieß die Schlagzeile der *Morning News*. ›UNGLAUBLICHE MELDUNG AUS ARABIEN‹.

»Wir sind in der glücklichen Lage, unseren Lesern Paul Kinsey-Hewitts persönlichen telegraphischen Bericht vorlegen zu können«, ließ die *Morning News* ihn wissen. »Sie werden feststellen, daß drei Flugzeugbesatzungen der R.A.F., die nach Mr. Kinsey-Hewitts Ankunft in Mukalla ausgeschickt wurden, um die Koordinaten des Ortes zu ermitteln, seine Entdeckung bestätigen können.« Die *Morning News* hatte mit Kinsey-Hewitt einen Vertrag über eine Artikelfolge geschlossen, in der er nach Abschluß seiner Forschungsreise darüber berichten sollte, und war nun überaus begeistert, daß sie solch unerwartetes Glück gehabt hatte.

Er überging die Kommentare, mit denen die *Morning News* ihren eigenen Triumph bedachte, und widmete sich den weitaus nüchterneren eigenen Worten des ruhmreichen Entdeckers.

Wir hielten uns zu Forschungszwecken in der Wüste Rub al-Chali auf ... kein Gedanke an die Geschichte, weder die Fakten noch die Legende ... ein gut erforschter Landstrich ... öde Felsen, die zu besteigen nie jemand erwogen hatte ... eine Zeitverschwendung, wenn es nur darauf ankam, von einem Brunnen zum nächsten zu gelangen ... in einem Land, in dem Wasser Leben bedeutet, weicht niemand vom Wege ab, um steile Berghänge zu erkunden ... Aufmerksamkeit auf ein Flugzeug gelenkt, das innerhalb von fünf Tagen zweimal auftauchte und für eine Weile niedrig über den Bergen kreiste ... kam uns der Gedanke, daß ein Flugzeug dort abgestürzt sein könnte ... Hilfe vielleicht erforderlich ... Lagebesprechung ... Rory Hallard und ich uns auf die Suche machen sollten, während Daoud zur Quelle von Zaruba weitermarschierte und uns von dort mit Wasservorräten wieder entgegenkommen sollte ... kein sichtbarer Zugang ... Felswände wie der Garbh Coire am Braeriach ... kurz davor aufzugeben ... Rory ... ein Pfad, vor dem selbst eine Gemse zurückgeschreckt wäre ... zwei Stunden bis zum Bergkamm ... ein Tal von unglaublicher Schönheit ... beinahe erschreckendes Grün ... Art Tamariske ... Architektur, die eher an Griechenland als an Arabien erinnerte ... Kolonnaden

... hellhäutiger persischer Menschenschlag mit schönen Augen ... das Grazile und Feingliedrige einer Rasse, die sich nur untereinander fortpflanzt ... sehr freundlich ... sehr aufgeregt über das Auftauchen des Flugzeugs, das sie offenbar für eine Art großen Vogel gehalten hatten ... gepflasterte Straßen und Plätze ... seltsam großstädtisch ... isoliert nicht wegen des schwierigen Bergpfads, sondern aus Mangel an Lasttieren, die Wasservorräte tragen könnten ... unmöglich, ohne Lasttiere die Wüste zu durchqueren ... wie eine kleine Insel im Ozean der Wüste ... genausowenig eine Vorstellung davon, was hinter dieser Wüste lag oder wie weit sie sich erstreckte, wie unsere Vorfahren eine Vorstellung von einer Welt jenseits des Atlantiks hatten ... Geschichte voller Katastrophen, aber wegen der schwierigen Verständigung können wir darüber nur Vermutungen anstellen ... eher eine Übersetzung der Zeichensprache als eine ... Dreifelderwirtschaft ... steinerner Affengott ... Wabar ... vulkanische Erschütterungen ... Wabar ... Wabar ...

Die *Morning News* hatte auch eine hübsche Umrißzeichnung Arabiens beigefügt, mit einem Kreuz an der entsprechenden Stelle.

Grant lag auf seinem Bett und starrte die Zeichnung an.

Das also hatte Bill Kenrick gesehen.

Er hatte den tobenden Sturm hinter sich gelassen, die Dunkelheit und den wirbelnden Sand, und hatte hinunter auf dieses grüne bewohnte Tal geblickt, das sich zwischen den Bergen erstreckte. Kein Wunder, daß er bei seiner Rückkehr ›wie unter einem Schock stehend‹ gewirkt hatte, ›noch gar nicht ganz zurück‹. Er hatte selbst nicht ganz glauben können, was er da gesehen hatte. Er war zurückgeflogen, um von neuem nach diesem Ort zu suchen, den er auf keiner Karte fand; um von neuem diesen Ort zu betrachten. Hier – hier – lag sein Paradies.

Das war es gewesen, worüber er in der freien Spalte der Abendzeitung geschrieben hatte. Das war es gewesen, weswegen er nach England gekommen war ...

Weswegen er zu Heron Lloyd gekommen war ...

Zu Heron Lloyd –!

Er warf die *News* beiseite und sprang aus dem Bett.

»Tink!« rief er, während er schon das Badewasser einließ. »Tink, lassen Sie das Frühstück. Machen Sie mir einen Kaffee.«

»Aber Sie wollen doch an einem solchen Morgen nicht aus dem Haus gehen, nur mit 'ner Tasse –«

»Keine Widerrede! Machen Sie Kaffee!«

Das Wasser schoß in die Badewanne. Der Lügner. Der verdammte aalglatte herzlose hinterhältige Lügner. Der eingebildete eitle mörderische Lügner. Wie hatte er es angestellt?

Bei Gott, er würde dafür sorgen, daß Lloyd für diese Sache gehängt wurde.

»Und womit überführst du ihn?« fragte die innere Stimme ekelhaft höflich.

»Du halt den Mund! Ich finde Belastungsmaterial, und wenn ich einen ganzen neuen Kontinent dafür entdecken muß! ›Der arme Junge! Der arme Junge!‹ hat er gesagt und seinen Kopf über ein so trauriges Schicksal geschüttelt. Herr im Himmel, ich knüpfe ihn selbst auf, wenn ich keinen anderen Weg finde, ihn zu hängen!«

»Beruhige dich, beruhige dich. In einer solchen Stimmung kann man doch keinen Verdächtigen vernehmen.«

»Zur Hölle mit deinem Polizistenverstand! Ich vernehme keinen Verdächtigen. Ich gehe zu Heron Lloyd und sage ihm, was ich von ihm halte. Polizist werde ich erst wieder, wenn ich persönlich mit Lloyd abgerechnet habe.«

»Du wirst doch nicht einen sechzigjährigen Mann verprügeln wollen.«

»Von Verprügeln war nicht die Rede. Ich werde ihn halb totschlagen. Um Prügeln oder Nichtprügeln geht es in diesem Falle überhaupt nicht.«

»Die Sache wäre vielleicht wert, daß man sich dafür an den Galgen bringt, aber nicht, daß man unehrenhaft entlassen wird.«

»›Ich fand ihn liebenswert‹, hat er gesagt, freundlich und herablassend. Der Bastard. Der aalglatte eitle mörderische Bastard. Der –«

Aus seiner reichen Erfahrung konnte er auf genügend Ausdrücke zurückgreifen, mit denen er seinen Zorn ausdrücken konnte. Aber die Wut loderte weiter in ihm wie in einem Hochofen. Er nahm zwei Bissen Toast und drei Schluck Kaffee, dann stürzte er im Laufschritt zur Garage. Um diese Tageszeit würde er kein Taxi bekommen; die schnellste Art voranzukommen war mit dem eigenen Wagen.

Ob Lloyd schon die Zeitungen gelesen hatte?

Wenn es seine Gewohnheit war, das Haus nicht vor elf Uhr zu verlassen, dann würde er sicher auch nicht vor neun frühstücken.

Grant wünschte sich sehr, in der Britt Lane Nummer Fünf anzukommen, bevor Lloyd seine Zeitung aufgeschlagen hatte. Es wäre herrlich, ein süßer Trost, eine tiefe Befriedigung, dabeizusein, wenn Lloyd diese Neuigkeit erfuhr. Er hatte einen Mord begangen, um dieses Geheimnis für sich zu behalten, um sicherzustellen, daß niemand außer ihm den Ruhm beanspruchen konnte, und nun schrie es ihm jede Schlagzeile entgegen, und der Ruhm war an seinen Rivalen gefallen. Oh lieber Gott, laß mich dabeisein, wenn er es erfährt.

Er mußte zweimal an der Tür von Britt Lane Nummer Fünf klingeln, bevor sich etwas rührte, und dann wurde die Tür nicht von dem freundlichen Mahmoud geöffnet, sondern von einer grobschlächtigen Frau in Filzpantoffeln.

»Kann ich Mr. Lloyd sprechen?« fragte er.

»Oh, Mr. Lloyd, der ist für ein oder zwei Tage nach Cumberland gefahren.«

»Cumberland! Wann ist er nach Cumberland aufgebrochen?«

»Donnerstag nachmittag.«

»Wann erwarten Sie ihn zurück?«

»Oh, die beiden sind nur für ein oder zwei Tage weg.«

»Die beiden? Mahmoud begleitet ihn?«

»Aber sicher ist Mahmoud dabei. Mr. Lloyd fährt nie weg, ohne daß Mahmoud mitkommt.«

»Verstehe. Können Sie mir sagen, wo ich ihn finde?«

»Würd' ich tun, wenn ich's wüßte. Aber sie lassen mir keine Adresse da, wenn sie nur für 'nen Tag oder zwei wegfahren. Wollen Sie eine Nachricht hinterlassen? Oder später nochmal vorbeikommen? Heute nachmittag sind die beiden sicher wieder da.«

Nein, eine Nachricht wollte er nicht hinterlassen. Er würde wiederkommen. Der Name tat nichts zur Sache.

Er fühlte sich wie jemand, der zu schnell gebremst hatte und aus der Kurve getragen worden war. Auf dem Rückweg zum Auto fiel ihm ein, daß es nur noch eine Frage von Minuten war, bis Tad Cullen auf die Geschichte stoßen würde; wenn er sie nicht schon längst gelesen hatte. Als er wieder in seiner Wohnung anlangte, begrüßte ihn eine erleichterte Mrs. Tinker auf dem Flur.

»Gott sei Dank, daß Sie wieder da sind. Dieser amerikanische Junge ist dauernd am Telefon und ist völlig außer sich. Überhaupt nicht zu verstehen, was er sagen will. Völlig übergeschnappt, das ist er. Ich sag' ihm: Mr. Grant wird Sie anrufen, sag' ich, sobald er zurück ist. Aber er kann einfach nicht warten. Legt den Hörer auf, und sofort ist er wieder dran. Ich renne zwischen der Spüle und dem Telefon hin und her, als wenn ich –« Das Telefon klingelte. »Da, sehen Sie! Da ist er schon wieder!«

Grant nahm den Hörer ab. Es war tatsächlich Tad, und Mrs. Tinker hatte mit ihrer Beschreibung nicht übertrieben. Er war so in Rage, daß er kaum noch sprechen konnte.

»Aber der hat doch gelogen!« schrie er immer wieder. »Der Kerl hat doch gelogen! Natürlich hat Bill ihm das alles erzählt!«

»Aber selbstverständlich. Hören Sie, Tad ... Hören Sie ... Nein, Sie können nicht hingehen und ihn zu Brei schlagen ... Aber ja, sicher finden Sie auch ohne mich zu seinem Haus, daran zweifle ich nicht ... Nun hören Sie mir doch mal zu, Tad! ... Ich war schon dort ... Doch, selbst wenn Sie so früh wie heute aufstehen, habe ich meine Zeitung schon vor Ihnen gelesen ... Nein, ich habe ihn nicht zusammengeschlagen; das konnte ich nicht ... Nein, nicht, weil ich ein Feigling bin, sondern weil er in Cumberland ist ... Allerdings. Seit Donnerstag ... Das weiß ich nicht. Ich muß darüber nachdenken. Lassen Sie mir Zeit bis zum Mittag. Haben Sie eigentlich gar kein Vertrauen in mein Urteilsvermögen? ... Na, in diesem Fall werden Sie mir vertrauen müssen. Ich brauche Zeit zum Nachdenken ... Um Beweise zu finden, was denn sonst ... Doch, das ist üblich ... Natürlich werde ich meine Geschichte dem Yard erzählen, und natürlich werden sie mir glauben. Meine Geschichte von Bills Besuch bei Lloyd, meine ich, und daß Lloyd mich belogen hat. Aber zu beweisen, daß Charles Martin in Wirklichkeit Bill Kenrick war, das ist eine andere Sache. Bis zum Mittag habe ich eine schriftliche Erklärung für Scotland Yard fertig. Kommen Sie gegen eins her, dann können wir zusammen essen. Am Nachmittag muß ich die ganze Angelegenheit der Polizei übergeben.«

Ein Gedanke, den er haßte. Dieser Kampf war sein persönlicher, privater Kampf. Von Anfang an war es sein persönlicher, privater Kampf gewesen. Von dem Augenblick an, als er durch die offenstehende Abteiltür in das tote Gesicht eines jungen Mannes geblickt hatte. Und seit er bei Lloyd gewesen war, war es nur um so mehr sein persönlicher Kampf.

Er hatte bereits mit seinem Bericht begonnen, als ihm einfiel, daß er die Papiere noch nicht wieder abgeholt hatte, die er bei Cartwright gelassen hatte. Er nahm den Hörer ab, wählte und ließ sich Cartwrights Anschluß geben. Ob Cartwright vielleicht einen Boten finden könne, der ihm die Papiere vorbeibrächte? Er, Grant, stecke bis zu den Ohren in der Arbeit. Es war bereits Samstag, und er mußte seine Angelegenheiten in Ordnung bringen, bevor er am Montag die Arbeit wieder aufnahm. Er wäre ihm sehr verbunden.

Er widmete sich wieder seinem Schriftstück und vertiefte sich so in diese Tätigkeit, daß er nur in der Ferne wahrnahm, daß Mrs. Tinker die zweite Post hereinbrachte: die Mittagspost. Erst als er von dem Papier aufblickte, um ein bestimmtes Wort zu suchen, bemerkte er den Umschlag, den sie ihm auf den Schreibtisch gelegt hatte. Es war ein großformatiger, dicker Umschlag aus steifem, teurem Papier, und er war in einer feinen, spitzen und fahrigen Handschrift adressiert, die es fertigbrachte, gleichzeitig pompös und pedantisch zu sein.

Grant hatte Heron Lloyds Handschrift nie zu Gesicht bekommen. Doch er erkannte sie auf der Stelle.

Vorsichtig legte er seinen Federhalter ab; so, als sei der unerwartete Brief eine Bombe, die jede Erschütterung zur Explosion bringen konnte.

Er wischte sich die Handflächen an den Hosenbeinen ab; eine Geste, die er seit seiner Kindheit nicht mehr gebraucht hatte, die Geste eines kleinen Jungen, der sich dem Unberechenbaren gegenübersieht. Dann streckte er die Hand nach dem Umschlag aus.

Er war in London abgestempelt.

Kapitel 14

Der Brief trug das Datum vom Donnerstag morgen.

Mein lieber Mr. Grant! Oder sollte ich besser sagen: mein lieber Inspektor? Oh ja, ich weiß, wer Sie sind. Ich brauchte nicht lange, das herauszufinden. Mein trefflicher Mahmoud ist ein besserer Detektiv als jeder Ihrer wohlmeinenden Amateure von Scotland Yard. Aber ich werde Sie nicht mit Ihrem Dienstrang anreden, denn was ich Ihnen schreibe, ist ein persönlicher Brief. Ich schreibe Ihnen, wie ein einzigartiges menschliches Wesen einem anderen schreibt, einem, das ihm seiner Aufmerksamkeit wert scheint. Ich lege die folgenden Informationen Ihnen dar und nicht der Presse, denn Sie sind in der Tat der einzige Engländer, der je in mir auch nur für einen Augenblick das Gefühl der Bewunderung zu wecken vermochte.

Und natürlich auch, weil ich mir Ihrer Aufmerksamkeit sicher sein kann.

Heute morgen erhielt ich von meinem Schüler Paul Kinsey-Hewitt ein Schreiben, in dem er mich von seiner arabischen Entdeckung in Kenntnis setzt. Es war ein Brief, den die Redaktion der *Morning News* auf seine Bitte hin schickte, um mich vor der Presseveröffentlichung am morgigen Tage zu informieren. Eine höfliche Geste, die ich ihm hoch anrechne. Es ist eine Ironie des Schicksals, daß auch ihm Kenntnis von der Existenz jenes Tales durch den jungen Kenrick zuteil werden sollte. Ich habe den jungen Kenrick häufig zu Gast gehabt, während er in London war, und ich konnte nichts an ihm finden, was einer so hohen Bestimmung würdig gewesen wäre. Er war ein ausgesprochen gewöhnlicher junger Mann. Er verbrachte seine Tage damit, mechanisch eine Maschine über Wüsten zu fliegen, die Menschen nur unter den größten Entbehrungen und mit eisernem Willen durchkreuzt hatten. Er hatte den Kopf voller Pläne, nach denen ich für die Reisemittel sorgen sollte. Dafür wollte er mich zu jenem Ort führen, auf den er gestoßen war. Ein absurder Plan selbstverständlich. Ich habe nicht der Wüste mein Leben gewidmet und mir einen großen Namen dort gemacht, um mich von einem Instrumentengucker aus den Hintergassen von Portsmouth zu einer Entdeckung führen zu lassen, um den Reiseführer, den Kamelhändler zu spielen, um einem anderen den Weg zu bereiten. Es war undenkbar, daß man einem Jungen, der durch eine Laune des Wetters, einen Zufall der Geographie, über eine der großen Entdeckungen der Menschheit gestolpert war, erlauben konnte, die Früchte dieser Entdeckung auf Kosten der Männer zu ernten, die der Erforschung der Welt ihr Leben geweiht hatten.

Soweit ich es beurteilen konnte, bestand die einzige Tugend dieses jungen Mannes (warum verschwenden Sie Ihre Aufmerksamkeit an ein so bedeutungsloses Erzeugnis menschlicher Massenproduktion?) in einer gewissen Selbstbeherrschung. In der Fähigkeit, Dinge für sich zu behalten; mißverstehen Sie mich bitte nicht. Und es war wichtig für mich, daß die Zunge, die er mit so seltener Ausdauer im Zaume gehalten hatte, auch weiterhin schwieg.

Da er für den vierten eine Verabredung mit seinesgleichen in Paris getroffen hatte (strahlende, unglückliche Lutetia, stets von neuem von den Barbaren geschändet), blieben mir knapp vierzehn Tage Zeit, das zu bewerkstelligen. Nicht daß ich zwei Wochen dazu benötigt hätte. Ich hätte mein Ziel in zwei Tagen erreichen können, wäre es notwendig gewesen.

Ich war einmal, als ich mit dem Nachtzug nach Schottland reiste, wachgeblieben, um einige Briefe zu schreiben, die ich auf dem Bahnhof von Crewe zur Post geben wollte, wo der Zug erstmals nach London wieder hielt. Damals, als ich, nachdem ich mich meiner Briefe entledigt hatte, auf dem Bahnsteig stand, war mir aufgefallen, wie leicht es wäre, den Zug unbeobachtet zu verlassen. Der Schaffner trat hinaus auf den Bahnsteig, um die Reisenden in Empfang zu nehmen, die hier zustiegen, und verschwand dann, um an anderer Stelle seinen Pflichten genüge zu tun. Der Zug hielt noch eine ganze Weile an einem fast menschenleeren Bahnsteig, während am Zugende Gepäckstücke verladen wurden. Jemand, dem es gelungen war, unbemerkt bis hierher zu gelangen, konnte den Zug hier verlassen, und niemand würde je erfahren, daß er dort gewesen war.

Daß ich mich an diesen Umstand erinnerte, war der erste der beiden Grundpfeiler meines Plans.

Der zweite war die Tatsache, daß ich Charles Martins Papiere besaß.

Charles Martin war mein Mechaniker gewesen. Er war der einzige Europäer und der einzige Techniker (was für ein angemessen abscheuliches Wort!), der je in meinen Diensten stand. Ich stellte ihn ein für die am wenigsten erfolgreiche meiner Expeditionen – diejenige, die teilweise mit Fahrzeugen unternommen wurde –, weil meine Araber (obwohl sie bedauerlicherweise schnell aufholen!) den Umgang mit Maschinen nicht kannten. Er war ein abstoßendes Geschöpf, an nichts als an Verbrennungsmotoren interessiert, immer nur darauf bedacht, seinem Anteil an den Arbeitspflichten im Lager zu entgehen, und ich empfand kein Bedauern, als er in der Wüste starb. Wir hatten zu jener Zeit längst festgestellt, daß die Fahrzeuge uns eher behinderten als weiterhalfen, und es war bereits beschlossen worden, sie aufzugeben; Martin hatte also ohnehin keinen Nutzen mehr für uns. (Nein, ich hatte nichts mit seinem Tod zu tun; in diesem Falle sorgte der Himmel selbst für seine Beseitigung.) Niemand fragte nach seinen Papieren, und da wir von Küste zu Küste reisten, kehrten wir nie in die Stadt zurück, in der er in meine Dienste getreten war. Seine Papiere blieben in meinem Gepäck, weder für mich noch für sonst irgend jemanden von Interesse, und gelangten mit mir nach England zurück.

Ich erinnerte mich an sie, als es notwendig wurde, den jungen Kenrick zum Schweigen zu bringen. Kenrick hatte eine gewisse Ähnlichkeit mit Charles Martin. Kenrick hatte vor, zu seiner Carter-Paterson-Beschäftigung im Nahen Osten zurückzukehren, bis ich mich ihm dort anschließen würde, und dann wollten wir von dort aus zu unserer gemeinsamen Expedition aufbrechen. Er besuchte mich häufig in der Britt Lane, um die Route zu besprechen und sich mit den Erfolgen, die ihm bevorstanden, zu brüsten, und es amüsierte mich, ihn so dasitzen zu sehen und seinen Unsinn plappern zu lassen, während ich längst ein völlig anderes Schicksal für ihn vorbereitet hatte.

Für den Abend des dritten hatte er für seine Reise nach Paris einen Platz auf der Nachtfähre gebucht. Anscheinend ›sammelte‹ er Fähren. Er war bereit, Umwege von vielen Meilen zu machen, um per Boot einen Fluß zu überqueren, obwohl über diesen ein paar Yards von dort, wo er sich gerade aufhielt, eine Brücke führte. Die Fähre von Dover sollte, glaube ich, seine zweihundertste werden. Als er mich wissen ließ, er habe eine Kabine auf der Eisenbahnfähre gebucht, buchte ich meinerseits, sobald er das Haus verlassen hatte, telefonisch für denselben Abend ein Abteil nach Scoone auf den Namen Charles Martin.

Bei seinem nächsten Besuch schlug ich ihm vor, er solle doch, da ich am selben Abend, an dem er nach Paris aufbräche, eine Reise nach Schottland anträte, sein Gepäck an der Victoria Station zur Aufbewahrung geben (er hatte nur zwei Koffer bei sich), mit mir zusammen ein frühes Abendessen einnehmen und mich dann zu meinem Zug zum Bahnhof Euston begleiten.

Ganz gleich, zu welchem Vorschlag ich mich herablassen mochte, er ließ sich immer mit Freuden darauf ein, und er stimmte, wie ich nicht anders erwartet hatte, auch dieser Anregung zu. Wir verspeisten ein Gericht aus Reis, Koteletts und Aprikosen, das Mahmoud Mrs. Lucas zu kochen beigebracht hat (es muß langsam garen, so daß es ganz vom Aroma der Aprikosen durchdrungen ist), und dann fuhr Mahmoud uns nach Euston. In Euston schickte ich Kenrick mein Schlafwagenbillett holen, während ich vorausging. Bis Kenrick zurückkam, hatte ich mein Abteil gefunden und erwartete ihn auf dem Bahnsteig. Sollte er sich wundern, warum ich als Charles Martin reiste, hatte ich immer meinen Ruhm zur Entschuldigung, der ein Inkognito rechtfertigte. Aber er stellte keine Fragen.

Ich wußte, daß die Götter auf meiner Seite waren, als ich sah, daß es sich bei dem Schaffner um den Alten Joghurt handelte. Ihnen wird der Name nichts sagen. Es ist während seiner gesamten Laufbahn kein Fall bekanntgeworden, in dem Joghurt auch nur das geringste Interesse an irgendeinem seiner Fahrgäste gezeigt hätte, denn sein einziges Streben, solange er im Dienst ist, ist es, sich möglichst bald nach Abfahrt in seine eigene unappetitliche Behausung zurückzuziehen und sich dort schlafen zu legen.

Es blieben nur noch knapp fünf Minuten bis zur Abfahrt des Zuges. Wir unterhielten uns ein wenig; die Tür war dabei halb geschlossen, und Kenrick stand mit dem Gesicht zum Gang. Nun müsse er aber aufbrechen, sagte er kurz darauf, sonst ende er noch in den Highlands. Ich wies auf meinen kleinen Handkoffer, der neben ihm auf der Pritsche lag, und sagte: »Schauen Sie noch schnell in den Koffer. Es ist etwas für Sie darin. Ein Andenken, bis wir uns wiedersehen.«

Mit einer beinahe kindlichen Ungeduld beugte er sich über den Koffer, um die beiden Schlösser zu öffnen. Die Position war ideal. Ich holte aus meiner Tasche die zweckdienlichste Waffe hervor, die jemals vom Menschen ersonnen wurde, um seinen ahnungslosen Feind zu vernichten. Der Mensch der Vorzeit in den Wüstenländern kannte weder Messer noch Pistole, aber er machte sich den Sand zu Diensten. Ein Fetzen Stoff und einige Handvoll Sand, und ein Schädel bricht wie eine Eierschale; fein und ordentlich, ohne Blut, ohne jeden äußeren Schaden. Er stieß einen kurzen Laut aus und fiel dann vornüber auf den Koffer. Ich verschloß die Tür; dann sah ich nach, ob seine Nase blutete. Sie blutete nicht. Ich zog ihn ganz von der Pritsche herunter und versuchte, ihn darunter zu verstauen. Das war der einzige Punkt, den ich nicht vorausgesehen hatte. Die Hälfte des Platzes unterhalb der Pritsche wurde von einem Teil der

Einrichtung versperrt, und obwohl Kenrick so schmal und dünn war, ließen sich doch seine Knie nicht weit genug zurückschieben, um ihn ganz dem Blick zu entziehen. Ich legte meinen eigenen Mantel ab und warf ihn auf die Pritsche, so daß er vorne herunterhing und die Beine verdeckte. Während ich noch dabei war, den Mantel so zu drapieren, daß er alles verbarg und doch lässig hingeworfen wirkte, ertönte das Signal zur Abfahrt. Ich legte die Fahrkarten für die Hinreise nach Scoone und für den Schlafwagen auf die kleine Ablage unter dem Spiegel, wo Joghurt sie finden würde, und ging dann den Korridor hinunter zum Waschraum. Niemand nahm Notiz von mir, denn alle waren mit Abschiednehmen beschäftigt. Ich schloß mich im Waschraum ein und wartete.

Etwa zwanzig Minuten später hörte ich, wie eine Abteiltür nach der anderen zugeschlagen wurde; Joghurt machte seine Runde. Als er sich im Nebenabteil vernehmen ließ, begann ich mich geräuschvoll zu waschen. Wenige Augenblicke später klopfte er an die Tür und fragte, ob ich der Reisende aus B Sieben sei. Das sei ich, sagte ich. Er verkündete mir, er habe meine Fahrkarten gefunden und an sich genommen. Ich hörte, wie er in den nächsten Wagen weiterging und dort mit seinem Türenschlagen begann, und ich ging zurück zum Abteil B Sieben, wo ich mich einschloß.

Danach blieben mir drei ungestörte Stunden, um alles perfekt zu arrangieren.

Wenn Sie jemals ungestörten Frieden kennenlernen wollen, Mr. Grant, dann lösen Sie ein Schlafwagenbillet in den Norden Schottlands. Es gibt keinen Ort auf dieser Welt, an dem man vor Störungen sicherer ist als in einem Schlafwagenabteil, nachdem der Schaffner seine Runde gemacht hat. Nicht einmal in der Wüste.

Ich holte Kenrick wieder unter der Pritsche hervor, rieb seinen Kopf über die Kante des Waschbeckens und legte ihn dann auf das Bett. Seine Kleidung hatte, wie ich nun feststellte, einen erfreulich kosmopolitischen Zug. Seine Unterwäsche schien von Dhobis gewaschen zu sein, sein Anzug stammte aus Hongkong, seine Schuhe aus Karatschi. Er trug eine billige Blechuhr ohne Namen oder Initialen.

Ich entfernte den Inhalt seiner Taschen und stattete ihn statt dessen mit Charles Martins Brieftasche und seinen Papieren aus.

Er lebte noch; aber als wir durch den Bahnhof von Rugby rollten, tat er seinen letzten Atemzug. Und dann sorgte ich, wie man im Theater sagt, für das Bühnenbild. Und ich glaube nicht, daß ich etwas dabei übersehen habe, oder etwa doch, Mr. Grant? Die Dekoration war perfekt, bis hin zu den Haarspuren am Waschbecken und dem Schmutz an seinen Handflächen. In dem Koffer, den ich zurückließ, waren alte Kleider aus meinem eigenen Besitz, hinreichend abgetragen und verwaschen und im Stil dem angepaßt, was er zu tragen pflegte; außerdem alles, was ich aus meinen Vorräten an Französischem hatte beisteuern können: ein Roman und die Bibel. Außerdem enthielt der Koffer natürlich die Flasche.

Kenrick vertrug eine ganze Menge. Ich spreche natürlich vom Alkohol, nicht vom Schlag mit dem Sandsack. Ich hatte ihm bereits zum Essen ein gehöriges Quantum Whisky eingeflößt und einen Abschiedstrunk von solchen Dimensionen gereicht, daß jeder andere beim schieren Anblick erbleicht wäre. Tatsächlich betrachtete auch er das halbe Wasserglas mit reinem Whisky mit einem etwas fragenden Blick, aber wie ich schon sagte, war er immer sehr darauf bedacht, mir gefällig zu sein, und er trank seinen Whisky ohne Widerwort. Er blieb nüchtern oder zumindest allem Anschein nach nüchtern. Aber Blut und Magen würden bei seinem Tod voll von Whisky sein.

Genau wie sein Abteil, nachdem ich die Bühne hergerichtet hatte. Als die ersten Lichter von Crewe auftauchten, sorgte ich noch für das I-Tüpfelchen. Ich legte die halbvolle Flasche auf den Boden und rollte sie kreuz und quer über den Teppich. Als der Zug zum Halten kam, trat ich auf den Gang und spazierte ihn hinab, bis ich mehrere Wagen zwischen mich und B Sieben gebracht hatte, betrachtete entspannt und mit Interesse das geschäftige Treiben auf dem Bahnsteig, trat ebenso beiläufig auf den Bahnsteig hinaus und wanderte ihn entlang. In Mantel und Hut wirkte ich nicht wie ein Reisender dieses Zuges, und niemand beachtete mich weiter.

Ich nahm den Mitternachtszug zurück nach London, traf um halb vier in Euston ein und war so frisch, daß ich den ganzen Weg nach Hause ging. Ich ging wie auf Wolken. Ich betrat das Haus unbemerkt und lag friedlich in meinem Bett, als Mahmoud mich um halb acht wecken kam und mich erinnerte, daß ich mich um halb zehn mit Journalisten von *Pathé* zu Wochenschauaufnahmen verabredet hatte.

Erst durch Ihren Besuch erfuhr ich davon, daß Kenrick etwas auf die Zeitung in seiner Manteltasche geschrieben hatte. Ich gebe zu, einen Augenblick lang war ich bestürzt, daß ich überhaupt etwas übersehen haben sollte, aber ich erkannte, wie bedeutungslos dieser Irrtum war und war auf der Stelle getröstet. Es lenkte in keiner Weise von meiner großartigen Leistung ab, und es gefährdete meine Arbeit nicht. Ich hatte ihm erlaubt, seine abscheuliche Postille als Teil der Dekoration zu behalten. Daß sich, wie sich herausstellte, Kenricks Handschrift darauf fand, würde keine der zuständigen Stellen mehr kümmern, wenn der junge Mann erst einmal als Charles Martin identifiziert worden war.

Am folgenden Abend fuhr ich persönlich zur Hauptgeschäftszeit zum Bahnhof Victoria, um die beiden Koffer Kenricks von der Gepäckaufbewahrung abzuholen. Ich nahm sie mit nach Hause, entfernte alle Hinweise auf die Herkunft und alle Gegenstände, die zu sehr auf Kenrick als Besitzer hinwiesen, nähte beide Koffer in Leinwand ein und schickte sie samt Inhalt an eine Flüchtlingsorganisation auf dem Balkan. Wenn Sie jemals etwas wirklich loswerden wollen, mein lieber Mr. Grant, dann sollten Sie es nicht verbrennen. Schicken Sie es mit der Post auf eine entlegene Südseeinsel.

Nachdem ich dafür gesorgt hatte, daß sich die bewundernswert verschwiegene Zunge des jungen Kenrick auch weiterhin zurückhalten würde, freute ich mich darauf, die Früchte meiner Arbeit zu genießen. In der Tat kam gerade gestern die Bestätigung, daß die Finanzierung meiner nächsten Expedition gesichert war, und ich hatte vor, nächste Woche hinzufliegen. Kinsey-Hewitts Brief vom heutigen Morgen ändert natürlich alles. Die Früchte meines Erfolges sind mir genommen. Aber niemand kann mir den Erfolg selbst nehmen. Es war mir nicht vergönnt, als Entdecker Wabars in die Geschichte einzugehen; doch wenigstens werde ich in die Geschichte eingehen als Urheber des einzigen perfekten Mordes, der jemals verübt wurde.

Ich kann nicht bleiben und Kinsey-Hewitts Fackelträger sein. Und ich bin zu alt, noch auf neue eigene Triumphe zu hoffen. Was ich tun kann, ist ein Feuer entfachen, im Vergleich zu dem die Kerzen auf Kinsey-Hewitts Altar winzig und blaß und bedeutungslos erscheinen werden. Mein Scheiterhaufen wird ein Leuchtfeuer sein, das ganz Europa erleuchtet, und die Perfektion meines Mordes wird eine Flutwelle verursachen, die Kinsey-Hewitt und Wabar in die Papierkörbe der Weltpresse spülen wird.

Heute abend bei Sonnenuntergang werde ich meinen eigenen Scheiterhaufen auf dem höchsten Gipfel des höchsten Berges Europas entzünden. Mahmoud weiß nichts davon. Er glaubt, wir fliegen nach Athen. Aber er ist seit vielen Jahren bei mir und wäre ohne mich sehr unglücklich. Deshalb wird er mich begleiten.

Leben Sie wohl, mein lieber Mr. Grant. Es betrübt mich, daß ein Mann Ihrer Intelligenz seine Talente bei dieser armseligen Institution Scotland Yard verschwendet. Es war klug von Ihnen, zu entdecken, daß Charles Martin nicht Charles Martin war, sondern ein Mann namens Kenrick, und ich verbeuge mich vor Ihnen. Aber Sie waren nicht klug genug zu entdecken, daß er nicht durch einen Unglücksfall umkam. Was zu entdekken niemals ein Mensch klug genug gewesen wäre, ist, daß ich derjenige war, der ihn mordete.

Bitte verstehen Sie diesen Brief als Zeichen meiner Hochachtung und *pour prendre congé*. Mrs. Lucas wird ihn am Freitag morgen aufgeben.

H.C. Heron Lloyd.

Grant wurde gewahr, daß Mrs. Tinker gerade Tad Cullen ins Zimmer führte, und sie mußte schon einmal dagewesen sein, ohne daß er es bemerkt hatte, denn der Umschlag vom Yard lag neben ihm auf dem Schreibtisch.

»Also?« fragte Tad, noch immer wutschnaubend. »Was unternehmen wir jetzt?«

Grant schob ihm Lloyds Brief zu, damit er ihn lesen konnte.

»Was ist denn das für'n Kram?«

»Lesen Sie es.«

Tad nahm die Bögen unschlüssig auf, schaute nach einer Unterschrift und begann dann aufgeregt zu lesen. Grant riß den Umschlag, der von Cartwright gekommen war, mit dem Daumen auf.

Als Tad ans Ende seiner Lektüre gekommen war, war das Gesicht, mit dem er Grant anblickte, starr vor Entsetzen. Als er endlich Worte fand, sagte er: »Ich komm' mir vor, als wär' ich von oben bis unten mit Dreck beworfen worden.«

»Tja. Es ist eine abscheuliche Sache.«

»Eitelkeit.«

»Allerdings.«

»Das war der Absturz, von dem gestern abend in der Zeitung stand. Die brennende Kiste am Montblanc.«

»Allerdings.«

»Er wäre also tatsächlich davongekommen?«

»Nein.«

»Nicht? Aber er hatte doch an alles gedacht, oder?«

»Irgend etwas vergessen sie immer.«

»Wer, sie?«

»Die Mörder. Lloyd hat etwas so Naheliegendes wie Fingerabdrücke vergessen.«

»Sie meinen, er hat die Sache ohne Handschuhe gemacht? Das darf doch nicht wahr sein!«

»Natürlich hatte er Handschuhe an. Nichts, womit er im Abteil in Berührung kam, trug seine Fingerabdrücke. Was er vergessen hat, war, daß sich etwas in diesem Abteil befand, das er schon früher in der Hand gehabt hatte.«

»Und was war das?«

»Charles Martins Papiere.« Grant machte eine Handbewegung in Richtung der Papiere, die auf seinem Schreibtisch lagen. »Voll mit Lloyds Fingerabdrücken. Irgend etwas vergessen sie immer.«

Kapitel 15

Sie sehen aus wie ein Bräutigam«, sagte Sergeant Williams, als er Grant am Montag morgen erfreut die Hand schüttelte.

»Na, dann sollte ich wohl hineingehen und mich mit Konfetti bewerfen lassen. Was macht das Rheuma vom Alten heute morgen?«

»Eher besser, glaube ich.«

»Was raucht er? Pfeife? Oder Zigaretten?«

»Pfeife.«

»Dann sollte ich mich beeilen und zu ihm gehen, bevor das Barometer fällt.«

Auf dem Flur begegnete ihm Ted Hanna.

»Wie sind Sie nur auf Archie Brown gestoßen?« fragte Hanna, als sie die Begrüßung hinter sich gebracht hatten.

»Er wohnt da, wo ich meinen Urlaub verbracht habe, im Hotel und arbeitet an einem gälischen Epos. Seine ›Raben‹ sind übrigens ausländische Fischerboote.«

»Tatsächlich?« fragte Hanna, höchst gespannt vor Interesse. »Woher wissen Sie das?«

»Sie haben sich auf einem Fest getroffen. Der alte ›Zigarette?-Behalten-Sie-doch-die-Packung‹-Trick.«

»Sicher, daß es nicht *wirklich* Zigaretten waren?«

»Absolut. Ich habe mich bei einer Polonaise als Taschendieb betätigt und die Beute bei der nächsten Runde wieder zurückgesteckt.«

»Sie wollen mir doch nicht erzählen, Sie hätten bei einer *Polonaise* mitgemacht!«

»Sie würden staunen, wenn ich Ihnen erzählte, was ich alles getan habe. Ich staune selbst ein wenig darüber.«

»Und es war Geld drin?«

»Die schönsten und größten Scheinchen, die Sie sich vorstellen können, ein ganzes Päckchen voll.«

»Tatsächlich?« sagte Hanna nachdenklich; aber dann hellte sich sein Gesicht auf und verzog sich zu einem Grinsen. »Irgend jemand legt da sein Geld ziemlich schlecht an.«

»Allerdings. Ein Schaf im Wolfspelz. Und Sie sollten sehen, was für ein Pelz das ist!« Mit diesen Worten machte sich Grant erneut auf den Weg zum Büro seines Vorgesetzten.

»Ihr Urlaub scheint Ihnen gutgetan zu haben«, sagte Hanna. »Ich habe Sie überhaupt noch nie so gutgelaunt gesehen. Sie schnurren ja geradezu vor Zufriedenheit.«

»Wie man oben im Norden sagt: Ich würde nicht mit dem König tauschen wollen«, sagte Grant, und es war ihm ernst.

Nicht der Bericht, den er Bryce gleich vorlegen würde, war es, der ihn so glücklich machte; nicht einmal die Tatsache, daß er nun wieder ganz und gar er selbst war. Was ihn glücklich machte, waren die Worte, die der junge Cullen gesprochen hatte, als er sich an diesem Morgen auf dem Flughafen von ihm verabschiedet hatte.

»Mr. Grant«, hatte Tad gesagt. Sehr aufrecht und feierlich hatte er dagestanden und wie ein wohlerzogener Amerikaner eine kleine formelle Abschiedsrede gehalten. »Sie sollen wissen, daß ich Ihnen nie vergessen werde, was Sie für mich und für Bill getan haben. Sie konnten mir Bill nicht wieder lebendig machen, aber Sie haben etwas viel Großartigeres getan: Sie haben ihn unsterblich gemacht.«

Und in der Tat hatte er nichts Geringeres getan. Solange Bücher geschrieben wurden und Geschichte gelehrt wurde, würde Bill Kenricks Name lebendig bleiben; und er, Alan Grant, hatte dafür gesorgt. Sie hatten Bill Kenrick begraben, sechs Fuß tief, der Vergessenheit anheimgegeben; aber er, Alan Grant, hatte ihn wieder ans Tageslicht geholt und ihm den rechtmäßigen Platz gesichert, der ihm zukam: Er war der Entdecker Wabars.

Er hatte zurückgezahlt, was er jenem toten Jungen in Abteil B Sieben schuldete.

Bryce begrüßte ihn freundlich und sagte, er sehe gut aus (was nichts zu bedeuten hatte, denn er hatte es auch bei ihrem letzten Treffen gesagt), und dann fragte er ihn, ob er nicht nach Hampshire fahren wolle; gerade sei von der Polizei Hampshires ein Gesuch um Amtshilfe eingegangen.

»Nun, wenn es Ihnen nichts ausmacht, Sir, möchte ich mich vorher gerne des Mordfalls Kenrick entledigen.«

»Mordfall was?«

»Hier ist mein schriftlicher Bericht, Sir«, sagte Grant und legte Bryce ein hübsches Bündel großformatiger Blätter auf den Tisch, die er einen glücklichen Sonntag lang am heimischen Schreibtisch abgefaßt hatte.

Als er diese Blätter auf den Tisch legte, erinnerte er sich vage und voller Erstaunen, daß er einmal vorgehabt hatte, Bryce sein Entlassungsgesuch auf den Schreibtisch zu legen.

Auf was für seltsame Gedanken man kommen konnte, wenn man Ferien machte.

Er hatte den Dienst quittieren wollen, ein neues Leben als Schafzüchter beginnen; er hatte heiraten wollen.

Was für unglaubliche Gedanken. Was für durch und durch unglaubliche Gedanken.

Nachwort

Was machen Busfahrer oder -schaffner an ihren freien Tagen? Nun, sie fahren, wie andere Kleinbürger auch, mit ihren Familien ins Grüne – mit dem Omnibus. Das Eigentümliche, das in dieser Vorstellung liegt, hat zum englischen Ausdruck vom ›Busman's Holiday‹ geführt, vom Urlaub als der Fortsetzung der Alltagsarbeit unter minimal veränderten Umständen. Gerade Detektiven geraten ihre Ferien oft zu ›Busmen's Holidays‹. Dorothy L. Sayers' Lord Peter Wimsey wird sogar die Hochzeitsreise zum ›Busman's Honeymoon‹, und wie die Angelferien der New Yorker Staatsanwälte Gibby und Mac verlaufen, ist in Hampton Stones »Tod am Ententeich« (DuMont's Kriminal-Bibliothek Band 1005) nachzulesen. Zu groß ist die Faszination, die Rätsel, Geheimnis und Verbrechen auf Gestalten ausüben, die von ihren Autoren eigens für die Auflösung von Geheimnissen geschaffen wurden, als daß sie sich jemals, und sei es in den Ferien, davon beurlauben könnten.

Josephine Teys Inspektor Alan Grant macht da nicht nur keine Ausnahme, er ist sogar ein besonders ausgeprägter Vertreter dieses Typs: Hobbys hat er keine, wie wir gleich zu Beginn des Romans erfahren; Grant gehört zu den Glücklichen, denen nach einem Wort Goethes der Beruf zur ›Puppe‹ geworden ist, mit der man am liebsten spielt. Finanziell ist er dank einer Erbschaft auf einen Brotberuf nicht angewiesen; er übt ihn aus Leidenschaft auf. Wie Ross Macdonalds Detektiv Lew Archer scheint er ausschließlich für seine Fälle zu leben; tiefere menschliche Beziehungen sind ihm fremd, und der Plan, aus dem Dienst auszuscheiden und eine ihn durchaus faszinierende Frau zu heiraten, erscheint ihm im nachhinein als absurder Ausdruck seiner schweren Nervenkrise. So nimmt es nicht wunder, daß ihm die Aussicht, wegen eben dieser schweren Nervenkrise pausieren zu müssen, alles andere als lieb ist. Doch einen Angelurlaub in

Grants schottischer Heimat hält der Arzt für das einzige Mittel, Grants schwere Anfälle von Klaustrophobie zu überwinden, und so muß dieser sich in sein Schicksal fügen. Doch alles kommt anders: Nicht das Angeln, das für ihn als Hochländer »eine Mischung aus Sport und Religion« ist, heilt ihn, sondern sein Interesse an einem jungen Toten im selben Schlafwagen, der auch Grant nach Schottland gebracht hat.

Oberflächlich betrachtet, scheint es die Aufgabe des Detektivs zu sein, rätselhafte Fälle zu lösen. Dies ist sicher auch richtig, doch darf man dabei nicht übersehen, daß es sehr häufig gerade der Detektiv ist, durch den Geheimnisse und Rätsel erst entstehen: Was für die Polizei oder deren untere Dienstgrade klare Fälle von Unfall oder Selbstmord oder natürlichem Tod zu sein scheinen, wird für den Amateur- oder Privatdetektiv oder den Einzelkämpfer im höheren Dienst – und zu einer dieser Gruppen gehören mehr als 95 Prozent aller Romandetektive – aufgrund winzigster Unstimmigkeiten zum zunächst undurchdringlichen Rätsel, das allein eine würdige Herausforderung ihrer Fähigkeiten darstellt.

»Der singende Sand« ist ein besonders extremes Beispiel für dieses Phänomen. Der Tote im Schlafwagen stellt für Scotland Yard kein Problem dar: Ein seit langem im Ausland lebender junger Franzose kommt betrunken im fahrenden Zug zu Fall und schlägt dabei so unglücklich mit dem Hinterkopf auf das Waschbecken des Abteils, daß er an einem Schädelbruch stirbt. Mehr ist auch mit dem Einsatz modernster Polizeimethoden durch eine der gewissenhaftesten Detektivtruppen der Welt nicht zu ermitteln. Allein dem nervenkranken Urlauber Grant genügt diese Erklärung nicht – seine Sympathie für den jungen Mann mit den »verwegenen Augenbrauen« und die rätselhaften Verse, die dieser wohl kurz vor seinem Tod auf eine Zeitung gekritzelt hat, lassen Grant weiterfragen und sich nicht mit der banalen Erklärung seiner Kollegen zufriedengeben. Das gereimte Vermächtnis des Toten ist das einzige ›Indiz‹, das es gibt. Der unübersetzbare englische Ausdruck hierfür ist ›Clue‹, das Wollknäuel, das Ariadne einst Theseus gab, damit er wieder aus dem Labyrinth herausfinde, und das ihn zunächst tief ins Labyrinth hineinführte. Wer war der junge Mann, von dem Grant so wenig weiß, daß er ihm nach seiner Abteilnummer den Notnamen ›B Sieben‹ geben muß, welche Visionen und Ängste artikulieren seine Verse, was war sein ersehntes Paradies – suchte er es im Alkohol oder in Schottland? Polizeitechnisch gesehen zeigt das Gedicht lediglich, daß der angeblich aus Frankreich stammende Tote, sollten die Verse denn wirklich von ihm herrühren, sich bei ihrer Niederschrift einer typisch englischen Schülerschrift bediente, aber für Grant bedeuten Verse und Schrift mehr. Sie führen ihn schließlich zur Lösung des Falles.

Die meisten Detektivromane leben von einer ausgeprägten Verwandtschaft zwischen dem Detektiv und dem geheimnisvollen Täter. Historisch ist das leicht zu zeigen: Der Amateurdetektiv setzt sich mit dem Amateurverbrecher auseinander, der Berufsganove hat es mit dem Polizeidetektiv zu tun, und der in der Aufdeckung von Verbrechen dilettierende Gentleman entlarvt den Gentleman-Verbrecher. Simenons Maigret löst einen Fall erst dann, wenn er auch noch im Höchstgestellten den verborgenen Kleinbürger entlarvt hat, dem er sich verwandt fühlen kann. In »The Singing Sands«, wo nichts auf einen potentiellen Täter hinweist, kein noch so schemenhafter Plan erkennbar ist, tritt die innere Beziehung zwischen Grant und dem Toten an die Stelle der traditionellen Täter-Detektiv-Beziehung: Über die Entdekkung der Identität des sympathischen jungen Mannes und Gelegenheitslyrikers kann Grant fast als Nebenprodukt seiner Suche nach dem wahren Gesicht des Unbekannten dessen Mörder entlarven. Dieser Detektionsprozeß, der zunächst dem Opfer gilt, wird für Grant zur allerwirksamsten Therapie; der völlig genesene Inspektor legt seinem Vorgesetzten die komplette Lösung eines Falles vor, von dessen Existenz Scotland Yard nicht einmal etwas wußte. Zugleich gibt ihm dies Gelegenheit, seinem toten Therapeuten B Sieben einen überwältigenden Dank abzustatten: Er rehabilitiert ihn nicht nur vom Verdacht, volltrunken ein selbstverschuldetes würdeloses Ende gefunden zu haben, sondern macht ihn geradezu unsterblich.

Wie dies vor sich geht, soll hier nicht einmal angedeutet werden. Nur soviel sei gesagt: Josephine Tey folgt mit ihrer Lösung des Rätsels um den singenden Sand, die Ströme im Stand, die redenden Tiere und wandelnden Steine dem Vorbild des populärsten britischen Abenteuerautors, Henry Rider Haggard, und sie nennt diese Quelle exakt in der Buchmitte selbst, wenn auch in der verdeckten Form, die Detektivromanautoren von jeher für die Präsentation von ›Clues‹ gewählt haben.

»Der singende Sand« ist das letzte Werk der in Inverness/Schottland geborenen Elizabeth Mackintosh (1897–1952), die ihre Bücher unter den Pseudonymen Josephine Tey und Gordon Daviot veröffentlichte. Es wurde deshalb zur Vorstellung der Autorin und ihres Detektivs in DuMont's Kriminal-Bibliothek gewählt, weil es bisher in deutscher Sprache nicht erschienen ist und weil es vielleicht der originellste unter ihren originellen Beiträgen zur Detektivliteratur ist. Alan Grant debütierte 1929 mit dem scheinbar indizienlosen Fall des »Man in the Queue«, des anonymen Opfers eines Messerstichs in einer wartenden Menschenschlange. 1936 trat er ein zweites Mal in dem von Alfred Hitchcock verfilmten »A Shilling for Candles« auf; 1949 agierte er als Hintergrundfigur in der berühmten »Franchise Affair«, und erst danach scheint sich die Autorin entschlossen zu haben, ihren Gentleman-Detektiv, der in die Scotland-Yard-Hierarchie eingebunden und ihr zugleich materiell wie geistig überlegen ist, zur Serienfigur zu machen: In rascher Folge erscheinen 1950 »To Love and Be Wise«, 1951 »The Daughter of Time«, in dem Grant im Krankenhausbett die angeblich von Richard III. begangenen Morde an den Prinzen im Tower aufklärt, und 1953 »Der singende Sand«, während dessen Druck Elizabeth Mackintosh stirbt. Von ihren Zeitgenossen wurde Josephine Tey alias Gordon Daviot auch als Verfasserin meist historischer Romane und Dramen so geschätzt, daß sie ihren erlernten Beruf einer Sportlehrerin in den dreißiger Jahren aufgeben konnte, um als freie Schriftstellerin zu leben – eine Spiegelung ihrer Berufserfahrungen findet sich in dem 1946 erschienenen College-Detektivroman »Miss Pym Disposes«, in dem eine Dozentin privat die Ermittlungen führt.

Josephine Tey, die im englischsprachigen Bereich Dorothy L. Sayers und Ngaio Marsh an die Seite gestellt wird, auch in Deutschland bekannter zu machen, wird eine ehrenvolle Aufgabe für DuMont's Kriminal-Bibliothek sein.

Volker Neuhaus

Band 1001

Charlotte MacLeod

»Schlaf in himmlischer Ruh'«

Weihnachten ist auf dem Campus einer amerikanischen Kleinstadt immer eine große Sache, die Lichterwoche eine Touristenattraktion von herausragender finanzieller Bedeutung. Als Prof. Shandy eine Dame der Fakultät während der Feiertage tot in seinen Räumen findet, ist daher den örtlichen Behörden sehr schnell klar, daß es sich nur um einen Unfall handeln kann... Charlotte MacLeod ist eine der großen lebenden amerikanischen Autorinnen auf dem Gebiet des Kriminalromans.

Band 1002

John Dickson Carr

Tod im Hexenwinkel

Einer der schönsten Romane dieses in Deutschland beinahe unbeachtet gebliebenen Meisters: Mit diesem Band stellt John Dickson Carr seinem Publikum zum ersten Mal den schwergewichtigen Amateurdetektiv Gideon Fell vor, Privatgelehrter und Biertrinker aus Passion. Er eroberte mit diesem Fall 1933 auf Anhieb die Zuneigung der Leser durch seinen Scharfsinn, seinen sarkastischen Humor und seinen unerschütterlichen Gleichmut.

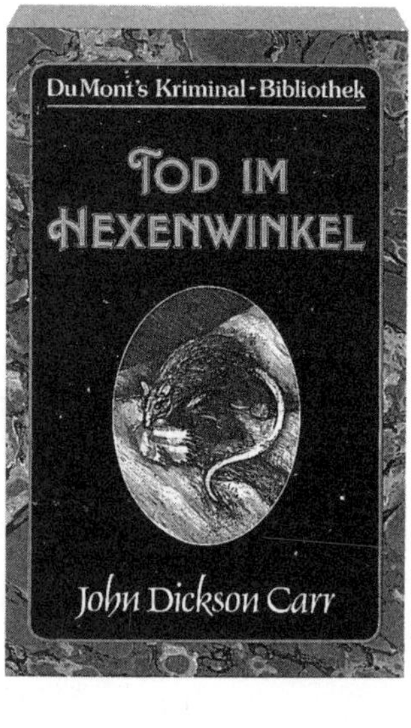

Band 1003

Phoebe Atwood Taylor

Kraft seines Wortes

In Cape Cod ist die Welt im großen und ganzen in Ordnung. Der Mord an einem anrüchigen Schriftsteller bringt zwar Unruhe und Verwirrung in diese heile Welt, doch Asey Mayo, kauziger Hobby-Detektiv, klärt den Fall auf. Ein klassischer Kriminalfall, den man voll Spannung liest, da es die Autorin meisterlich versteht, den Leser bis zuletzt auf falscher Fährte tappen zu lassen, bis der Täter mit psychologischer Feinheit entlarvt wird.

Einkaufszentale für öffentliche Bibliotheken

Band 1004

Mary Roberts Rinehart

Die Wendeltreppe

In diesem 1908 erschienenen Kriminalroman führt die resolute Miss Innes das Regiment. In dem weitläufigen Sommerhaus von Sunnyside wird ein Toter gefunden, und es stehen nicht nur der gute Ruf der Familie, sondern auch die Verlobung und das Liebesglück von Nichte und Neffe auf dem Spiel... Doch bis das Rätsel gelöst werden kann, wird so manche Nachtruhe von geheimnisvollen Klopfzeichen unterbrochen, schleichen Unbekannte durch das dunkle Haus und ereignen sich weitere ungeklärte Todesfälle...

Band 1005

Hampton Stone

Tod am Ententeich

»Zunächst fängt alles in diesem Kriminalroman ganz harmlos an: Gibby und Mac, zwei junge Staatsanwälte aus New York, wollen für ein paar Tage dem hektischen Großstadtlärm entfliehen und draußen vor der Küste von Long Island auf Fischfang gehen. Plötzlich beginnt einiges nicht mehr zusammenzupassen; man macht den beiden gegenüber seltsame Andeutungen, durchsucht ihr Hotelzimmer – und dann taucht auch noch eine Leiche auf. Eines steht ziemlich schnell fest: daß Gibby und Mac keine geruhsamen Tage am Meer verbringen werden. Zur Freude des Lesers, dem in diesem Meisterwerk des amerikanischen Krimis einiges an Spannung geboten wird.« *Nürtinger Zeitung*

Band 1006

S. S. van Dine

Der Mordfall Bischof

»Müßte man jemanden nennen, der Sherlock Holmes ebenbürtig ist, dann könnte das nur Philo Vance sein, der in den Büchern von S. S. van Dine auf der anderen Seite des Atlantik selbst den durchtriebensten Verbrechern auf die Spur kommt. In diesem Band stellen wir den berühmtesten Fall dieses Klassikers unter den amerikanischen Detektiven vor ... Ein Mord unter kühl kalkulierenden Mathematikern; unmöglich! Doch was zunächst wie ein Unglücksfall im Haus von Professor Dillard aussieht, stellt sich bald als raffiniert geplanter Mord heraus. Noch unheimlicher: die Handlungsvorlage ist ein bekannter Kinderreim ...«

Mittelbayerische Zeitung

Band 1007

Charlotte MacLeod

»... freu dich des Lebens«

Nachdem er Helen Marsh geheiratet hat, verläuft das Leben von Professor Peter Shandy in ruhigen Bahnen. Nach einer Einladung seiner Frau an die Hufschmiedin des College, Mrs. Flackley, und den Lehrbeauftragten für Haustierhaltung, Professor Stott, überstürzen sich jedoch plötzlich die Ereignisse. Ist die Entführung der besten Zuchtsau des College nur ein Studentenstreich? Was haben der Diebstahl eines Lieferwagens und der Überfall auf eine Silbermanufaktur mit dem verschwundenen Schwein zu tun? Als Mrs. Flackley ermordet gefunden wird, hält das niemand mehr für einen Studentenulk. So hat Peter Shandy alle Hände voll zu tun, den Mörder zu stellen, denn der Hauptverdächtige in diesem Fall ist sein Freund Stott.

Band 1008

Ellery Queen

Der mysteriöse Zylinder

Welcher Liebhaber von Kriminalromanen kennt nicht Ellery Queen, der, selbst Autor von Kriminalromanen, mit seiner kühlen Logik und seinem analytischen Verstand seinem Vater, dem kauzigen Inspektor Richard Queen, hilft, auch den raffiniertesten Verbrechern auf die Spur zu kommen? Ellery Queen ist unzufrieden. Statt sich dem Erwerb einer von ihm heiß begehrten Falconer-Erstausgabe widmen zu können, wird er wieder einmal in einen Mordfall hineingezogen – Monte Field, ein zwielichtiger Rechtsanwalt, ist während einer Theatervorstellung ermordet worden. Die Polizei steht vor einem Rätsel.

Band 1009

Henry Fitzgerald Heard

Die Honigfalle

Eigentlich ist Sidney Silchester aufs Land gezogen, um fernab des Großstadtlärms allein und in Ruhe gelassen zu werden. Deshalb ist er auch recht ungehalten, als der merkwürdige Forscher und Hobby-Imker Mycroft seine Idylle stört und ihn vor mysteriösen Killerbienen warnt. Die Vorstellung, daß ein kaltblütiger Verbrecher mit diesen kleinen Ungeheuern auch sein Leben bedroht, erscheint ihm doch sehr abwegig. Aber schon bald soll Sidney eines Besseren belehrt werden ... Als er die tödliche Gefahr, in der er sich befindet, erkennt, ist es fast schon zu spät. Nur gut, daß er in dem geheimnisvollen Mycroft, der mit Verbrechern offenbar bestens vertraut ist, einen mächtigen Verbündeten findet. Die folgenden Ereignisse halten die Beteiligten in Atem: Die Insekten greifen an ...

Band 1010
Phoebe Atwood Taylor
Ein Jegliches hat seine Zeit

Elspeth Adams ist äußerst verwundert, als ihr Neffe Mark ihr ein hilfesuchendes Telegramm von Cape Cod schickt, denn sie vermutet ihn bereits seit einer Woche in Brasilien. Sie macht sich sofort nach Cape Cod auf und trifft in Prence's Gasthaus, das Eve Prence gehört, auf eine illustre Gesellschaft von Schriftstellern. Ihr Neffe interessiert sich jedoch weniger für Literatur als für Anne Bradford, Eves Stiefschwester. Mrs. Adams erfährt, daß Eve nicht nur die Ehe zwischen Anne und Mark verhindern möchte, sondern Anne sogar beschuldigt, mehrere Mordanschläge auf sie verübt zu haben... Mrs. Adams ist froh, daß ihr in dieser verwickelten Angelegenheit jemand zur Seite steht, der Spürsinn, Tatkraft und Erfahrung mitbringt: Asey Mayo. Er sorgt mit Witz und Verstand dafür, daß in der festgefügten Welt von Cape Cod wieder Recht und Ordnung herrschen.

Band 1011
Mary Roberts Rinehart
Der große Fehler

Als Patricia Abbott als Hausdame und Gesellschafterin von Maud Wainwright, der reichen Fabrikbesitzerin, engagiert wird, ist sie froh, eine angenehme und ruhige Stellung gefunden zu haben. Die Rückkehr des alternden Casanovas Don Morgan, der Pats beste Freundin Lydia und deren Tochter vor Jahren verlassen hat, bedeutet jedoch nicht nur für Lydia eine unangenehme Begegnung mit der Vergangenheit. So verwundert es niemanden, daß Morgan ermordet aufgefunden wird. Die Suche nach dem Täter gestaltet sich jedoch schwieriger als zunächst gedacht. Fingierte Indizien, geheimnisvolle nächtliche Besucher, Erpressung, Mordanschläge und weitere Morde machen es Pat nicht leicht, Licht in das tödliche Dunkel zu bringen, zumal sie sich auch noch in den Sohn des Hauses, Tony, einen der Verdächtigen, verliebt ...

Band 1012
Charlotte MacLeod
Die Familiengruft

Es beginnt mit einem Familienkrach: Großonkel Frederick möchte auch im Tod nicht dieselben Räumlichkeiten mit Großtante Mathilde teilen. Auf der Suche nach einer passenden letzten Ruhestätte wird die seit 100 Jahren nicht benutzte Familiengruft der Kelling-Dynastie geöffnet. Der jungen Sarah Kelling fällt die undankbare Aufgabe zu, das Begräbnis vorzubereiten. Bei der Öffnung der Gruft lernt sie Ruby Redd, eine einst berühmte Strip-tease-Tänzerin von sehr zweifelhaftem Ruf kennen. Mehr als die Rubine in Rubys Zähnen beeindruckt Sarah aber die Tatsache, daß die Tänzerin seit mehr als 30 Jahren tot ist ...

Band 1014
John Dickson Carr
Der Tote im Tower

Eine Serie scheinbar verrückter Verbrechen versetzt ganz London in helle Aufregung. Ein offenbar Geistesgestörter stiehlt Hüte und dekoriert mit ihnen öffentliche Plätze. Doch was als recht harmloser Spaß beginnt, endet mit einem Mord. Der ›Verrückte Hutmacher‹, wie der Unbekannte bald nur noch genannt wird, schlägt wieder zu. Doch diesmal schmückt ein gestohlener Zylinder keine Statue, sondern das Haupt einer Leiche! Der Tote, der – mit einem Armbrustpfeil in der Brust – im Tower gefunden wird, heißt Philip Driscoll. Er war bei allen beliebt, was die Tat noch mysteriöser erscheinen läßt.